Haruki Murakami

文化表象としての村上春樹

世界のハルキの読み方

石田仁志／アントナン・ベシュレール 編著
Ishida Hitoshi／Antonin Bechler

青弓社

文化表象としての村上春樹——世界のハルキの読み方

目次

第4部 文化コミュニケーションのなかの村上春樹

第22章 情報・宗教・歴史のｉｆ

――村上春樹『１Ｑ８４ BOOK３』論

木村政樹 315

装丁――神田昇和

はじめに

石田仁志

本書は、日本およびフランスで開催した二つの国際シンポジウムの成果である。日本では、二〇一八年一月二十・二十一日に、東洋大学国際文化コミュニケーション学科開設記念・国際シンポジウム「日本・ヨーロッパ・台湾における文化コミュニケーションおよび日本文化表象研究」(東洋大学主催)の一部として、東京の東洋大学白山キャンパスで開催した。そしてフランスでは、同年三月十五日から十七日に、国際シンポジウム「村上春樹の Real と Future――表象文化研究の視点から」(ストラスブール大学・パリ日本文化会館主催)として、フランスのストラスブール大学(十五・十六日)とパリ日本文化会館(十七日)で開催した。二つのシンポジウムを通して研究発表を展開したのは、日本、フランス、イギリス、イタリア、アメリカ、台湾の文学と映像学の研究者で、総勢二十人以上だった。そこでの発表と討論の成果として、本書『文化表象としての村上春樹――世界のハルキの読み方』をまとめることができた。

そもそも、これらの企画のきっかけは、二〇一六年度にパリ第七大学ディドロ大学の客員研究員として私が一年間滞在したことにあった。パリでは「川端康成展」(二〇一四年)、「江戸川乱歩展」(二〇一六年)と日本の近代文学者にスポットを当てた文学展、映画祭、シンポジウムが近年になって開かれていた。また、一八年には日仏交流百六十周年を記念して、日本文化を紹介する企画が数多く計画されていた。だが、海外で最も人気があって一般にも知られている村上春樹に関するイベントがフランス国内ではまだ開催されたことがなかった。日本でも大きな国際シンポジウムとなると、二〇〇六年三月の「春樹をめぐる冒険――世界は村上文学をどう読むか」(国際交流基金主催、東京・札幌・神戸)以来、開かれてはいない。このときは村上春樹の翻訳者や出版関係者、作家、研究者によって翻訳や映画というテーマを中心に議論が展開された。しかし、その後の村上春樹の文学をめぐる研究は翻訳や映画だけではなく、非常に多角的に展開している。そうした点から文学研究者を中心にして多面的なシンポジウムを開催することは、村上春樹の文学への新たなアプローチを切り開くものになりうるのではないかと考えて、二カ国にまたがる国際シンポジウム開催、そして本書の刊行へと結び付いていったのである。

本書の構成は、目次に示したとおり次のような四部から成り立っている。

第1部　翻訳・比較文学から見る村上春樹
第2部　村上春樹における表象――現実・社会・物語
第3部　映像との親和性と乖離
第4部　文化コミュニケーションのなかの村上春樹

ここで各部に配置した論考を紹介しながら、本書の特徴を概観する。なお、二つのシンポジウムではいくつかのセッションごとに研究発表をまとめていたが、本書を編纂するにあたって、第3部を除いて、各セッションをいったん解体して右の部立てに組み立て直している。

第1部　翻訳・比較文学から見る村上春樹

村上春樹が Haruki Murakami として世界各国で翻訳されて、多くの読者を獲得するようになってからひさしい。しかし、翻訳とは単なる言語変換ではなく、広義のアダプテーションであり、そこには文化的な越境行為に伴う暴力性と戦略性が避けがたく埋め込まれている。ここでは、ストラスブール大学でのセッションを中心に、英訳の問題やイメージ戦略的な紀行文、日本文学やフランス文学、東欧文学との対比を通して、村上文学の文化的な広がりを浮かび上がらせる。

スティーブン・ドッド「第1章「影」の不変的な重要性——永井荷風『すみだ川』から村上春樹『世界の終りとハードボイルド・ワンダーランド』まで」（大村梓訳）では、『世界の終りとハードボイルド・ワンダーランド』について、永井荷風、泉鏡花、坂口安吾らの著作と絡めて、「やみくろ」がうごめく空間の意味や「街」の自己完結的なあり方、そして「影」の象徴的な重要性を解き明かす。**大村梓「第2章 翻訳に内包される異国性——村上春樹『中国行きのスロウ・ボート』」**では、「外国文学」としてのエキゾチシズムのなかでの表現の受容という観点から、『中国行きのスロウ・ボート』の原文と英訳との表現上の共通性と差異を比較して、翻訳がはらむ暴力性を論じる。**朝比奈美知子「第3章 村上春樹における図書館——異界、自己形成、手仕事としての創作」**では、ジェラール・ド・ネルヴァルやホルヘ・ルイス・ボルヘスが語る図書館という時空を補助線に、村上の作品における図書館が、異界、自己形成、母性的な休息と夢想など多様な意味をもつことを論じている。**アンヌ・バイヤール＝坂井「第4章 村上春樹、旅に出る（そのⅡ）」**では、村上の紀行文集『ラオスにいったい何があるというんですか？』のタイトルや構成、そして表現を考察することで、グローバルな作家という村上のイメージ戦略のあり方を浮き彫りにする。**石田仁志「第5章 夢はどこへ向かうのか？——村上春樹とイスマイル・カダレ」**では、夢を集める、読むという特徴的な物語に着目して、アルバニアの現代作家イスマイル・カダレの『夢宮殿』との比較を通して、村上の文学との共通性と差異を捉える。

第2部　村上春樹における表象——現実・社会・物語

『風の歌を聴け』から始まる「僕」と「鼠」の物語は、一九七〇年安保闘争や大学紛争、高度経済成長などが終焉したあとの、日本社会の喪失感と相関するものとして主に読まれてきたが、九五年の阪神・淡路大震災や地下鉄サリン事件以降の彼の文学は、複雑化する現代日本の（あるいは世界の）状況に内包される死や暴力、日常と非日常の相対性などの視点から、様々な読み方を誘発している。第2部では、東京でのセッションとストラスブールでのセッションを交ぜ合わせ、紀行文や学校教材としての村上春樹作品、震災後文学というテーマなど、多角的な読みを試みている。
ジェラルド・プルー「**第6章 グローバル時代のトラベルライティング——村上春樹の紀行文**」では、紀行文学が不要と思えるような現代で、村上が『辺境・近境』や『地球のはぐれ方——東京するめクラブ』などの紀行文を書くことの意味を、色あせたエキゾチシズムと日常性が交錯する新たなトラベルライティングというエクリチュールの創造だと捉える。**早川香世**「**第7章 教材としての『鏡』——語ることによる再生**」では、「僕」の物語行為が、聞き手への信頼関係の獲得と自己承認の行為だという解釈を踏まえて、実際の高等学校で教材として用いての授業結果を報告している。**范淑文**「**第8章 村上春樹文学に漂う「死」のにおい——夏目漱石文学の継承**」では、『女のいない男たち』を取り上げて、女を挟んだ三角関係、理由不明の自殺、一人称語りなどの面から、夏目漱石『こころ』からの「死」の系譜を跡付けて、村上文学の自己省察への志向を捉え出す。**杉淵洋一**「**第9章 震災の内側と外部をつなぐもの——「白樺」派から村上春樹へ**」では、白樺派の作家らの関東大震災後のルポルタージュ的な「震災文章」と村上の『神の子どもたちはみな踊る』『騎士団長殺し』などとを比較して、メディアを通じて感じ取られ続ける「個人的余震」という人間の内面にフォーカスする。**ブリジット・ルフェーブル**「**第10章 村上春樹の森**」では、村上の作品に頻出する森のイメージを、言葉の謎が繁殖して迷う場所と捉え、読者は物語を通してそうした「表徴の森」に分け入ることで生命力の解放感を味わうことになると論じる。**杉江扶美子**「**第11章 古川日出男による村上春樹リミックス**」では、古川日出男の『中国行きのスロウ・ボートRMX』における村上からのアダプテーションを「ミュート」「フェイジング」「倍音」という音楽リミックスの概念を用いて分析する。**石川隆男**「**第12章『神の子どもたちはみな踊る』再読——「あなたは誰?」意識の転換**」では、この短篇集を前後半に分割しうる一種の長篇小説と見て、その構造をデタッチメントからコミットメントへと移行するものと捉えて、震災後の現実における他者との共生、意識的な自律へと村上の文学が転換すると述べている。**野中潤**「**第13章 サバイバーズ・ギルトとパラレルワールド——国語教科書と村上春樹**」では、多チャンネル化している現代では、常に我々は体験的な現実世界と視覚的・虚構的な「もう一つ」の世界とを生きているサバイバーであり、新見南吉『ごんぎつね』や漱石『こころ』などの定番国語教材と同様にサバイバーズ・ギルトという視点から読み解くことの重要性を説いている。

第3部　映像との親和性と乖離

第3部は、パリ日本文化会館で開催したセッションから成り立っている。村上春樹は早稲田大学の映画学科を卒業していて、作中でも数多くの映画作品に言及している。映画が彼の文学に大きな影響を与えていることはこれまでにも論じられてきた。しかし、彼の小説を原作とする映画は、これだけの人気作家のわりには少ない（最近は『納屋を焼く』〔二〇一八年〕、『ハナレイ・ベイ』〔二〇一八年〕など映画化の例がある）。文学と映像のアダプテーション研究が新たな研究領域として広がりを見せているが、ここでは村上春樹の文学における映像との親和性と、映像という表現形式に対する乖離とを考える。

助川幸逸郎「第14章　村上春樹は、なぜ映画脚本家にならなかったか」では、村上の映画との出合いの背景に父親との葛藤があり、父親を超える「高級文化」を志向することも、逆にそこから目を背けることもできず、「スリップストリーム」の作家として村上は大成したのだと指摘している。**中村三春「第15章〈見果てぬ〉『ノルウェイの森』」**では、原作を愛着障害の物語だと読み解きながら、そのアダプテーションとして、トラン・アン・ユン監督の特徴的な映画手法が原作の特異点を新たに書き直したと評価する。**アーロン・ジェロー「第16章　短篇という時間性——村上春樹と映画」**では、短篇という時間性をめぐって、村上の文学と映画との親和的な関係を取り上げ、それは村上の「映画観」、映画を鑑賞する環境と方法に関わる喪失に基づくものだと指摘する。**ジョルジョ・アミトラーノ「第17章　本のなかのスクリーン——村上春樹作品における映画に関する言及の考察」**では、映画は文学とは違った形で様々なレイヤーと物語の強度を村上の文学に与えるものだと捉えて、『女と男のいる舗道』（一九六二年）、『華麗なる賭け』（一九六八年）、フランソワ・トリュフォー監督、『ミス・ブロディの青春』（一九六九年）などに言及する。**米村みゆき「第18章「やみくろ」はどのように表象されるのか——**

『神の子どもたちはみな踊る』におけるフィルム・アダプテーション」では、原作と映画版とを比較して、両者に共通する「不安」の感情を、原作では「人間の心の闇」として描いていたのを、映画では多民族国家でのアイデンティティーの不安へと力点を変えて捉えていると論じている。

第4部　文化コミュニケーションのなかの村上春樹

第4部は、一連の国際シンポジウムの幕開けを飾った東京でのセッションの一部をまとめている。ある一つの〈文化〉とは常に多数の〈異文化〉との接触を通じて形成されるものである。「村上春樹」という存在も、作家が直接あるいは間接に外国文学から影響を受けたということではなく、その文学の読まれ方、テーマのあり方、需要のあり方など、一つの〈文化〉的な事象であり、それは様々な異文化との接触の結果として受け取ることができる。〈文化コミュニケーション〉とは文学世界を創造する場の問題だけではなく、作品と読者とのあいだにこそ展開されるものかもしれない。本書の書名にある「文化表象としての村上春樹」も、日本をはじめ、欧米やアジアなど世界の文化との多様なコミュニケーションを通じて広がっていくものとして「村上春樹」の文学世界を捉えたいという思いを込めている。さらに広い世界へとコミットしていくことを期待する。

アントナン・ベシュレール「**第19章　村上春樹と「小説家のコミットメント」**」では、村上がいう「コミットメント」とは、ジャン＝ポール・サルトルや大江健三郎のような「engagement」ではなく、現実に対して「アクチュアルに機能する物語」を作ること、つまりは記号論的な物語構造に現実をはめ込んで、その解釈を読者に投げ出すというあり方だと批評する。**横路明夫**「**第20章　一九七九年の村上春樹**」では、『世界の終りとハードボイルド・ワンダーランド』とアニメ『攻殻機動隊 STAND ALONE COMPLEX』などとの親和性を指摘し、AI（人工知能）やロボットなどをキーワードに、文学とサブカルチャーを往還する読みが可能であることを示す。**横路啓子**「**第21章　村上春樹は台湾でどのように受け入れられたのか**」では、一九八〇年代後半以降、台湾で村上春樹の翻訳が流行した背景に、台湾社会の民主化ということが深く影響していて、さらには政治状況を突き抜けて個々人の日常との関わり方と結び付いて受容されていったと分析する。**木村政樹「第22章　情報・宗教・歴史のｉｆ——村上春樹『１Ｑ８４　ＢＯＯＫ３』論」**では、『１Ｑ８４　ＢＯＯＫ３』を「メディア小説」を意味づけて、牛河の行為やその死の意味を探り、そして天吾と青豆の関係を分岐する偶然的な物語展開にスポットを当てて、「宗教的物語」の自壊を指摘する。

以上、四部二十二本の論文の概略を述べてきたが、必ずしも各論文の魅力を捉えきれてはいないだろう。また、部立ての枠組みが十分に機能しえていない点や、逆にその枠組みに収まりきらない広がりを各論文がもっているという点も、全体を通読すると感じ取ることができるだろう。「文化表象」という言葉は学問的に明確に定義しうる用語ではないかもしれないが、私は、既存の学問的なディシプリンを超えて、村上春樹の文学に対して様々な学問的アプローチを本書を通じて受け取ってもらえたら幸いであると思っている。

なお、日本・フランスでの村上春樹国際シンポジウムの開催にあたっては、東京とフランスの開催は二〇一七年度東洋大学井上円了記念研究助成を、フランスの開催では国際交流基金助成を受けている。日本国内の人文学研究への強い逆風が吹き荒れるなかで、両機関の多大なる助成がなければこれだけの規模のシンポジウムは実現できなかった。両機関とその実務担当者には深く感謝を申し上げる。そして、出版を快く引き受け、実に丁寧な校正をしてくださった青弓社の矢野未知生氏には、感謝の言葉をいくつ積み重ねても足りないほどである。また、私が一六年度にパリに滞在していたあいだに、この企画の実現に向けて的確な助言をくださった元同僚で現在は東京女子大学の和田博文教授、パリ大学（当時はパリ第七大学ディドロ大学）のセシル坂井教授、パリ日本文化会館のファブリス・アルデュイニ氏、そして本書の編著者の一人でもあるストラスブール大学のアントナン・ベシュレール准教授、さらには、一年間の留守のあいだ心配をかけた私の家族に、この場を借りて心から感謝したい。

第1部　翻訳・比較文学から見る村上春樹

第1章

「影」の不変的な重要性
——永井荷風『すみだ川』から村上春樹『世界の終りとハードボイルド・ワンダーランド』まで

スティーブン・ドッド［大村梓訳］

私が自分自身を村上春樹のファンだと見なさない理由はいくらでもあるが、世界中の読者にとって彼の作品が非常に魅力的であることを否定するわけではない。そしてここ何年にもわたって多くの教え子たちが村上作品についての思慮に富み、深い洞察による、説得力があるエッセーを書いてきたことにも言及しなければならないだろう。さらに私自身も実は彼の文章のある側面、そしてテクストの一部（もちろんすべてではない）に引かれて（誘惑されて、というほうがふさわしい言葉だろう）きたのだ。さて、気難しい年を取った研究者が好きではないものについて不満を述べることほど悪いことは、おそらくないだろう。よって肯定的な、そして感謝の精神で一九九〇年代初頭に私が初めて手に取った村上の本を振り返るいい機会としてこの論文を用いたい。私はその本を始めから終わりまで一気に読んでしまった。私は幸いにもロンドンから東京への機上の人だった。かつてのエアロフロートではうんざりするような味のレモネードを飲むしかすることがなかった。そして機内での唯一の楽しみがあるとすれば、窓側の席から見えるノロノロとしたスピードで過ぎていくシベリアの景色を見ることだけだった。私が『世界の終りとハードボイルド・ワンダーランド』に没頭する条件はそろっていた。東京に向かって下降を始める頃には私は本を読み終えていた。私はこの本にすっかり夢中になって魅了されていた。しかし思い出してみると、いまでも残る村上の文章についての疑念と幻滅の種の存在をそのときすでに感知していたような気がする。

ところで、一時的に距離を置くことはいちばん重要なことを顕在化させてくれるというすばらしい浄化作用をもつといえるだろう。本章を書く準備として、二十五年前にこの小説を読んだ経験を振り返ってみると、ある考えがすぐ頭に浮かんだ。私は「僕」と影の関係に困惑させられたのだ。はじめにいっておきたいのは、それは必ずしも悪いことではなくて、困惑させられるという感情は読んでみる価値があるどのような本にとっても非常に肯定的な要素になるということだ。なぜならそれは、しばしば新しい視点が読者に開かれているというサインだからだ。

本章のなかで、私は日本文学、特に村上の文学での影の役割を詳しくみていく。しかし最初に、人間が現実を体験し解釈するやり方についての重要な隠喩としての役割を、影の概念が担ってきた理由について、より幅広い視点から考えたい。

少し前に友人が、十七世紀初めの天文学者ガリレオ・ガリレイと彼の月面調査についての話を思い出させてくれた。ガリレオは望遠鏡を月面に向けると、月が位置を変えるのに応じて月面上の斑点を作り出しているように見える黒い線が変化していることに気がついたのだ。ガリレオはこの線は実は影で、月面には山や谷が点在しているのだと結論づけた。そのときから、自然のままの球体が天から吊り下げられているといった中世の見解は一掃された。そして、われわれの世界と空高く遠くにある月のあいだに親しみをもって絆を見いだすことが可能になった。つまりガリレオの影の発見は、天国についての既存の理解、神の偉大さの現れではあるが、美しいだけの世界観を徹底的に覆す全く新しい考えをもたらした。

日本近代文学の狭い世界でも、影は重要な要因として作用してきた。『世界の終りとハードボイルド・ワンダーランド』の影の象徴的な重要性についてそろそろ述べたいが、その前に影の力についてのほかの例、永井荷風の『すみだ川』（「新小説」一九〇九年二月号、春陽堂書店）について考えてみたい。作品内の東京の美しい描写は、銀座のような近代的な明治の中心地の明るく照らされた場所にはほとんど関心を示していない。むしろ彼の言葉は、暗く囲い込まれた隠れ場所にもなる都市空間の通路や裏道を愛おしそうに描いている。

この物語には、明治初めの音楽と演劇に本能的に傾倒している十七歳の長吉が登場する。母親のお豊は伝統芸能である常磐津の師匠だが、息子には一生懸命勉強して役人として現代的に成功してほしいと思っている。叔父の蘿月は俳人であり、若い頃の放蕩で実家から勘当されてしまっている。そして長吉が恋心を寄せている十五歳のお糸は、物語の冒頭で芸者になる。『すみだ川』は、荷風がアメリカとヨーロッパで五年を過ごして日本に帰国後の二、三年のあいだに書かれた。川近くの「下町」界隈で繰り広げられる出来事の多くは、風景の変化に与えたのと同様に日本人の心理上の西洋化のトラウマ的な影響を強く暗示するように描かれている。実のところ、荷風は西洋自体に反発する気持ちは何もない。彼の海外の経験の多くは全体的にすばらしいものだった。しかし荷風は日本に帰国後、日本が西洋のぼんやりとしたまねごとをするようになってしまったことを感じて嘆いている。それは同時に（荷風にとっては）日本の正統なアイデンティティーが失われてしまったことになる。つまり、現代的な成功に背を向け小芝居に没頭する長吉は近代の力に抵抗する象徴として解釈することが可能だ。

影の重要な特徴は、そのかたちが明確に定義されないことだ。現実は常に魅惑的な曖昧さを残している。そして荷風は、現実と想像上の空間の境界の曖昧さを劇場である宮戸座を訪れた長吉の描写のなかに巧みに用いている。少年は明治の華美な近代社会に対して非常に強い嫌悪感を抱いている。若い男性が自己中心的な野心を追求し、「立身出世」という言葉に要約された理想を胸に抱くことを奨励した時代だった。早春のある場面で、厳しい日差しから逃げるために「臭い生暖い人込の温気が猶更暗い上の方から吹き下りて来る」[1]劇場の世界に入り込む。閉じた雰囲気のこの劇場に集まった人々は、それほど野心にあふれた明治の個人ではない。むしろ、彼らはなすすべもなく世界から逃げ出した長吉のような避難者なのである。観客たちは、みなで安らぎを追い求めることしかできない根なし草の幽霊の集まりだ。

『すみだ川』で荷風はこの劇場空間の描写で、現実と人工的なものの境界に疑問を投げかけることで、ある種の自由を表現している。長吉は遊女が月をじっと見ている場面にすっかり魅入られてしまう。月の輪郭は「真黒に塗りたてた空の書割の中央を大きく穿抜いてある円い穴に灯がついて、雲形の蔽ひをば糸で引上げる」[2]と再現されている。しかしこの演出が素人(しろうと)くさいという事実は、決してそれから長吉が受けた大きな衝撃を損なうものではない。全く反対に、劇場の空間を超え「現実」の世界で直前に起きた出来事を長吉に再評価させることになる。彼が今戸橋から見た同じように明るい月（それは「実際」の月である）に息をのんだことを思い出したときに、全く人工的な演劇の月はいまや彼の前にあって、より現実的な趣があるようだ。これら二つの月の光景は、一つは「現実」であり、もう一つは「演劇的」である。それらは交ざり合い「もう舞台は舞台でなくなつた」[3]という結論とともに、どちらがより正統な月かを決めることはもはや不可能になる。劇場を去り現実の橋の上に立ち止まり、彼は厳しい寒さのなかでしばらく立ち尽くし、浄瑠璃の一節を自然に鼻歌で口ずさむ。これは芸術と現実が重なり合ったのだといえる。

守られた暗い場所（都市の暗い裏道もしくは劇場であろうと）への荷風の好みは、満足がいくまで以前の江戸の風景の楽しい思い出を再演することを彼に促している。そう解釈することも可能だが、夢、幻想、そしてかろうじて抑制された無意識の衝動の収納先としてこれらの場所を評価することもできる。近代社会の拒絶を暗示するものという考えから離れても、これらの暗い隔絶された場所は明治の終わりに日本人であることの明らかに重要な側面をなしている。つまり荷風は、近代にとっての影とでも呼ばれるようなものを風景のなかに描いている。

村上が『世界の終りとハードボイルド・ワンダーランド』を書くときまでに、非常に多くの社会的・政治的・歴史的変化が日本を見違えるほどに変容させた。それにもかかわらずより広い文学的・文化的背景が共通している文脈のなかで、影は重要な役割を果たし続けている。『世界の終りとハードボイルド・ワンダーランド』は二つの部分に分かれている。それら別々の領域は最後に統合されるまで交互に章に描かれる。主人公である「私」は計算士として働いている。彼の仕事は「組織(システム)」と呼ばれる準政府機関のために自分の脳内で情報をシャフリング（物語のなかではっきりと定義されていないが、トランプを切るといった意味ではなく、主人公の脳内にある考えを交ぜ合わせることにより新しいものへ変化させることを指すようだ）することである。彼は「工場（ファクトリー）」として知られるライバル機関で働く専門家である記号士に追われている。優秀な研究者が「私」の脳内にある技術を埋め込み、それが「世界の終り」として知られる壁に囲まれた夢のような街を「私」の心の中に作り上げたことが判明する。このもう一つの世界の主人公は同様に一人称で語るが、この世界の内省的な性質に合わせて、彼は堅苦しくない日本語の一人称である「僕」を用いる。小説の最後で、「私」は「ハードボイルド・ワンダーランド」を捨てて「世界の終り」を選択する。彼は恋に落ちた司書とともに、「僕」の人格として永遠にそこに残り続けるつもりである。

本章のはじめに述べたように、私がこの本を初めて読んだときに非常に困惑させられたのが「僕」と彼の影の関係性だ。「僕」が壁に囲まれた街に入ったときに、門番がナイフを用いて彼の影を切り離した。守られたこの世界に入ることを選択した人々には必要な条件なのだ。小説がクライマックスに差しかかると、「僕」と影が再び結び付いて「南のたまり」に飛び込み、比較的現実の世界に近い「ハードボイルド・ワンダーランド」の世界に逃げ帰る可能性が出てくる。しかし彼らはそうすることはなく、私は一読者として、彼らが再びつながることができなかったことに深い悲しみと失望を覚えた。

この最後の場面についてはまたあとで述べることにして、ひとまず文章を伝え、書き込み、人生の意義と可能性を生み出す刺激を与えるものとして影が機能しているように感じさせる様々な状況について考えてみたい。

例を挙げると、「僕」と影の最初の分離は、三次元から現実の影がない二次元の像へのトラウマ的な置き換えを示している。しかし実は、小説には影のように作用するほかの映し出されたイメージや反射が多く含まれている。そしてこれらイメージや反射とともに影は人生とエネルギーを生み出す。最も明白なのが、二つの世界を章に交互に描くことによって、より明るい仮想的現実の「ハードボイルド・ワンダーランド」とより夢に近い「世界の終り」を並置させていることだ。読者がこれら二つのあいだに呼応している反響を認識するのには少し時間がかかるだろう。しかし物語の終わりまでくるとこれらの世界は連結しあい、一つの空間（もしくは一つの章）がどこで終わり、もう一つがどこから始まるのかを見極めるのは難しくなる。読者に関していえば、読者の頭の中に活動的な対極の動きを生み出すような方法でこの小説は構築されている。

一方が他方に作用するこの過程は、「私」が左右のポケットに両手を入れて別々に、しかし同時に手のなかのコインを計算する最初の章からすでに始まっている。彼はここで仕事の技術を洗練させようとしているのだが、村上が「割れた西瓜をあわせるみたいにそのふたつを合体させる」[4]と描くように、脳の別々の部分を最終的には一つにすることができるようにそれらを研ぎ澄ませるという意図がある。実のところ、この正反対なものの組み合わせというモチーフは「世界の終り」の構図に反映されている。街を歩いているうちに、「僕」は時計塔があり謎めいた雰囲気をもつ北の半円形の広場にやってくる。それに引き換え、川を渡った南の広場は似たような形に描かれているが何の印象も与えない。二つは異なる広場だが、同時に全体の半分ずつを形作っている。それらは互いに敬意を払い反響しあっているという点でだけ意味がある。「私」の頭の中に並置されているこれらの二つの半円形の空間が、「世界の終り」が存在する脳の物理的な形に似ていることは偶然ではない。このように相互に後追いをしていることは、作品全体に人間の心の機能の特徴である活動的な緊張と絶え間ない往来を生み出している。

しかしこの影と反射作用もまた、より暗く脅迫的な力として小説のなかで機能している。日本の大都市の日常生活でのありふれた経験に最も似ている「ハードボイルド・ワンダーランド」の領域のなかでさえ、地下鉄網のたった数メートル下にもう一つの地下空間があるのだ。そこは悪臭と危険、そして目に見えない恐怖の場所である。この影のなかに、やみくろというおぞましいものは潜んでいるのだ。そしてさらに悪いことには神道に伝えられる神話上の「黄泉の国」あるいは暗黒の世界の現代版であるこの領域は、そこに落ちると恐ろしい血だまりに「私」を分解してしまうヒルでいっぱいの穴がたくさんある。ここにほかの暗黒の世界についてのおとぎ話、つまり泉鏡花の『高野聖』（「新小説」一九〇〇年二月号、春陽堂書店）が反響している。この小説のなかでは、男性の欲望を利用して彼らを獣に変えてしまう女性に僧が会いにいくために森を抜けるとき、ヒルが僧に降ってくるのだ。しかし鏡花の物語でも村上の物語でも、これらの強迫的で悪夢のような場面は主人公が旅を終えることができるかを確かめるための試練として機能している。どちらの場合も、このような恐ろしく謎に包まれた風景は、ジークムント・フロイトが「抑圧されたものの回帰」と呼んだ、より広い現実の消え去ることがない特徴を構成する暗い側面の現れとして最もよく理解されるだろう。

しかし、このような謎に包まれた世界が憎悪を生み出す陰鬱な空間を指し示す一方で、それはしばしば村上の小説におけるまさしく影の欠如を示していて、さらにいっそう不穏で否定的な状況を作り出す恐れがある。「世界の終り」では登場人物は名前をもたず、役割でだけ記されている。門番は壁に囲まれた街の入り口を守り、「僕」のような新入りの切り離された影を見張っている。発電所の管理人は無害で無力な人物であり、街にも周りの森にも属していない。そして司書の影は彼女が十七歳のときに亡くなってしまい、母親のことはほとんど覚えていない。その一方で、「僕」は夢読みという肩書をもち、一角獣の頭蓋骨に閉じ込められた記憶のかけらを掘り起こす役割を担っている。ある意味では、完全に役割という点でだけ認識されるということは選択の困難さと不安からの完全な自由が約束されているのだ。小説の典型的人物の一人である大佐は、この街は完璧でありわれわれが必要なものはすべて提供されるのだと「僕」に説明する。「僕」の影が死ぬのが早ければ早いほど、彼は無知の至福へと溶け込んでいくことになる。

この作用に関して、坂口安吾のエッセー『日本文化私観』(文体社、一九四三年)が思い出される。坂口はあらがいがたいほどの美しさで彼を感動させた三つの場所について、詳しく述べている。通勤電車からよく見ていた東京の外れの小菅刑務所、東京湾の佃島にあるドライアイス工場、そして港への旅路の途中で出くわした日本の軍艦だ。彼がこの三つの場所を好きなのは、その完全な機能性と虚飾が全くないことのためである。さらに三つの建造物は刑務所の習慣的手順、工場の単調さ、そして海軍の規律によって特徴づけられていて、すべて囲い込まれ高度に統制された人間社会を意味する。つまりこれらの建造物のすべての角度と側面は把握されていて、信頼されている。ためらいや不安定な状況は絶対にない。すべてがしかるべき場所にあるのだ。安吾が一九四二年にこのエッセーを書いたという事実は、これらの建造物のファシスト的な可能性を強調するだけである。

しかし個人としてではなく全く機能的な役割として「世界の終り」に存在する可能性に誘惑的な魅力があるとしても、そこには好ましくない面もある。そして影をもたないという恐ろしい代償を払うのが「僕」の影にほかならないのは全く道理にかなっている。物語が進むにつれて、影は文字どおり心が麻痺したこの世界から再び一緒に逃げようと「僕」を説得するのにますます必死になる。「僕」が影に対して自分はこの街、特に司書に愛着をもってしまったために残ることに決めたと最終的に告げたとき、影はこの決断にある種の理屈を見いだすことが当然できる。それにもかかわらず、影は次の点を指摘する義務を負うだろう。街の人々は心をもたないので結果として争ったり嫌悪したりする衝動に欠けているため満足しているだろうが、人生に意味を与えるもの、つまり喜び、交流、愛情も欠いているのだ。

そして村上の小説でのこれ以外の影の表象は、そのほかの点では単に個別の文学テクスト内の出来事を伝えるより広い歴史的文脈に関連している。このより広い文脈上の視点は、村上が実際に日本の歴史上の出来事にどの程度関わっているのかということが批評家のあいだで主要な議論のもとになっていることから、彼の場合には特に重要だ。一九九五年は作品上にデタッチメントからより大きな社会的コミットメントへの変化がみられた年として通常は取り上げられている。この年に戦時下の傀儡国満州での日本の残虐行為について詳しく述べた『ねじまき鳥クロニクル』が発表されたことは特筆に値するだろう。さらに阪神・淡路大震災という自然災害とオウム真理教の地下鉄サリン事件という人間が作り出した恐怖が同年に起こったことで、村上は作品を通して共有された社会的トラウマについてより探求することになる。われわれはそれを短篇小説集『神の子どもたちはみな踊る』とノンフィクション作品『アンダーグラウンド』にみることができる。ここで私がいいたいことは、より広い社会的事象をフィクションだけでなくノンフィクションの形でも文章のなかに取り込もうとする作者の試み自体、自分のジャンルだけではどちらも十分ではないと作者が考えているということを意味しているということだ。

実のところ、フィクションとノンフィクションの語りは『世界の終りとハードボイルド・ワンダーランド』にもみられる。作中でどちらの世界にも存在する図書館がより広くより重要な歴史的背景において、断片的な経験をつなぎとめているのだ。例えば、「ハードボイルド・ワンダーランド」の世界では「私」は図書館の本から一角獣に関する情報を集める。そのうちの一冊では一角獣は単なる神話上の動物とされているが、別の本では一角獣は本当に存在するという興味深い可能性がほのめかされている。後者はロシア革命の直前にウクライナで発見された一角獣の頭蓋骨についての信憑性がある記述によって、歴史とフィクションの境界を曖昧にしている。それは一九四一年のレニングラード包囲戦のあいだに紛失されてしまうまで、何人もの手に渡ったと述べられている。これを事実とフィクションが交じったものとして読むことができる。

一方、「世界の終り」では一角獣が存在するのは事実であり、野原で草を食む様子が見られ、本のかわりに図書館の書棚は彼らの頭蓋骨で占められている。しかし歴史とフィクションのあいだ、夢と現実のあいだの壁がないわけではない。夢読みとしての自身の役割のなかで、「僕」はこれらの漂白された骨格に残存する人間の記憶の痕跡を抜き出す。それでも記憶は全体像としてではなく断片的にしか把握できない。つまり両方の図書館は意味を明らかにし時間をつなぎ合わせる可能性を提供しているが、両者に意味と歴史はそれぞれ半分ずつしか理解されておらず、残りは影に覆われたままである。

さて、これら様々な影の役割をめぐる考察を通して、何年も前の日本へのフライトで眼下に無限に広がっているシベリアに気づかずに、『世界の終りとハードボイルド・ワンダーランド』で繰り広げられる物語に私がすっかり夢中になった理由についての手がかりを得ることができたのではないか。しかし私がなぜそのときでさえ村上に完全に満足できず、そしていまもできないのかについて少し述べて終わりにしたい。手短かにいえば、満足がいく結末を村上が提示できると私が信じていないことが問題である。彼は多くのことを期待させるが、決して何かをもたらすことはないのだ。

物語の最後で、ひどく弱ってしまった影が捕らわれている門番の小屋へと「僕」が向かうのが思い起こされるだろう。壁に囲まれた街から逃げ出すために、「僕」は深い雪のなかを「南のたまり」に一緒に飛び込むために影を連れ出す。しかしたまりに来てみると、「僕」は影に恋人となった司書とともに残ることを決めたと告げる。影はたまりへと飛び込み一人で逃げるしかなかった。その結果として影が完全に死ぬことはないために「僕」は街から追放され、そして「僕」が頭蓋骨を読むことによって記憶の断片を十分に取り戻したためにもはや街の住人としての資格を失った司書もまた、街を去らなければならない。つまり、彼らは感情をもち続けているほかの追放者とともに森にある忘却の彼方で生涯を過ごすことを強いられるのだ。

ここにロマンチックな要素とこの「僕」の自己犠牲の側面が褒めたたえられるものである理由があり、また満足がいく一種の結末をどのように表しているのかを確認することができる。しかし少なくともこの小説の境界のなかでは、われわれが現実の世界として思い描くことができるものにきわめて近いのは「世界の終り」ではなくて「ハードボイルド・ワンダーランド」だろう。「僕」は「私」の想像上の産物としてしか存在しない。思うに、これは責任回避であり、人生を十分に生きることへの拒絶である。村上は現在の知識の限界を超えるために自分の言葉を用いようとしなかった作家だと私は考える。村上は限界を超えることには、あまり気乗りがしないようだ。彼にとってはこのままが心地いいのだ。そういう意味では、私が読者として感じたのは肯定的な感情というよりは否定的なそれである。まるで村上が月を見て、山の影を見て、自分が驚天動地の発見をしてしまったと感じたために影を見る力がないほかの望遠鏡に交換することを決めたかのようだ。もはや影を見ることはできないし、誰かにそれをまともに受け止めてもらうこともできないだろう。それはそうと、なんて誘惑的な考えだろう、日々の終わりに壁に囲まれた街の門を叩いている自分に気がつくなんて!!

注

(1) 永井荷風『永井荷風集』(「日本近代文学大系」第二十九巻)、角川書店、一九七〇年、一六八ページ。引用に際して旧漢字は新漢字に、またルビは一般的なものからは外した。以下同。

(2) 同書一七〇ページ

(3) 同書一七〇ページ

(4) 村上春樹『世界の終りとハードボイルド・ワンダーランド』新潮社、一九八五年、一二ページ

第2章

翻訳に内包される異国性
――村上春樹『中国行きのスロウ・ボート』

大村　梓

はじめに

翻訳文学は翻訳を通してエキゾチック（異国風）なものを読者に提示する。エキゾチシズム（異国趣味）は近代の芸術活動によくみられた風潮だが、フランス人の目を通して書かれたピエール・ロティ『お菊さん』（一八八七年）が示すように、常に現実の姿を反映して異文化が客観的・肯定的に描かれるわけではなく、作品に趣を与えるために用いられる。また、翻訳の場合も訳文テクストをめぐる要因（訳文の言語の文化圏に存在する文芸思潮や異文化認識など）が影響を与える時点で原文と訳文が厳密な意味で同一とはいえず、翻訳文学は「外国文学」としてまず認識され、[1]また翻訳テクストは原文とは別のものとして存在する。[2]そして日本文学の翻訳も、外国の読者の日本への興味や関心を同様に満たしてきた。特に、村上の小説は英語をはじめとした様々な言語に翻訳され、海外でも高い評価を得ている。翻訳理論家であるアンドレ・ルフェーヴルは、ある異文化について読者がすでに知っている何かに似た形で翻訳がおこなわれることはエキゾチシズムと密接な関係にあるということを指摘している。[3] このように訳文の言語の文化圏に既存の異文化認識は、作品よりも先行する。そして村上作品の翻訳は「外国文学」としてまず受け入れられる。しかし、村上作品の翻訳には異国性に関わる問題が二重につきまとうのではないか。彼の小説には外国文化の描写がよくみられ、それらは日本語読者にとっての異国性を内包している。英訳では、その異国性は消失してしまうのだろうか。そして村上作品の英訳は英語読者にとって「外国文学」として強く認識されることによって、「日本」という異国性がさらに付与されるのだ。

本章では『中国行きのスロウ・ボート』を取り上げ、英訳に内包される異国性について考えていきたい。

1　初期村上春樹作品の異国表象

村上作品にみられる異国表象は欧米の事物を描いたものが多いが、初期作品から中国人も登場している。異国表象は必ずしも肯定的になされるわけではなく、高度資本主義社会の空虚感が欧米文化に影響を受けた生活様式に囲まれた都市生活に描かれ、[4]『中国行きのスロウ・ボート』では三人目の中国人が出自を利用して商売をおこなう描写などがある。だがいずれの場合も、異文化を表象することによって、物語のなかに受容する側と受容される側を生み出している。このように物語に複合的な視点を与える異国性について考えていきたい。

一作目の『風の歌を聴け』から登場するのが、ジェイズ・バーのバーテンダーであるジェイという中国人だ。


「でも何年か経ったら一度中国に帰ってみたいね。一度も行ったことはないけどね。……港に行って船を見る度そう思うよ。」

「僕の叔父さんは中国で死んだんだ。」

「そう……。いろんな人間が死んだものね。でもみんな兄弟さ。[5]」

鼠は何度か肯き、黙ってビールを飲んだ。そして自分がこの中国人のバーテンについて殆んど何も知らなかったことに改めて驚いた。もっともジェイについては誰も何も知らない。ジェイはおそろしく静かな男だった。自分のことは何ひとつしゃべらなかったし、誰かが質問しても注意深く引き出しを開けるようにいつもさしさわりのない答を出してくるだけだった。[6]

ジェイは戦後を印象づける形で描かれ、本人も語らないので素性は誰も知らない。村上自身が述べているように、『中国行きのスロウ・ボート』は『風の歌を聴け』と『1973年のピンボール』のあとに書かれたものだ。[7]この中国人表象の傾向は、『中国行きのスロウ・ボート』での一人目の中国人教師の描写に引き継がれている。[8]『中国行きのスロウ・ボート』は一九五九年、もしくは六〇年の日本を起点とした約二十年の時のなかで、語り手である「僕」と三人の中国人との出会いをつづった物語だ。中国人教師と高校の中国人同級生の人物像は、やや類型的すぎる感は否めないだろう。本章で特に焦点を当てたいのが二人目の中国人女子大学生である。ほかの二人と比べて、彼女は内面にまで深く踏み込んで描写がされている。特に中国人女子大学生に焦点を当てて『中国行きのスロウ・ボート』の原文と英訳を比較していく。[9]

2　表層的な異国性――一人目と三人目の中国人

「僕」は模擬テストを受験するために中国人小学校を訪れ、試験監督である一人目の中国人教師と出会う。冒頭で「僕が小学校時代（戦後民主主義のあのおかしくも哀しい六年間の落日の日々）をとおしてきちんと正確に思い出すことのできる出来事といっても、たったふたつしかない。ひとつはこの中国人の話であり、もうひとつはある夏休みの午後に行われた野球の試合である[10]」と述べられていて、四十歳手前に見える中国人教師はいとも簡単に戦後と結び付けられる。実際に一九七二年まで日中国交は断絶されていたため、「僕にとっては世界の果て[11]」と語るように日中関係はあまりにも疎遠だった。試験開始直前に中国人教師は次のように述べる。

「さて、あと十分ばかり時間があります。そのあいだみなさんと少しばかりお話がしたい。気持を楽にして下さい」

ふう、という息が幾つか洩れた。

「わたくしはこの小学校に勤める中国人の教師です」

そう、僕はこのようにして最初の中国人に出会った。

彼はまるで中国人には見えなかった。けれど、これはまあ当然な話だった。これまで中国人に出会ったことなんて僕には一度もなかったのだから[12]。

"Well, as I see that we have ten minutes before the beginning of the test, I'd like to have a little talk with you. Please relax."

Phew, pheu. There were several sighs.

"I am Chinese and I teach at this school."

MY FIRST CHINESE!

He didn't *look* Chinese. But what did I expect? What was a Chinese supposed to look like?[13]

原文では中国人教師との出会いは淡々とした調子で書かれている。一方、英訳は「MY FIRST CHINESE!」となっていて、「中国人」との初めての出会いに「日本人」である「僕」は明らかに胸を躍らせている。そして「He didn't *look* Chinese.」で look（見る）が斜体になることで原文にはない強調が加えられ、「僕」の中国人観が外見に依存した表層的なものであることがわかる。その後、彼は「But what did I expect?（でも僕は何を期待していたというのだ？）」と自問し浅はかな考えを振り返る。たしかに原文でも中国人教師との出会いで「僕」の無知と幼さが露呈するが、英訳のほうがこの場面でそれが強調されている。原文ではそのあとに中国人教師に「僕」が圧倒される場面でのほうが、彼の他者認識がどれほど未熟だったかがわかるようになっている。「戦後を背負った中国人」である教師は、日中関係を背景に日本人と中国人は尊敬しあわなければならないと説く。そして、中国人教師からの人生の教訓（「いいですか、顔を上げて胸をはりなさい」[14]「そして誇りを持ちなさい」[15]）を「僕」はずっと覚えている。

二十八歳になった「僕」と三人目の中国人が東京で偶然再会したときに「僕」は彼のことを覚えていなかったが、中国人と知って高校の同級生だと気がつく。

「そう、俺の場合は中国人専門なんだよ。中国人にだけその百科事典を売るんだ。電話帳で都内の中国人の家庭をピック・アップしてね、リストを作って、かたっぱしから戸別訪問していくんだ。誰が考えついたかは知らないけど、まあなかなか上手いアイディアだよな。売れ行きだって悪くはないんだ。ドアのベルを押して、こんにちは、はじめまして、こういうものですって名刺をだす。それだけだよ。そのあとはいわゆる同胞のよしみというやつで、話はわりにとんとんと進むからさ」

何かが突然頭の中のキイを叩いた。

「思い出した」と僕は言った。

高校時代の知り合いの中国人だった。[16]

"Right, I specialize in Chinese. I only sell encyclopedias to Chinese. I go through the Tokyo directory picking out Chinese names. I make a list, then go through the list one by one. I don't know who dreamed this scam up, but why not? Seems to work, saleswise. I ring the doorbell, I say, *Ni hao*, I hand them my card. After that, I'm in."
Suddenly there was a click in my head. This guy was that Chinese boy I'd known in high school.[17]

彼は中国人相手に商売をする方法を説明するが、英訳では中国人というアイデンティティーが明らかに強調されている。原文では「こんにちは、はじめまして、こういうものですって名刺をだす」となっているが、英訳では「I say, *Ni hao*, I hand them my card.（「ニイハオ」と言って名刺を渡すんだ）」になっている。原文で彼は「商売をおこなう中国人」として存在していて個性がみられないが、「*Ni hao*」という表現は彼の中国人としてのアイデンティティーをことさら強調するように作用している。

このように一人目と三人目の中国人の描写は非常に表面的であり、語り手は彼らの異国性を受容する側として描かれている。また英訳では表層的な異国性をより強調するようになっている。しかし、二人目の中国人である女子大学生と「僕」は深く交流することになる。

3 異国性を超えて／異国性の付与——二人目の中国人

「僕」が出会った二人目の中国人はアルバイト先で知り合った女子大学生である。港町にある高校を卒業した「僕」は大学進学のために上京し、「僕」と彼女は十九歳という多感な時期に出会う。ある日、彼女が自分は中国人だと告げるまで、彼は二人の国籍の違いに気づかなかった。ほかの二人とは関係が始まったときから彼らが「中国人」であることを知っているが、この女子大学生と「僕」の関係はアルバイト仲間であり同い年の大学生ということから始まっている。彼女は自分の身の上話を彼に聞かせる。

彼女の父親は横浜で小さな輸入商を営んでおり、その扱う荷物の大半は、香港からやってくるバーゲン用の安い衣料品だった。中国人とはいっても、彼女は日本で生まれ、中国にも香港にも台湾にも一度も行ったことはなく、通った小学校は日本の小学校で、中国人小学校ではなかった。中国語は殆んどできなかったが、英語は得意だった。彼女は都内の私立の女子大に通っていて、将来の希望は通訳になることだった。そして駒込のアパートで兄と同居していた。あるいは彼女の表現を借りるなら、転がりこんでいた。父親とソリが合わなかったためだ。僕が彼女について知り得た事実は、ざっとこんなところだった。(18)

「僕」は「中国人」というカテゴリーにあてはめることによって彼女を「見て」認識しているのではなく、話を「聞く」ことによって彼女を認識している。そして、ほかの中国人とよりも積極的に交流を図ろうとしている「僕」の姿がここではみられる。ほかの二人とは異なり、彼女の中国人としてのアイデンティティーは非常に不安定だ。彼女は村上の初期作品の若者たちと同様に人生への不安感や孤独感をもち、中国人としてではなく個としての女性の姿をみせている。中国人女子大学生は中国語が満足に話せない日本語のネイティブスピーカーだと考えられ、英語も上手に話す。通訳を目指しているが、それは日英通訳を指すのだろうと推測できる。まるで自分のなかの「中国的要素」を否定しているかのようだ。

アルバイトの最後の日、「僕」は中国人女子大学生を踊りに誘う。二人は楽しい時を過ごしたが、別れ際に「僕」は彼女を間違えて反対側の電車に乗せてしまった。彼女は門限に間に合わず、彼女の家の最寄り駅で待っていた「僕」と再び出会う。謝る「僕」に彼女はもう放っておいてほしいと告げる。

彼女は涙に濡れた前髪をわきにやって力なく微笑んだ。「いいのよ。そもそもここは私の居るべき場所じゃないのよ。ここは私のための場所じゃないのよ」

彼女の言う場所がこの日本という国を指すのか、それとも暗黒の宇宙をまわりつづけるこの岩塊を指すのか、僕にはわからなかった。僕は黙って彼女の手を取って僕の膝にのせ、その上にそっと手をかさねた。彼女の手はあたたかく、内側が湿っていた。僕は思い切って口を開いた。

「ねえ、僕には僕という人間をうまく君に説明することはできない。僕にもときどき自分という人間がよくわからなくなることがある。自分が何をどう考えて、何を求めているのか、そういうことがわからなくなるんだ。それから自分がどういう力を持っていて、その力をどういう風に使っていけばいいのか、それもわからない。そういうことをひとつひとつ細かく考えだすと、ときどき本当に怖くなる。怖くなると、自分のことしか考えられなくなる。そしてそういうときには、僕はすごく身勝手な人間になる。そうしようとも思わないのに、他人を傷つけたりもする。だから僕には自分が立派な人間だとはとても言えない[19]」

"It's okay." She smiled weakly. "This was never any place I was meant to be. This isn't a place for me."

This place Japan? This lump of stone spinning around in the blackness of space? Silently I took her hand and placed it on my lap, resting my hand lightly on hers. Her palm was wet.

I forced words out: "There are some things about myself I can't explain to anyone. There are some things I don't understand at all. I can't tell what I think about things or what I'm after. I don't know what my strengths are or what I'm supposed to do about them. But if I start thinking about these things in too much detail, the whole thing gets scary. And if I get scared, I can only think about myself. I become really self-centered, and without meaning to, I hurt people. So I'm not such a wonderful human being.[20]"

中国人女子大学生の「ここ」という言葉が示す場所として、「僕」は東京ではなく日本を思い付く。それは彼女の「中国人」というアイデンティティーが「僕」にそうさせるのだ。そして二人がいる「ここ」という「場所」は日本人と中国人というアイデンティティーから考えると同じところを指していないかもしれない。しかし「僕」も故郷を離れた都会での生活や不安定な内面を抱え、彼女と同じような孤独を感じている。「僕」と彼女は手を重ね感情を吐露しあう。これは「中国人」という異国性を超えて二人の若者が共感し理解しあえる瞬間である。この場面での原文の「場所」と英訳の「place」には特段の齟齬はないようだが、物語の結末に「僕」が考える「場所」と「place」は同じものを指しているといえるのだろうか。三人の中国人との出会いを思い起こして、三十歳を超えた「僕」は次のように考える。

既に三十歳を超えた一人の男として、もう一度外野飛球を追いながらバスケットボールのゴール・ポストに全速力でぶつかり、もう一度グローヴを枕に葡萄棚の下で目を覚ましたとしたら、僕は今度はいったいどんな言葉を口にするのだろう？　あるいは僕はこう言うかもしれない。*ここは僕のための場所でもないんだ*、と。[21]

SUPPOSING I FOUND myself chasing another fly ball and ran head-on into a basketball backboard, supposing I woke up once again lying under an arbor with a baseball glove under my head, what words of wisdom could this man of thirty-odd years bring himself to utter? Maybe something like: *This is no place for me.*[22]

冒頭でも述べたとおり英訳は外国文学になるので、「僕」は「日本人」としての異国性を内包するようになる。

つまり、「僕」は「中国人」と同様に「外国人」として認識される。そのとき、地方の港町出身で都会に暮らす青年と日本人としてのアイデンティティーが重複することを表している。次に続く「うす汚れたビル、名もない人々の群れ、絶え間のない騒音、身動きの取れない車の列、灰色の空、空間を埋めつくす広告板、欲望と諦めと苛立ちと興奮。そこには無数の選択肢があり、無数の可能性があった。しかしそれは無数であると同時にゼロだった。僕らはそれらのすべてを手に取りながら、それでいて僕らの手にするものはゼロだった。それが都会だった[23]」という文章から、「僕」が示す「場所」が大都市東京であることがうかがえる。しかし英訳では「僕」の日本人としてのアイデンティティーがより強調されるため、「place」が東京と同時に日本も指していると読み取れる。それは中国人女子大学生が指す「場所」として、日本を「僕」が考えたのと同様である。英訳では「日本人」である「僕」もまた日本に居場所がないと感じているというふうに読み取れるが、「中国人」だから日本に居場所がない彼女よりも「日本人」なのに居場所がない彼のほうがより孤独だろう。

おわりに

以上のように、『中国行きのスロウ・ボート』の英訳での内包される異国性について分析した。中国人教師と高校の中国人同級生は類型的に描かれ「僕」との関係性も薄く、「僕」はもっぱら彼らがもつ異国性を受容する側として存在している。そして、英訳ではその表層的な異国性が強調されている箇所がみられた。これら二人の中国人とは異なり、故郷を離れて都会で暮らす「僕」と日本生まれの中国人女子大学生とは異国性を超えて孤独や不安感でつながる。また英訳では「僕」の「日本人」としての異国性が強調され、アイデンティティーの重複がみられる。このように、原文では日本人である「僕」が「中国人」をどのように受容するのかが主題となっているが、英訳では自国日本での「僕」の居場所のなさが強調され、孤独な「中国人」と「日本人」を両方とも受容される側に配置する物語としても読める。
翻訳は原文にはなかった効果をもたらすこともあれば、原文での主要なモチーフがすっかり抜け落ちてしまうこともある。村上の小説が全世界で読まれている現在から振り返ると、翻訳が果たす役割は非常に大きいといえるだろう。

注

(1) 大正・昭和期に活躍した翻訳家・堀口大学は、翻訳文学はエキゾチシズム的価値が加えられ、まず「外国文学」として認識されると指摘している。堀口大学「エキゾチズムに関するノオト」(「セルパン」一九三二年八月号)、参照は、堀口大学、安藤元雄／飯島耕一／窪田般彌／平田文也編『堀口大学全集』(第七巻、小澤書店、一九八三年)一七八―一七九ページ。
(2) アンドレ・ルフェーヴルは翻訳を rewriting(書き直し)と呼び、訳文の言語の文化圏で有力なイデオロギーや文学に関するシステムの与える影響に焦点を当てて分析している。André Lefevere, *Translation, Rewriting, and the Manipulation of Literary Fame*, Routledge, 2017.
(3) *Ibid.*, pp. 95-96.
(4) 拙稿で、『ダンス・ダンス・ダンス』での諦めにも似た消費社会の受容を考察した。大村梓「文学作品の描く消費社会像の二面性における秩序――谷崎潤一郎「青い花」と村上春樹『ダンス・ダンス・ダンス』」、沼野充義監修、曾秋桂編『村上春樹における秩序』所収、淡江大学出版中心、二〇一七年、三一一―三三八ページ
(5) 村上春樹『風の歌を聴け』講談社、一九七九年、一八八ページ。引用に際して、ルビは一般的なものからは外した。以下同。
(6) 村上春樹『1973年のピンボール』講談社、一九八〇年、一〇四―一〇五ページ
(7) 村上春樹『村上春樹全作品1979―1989 3 短篇集1』講談社、一九九〇年、Ⅱページ

(8)村上自身の中国認識を背景として説明しながら、加藤典洋は『中国行きのスロウ・ボート』で「良心の呵責」の分解・解体が試みられていると指摘する(加藤典洋「村上春樹の短編を英語で読む(第3回)「無謀な姿勢」はどこから来るか――「中国行きのスロウ・ボート」―初期短編の世界(その2)」「群像」第六十四巻第十一号、講談社、二〇〇九年、二五八―二七八ページ)。また藤井省三は一連の村上作品での中国表象の流れから、「僕」の中国人への背信と原罪の自覚がこの短篇ではみられると述べる(藤井省三『村上春樹のなかの中国』〔朝日選書〕、朝日新聞社、二〇〇七年、三四―四九ページ)。そして山根由美恵は内なる差別に気づいていく「僕」の姿を見いだす(山根由美恵「村上春樹「中国行きのスロウ・ボート」論――対社会意識の目覚め」、広島大学国語国文学会編「国文学攷」第百七十三号、広島大学国語国文学会、二〇〇二年、三五―四六ページ)。いずれも村上の他作品との関係性から主体としての「僕」に着目して作品のあり方を指摘している。

(9)『中国行きのスロウ・ボート』は一九八〇年四月、雑誌「海」に掲載された(「中国行きのスロウ・ボート」「海」一九八〇年四月号、中央公論社、九二―一〇九ページ)。その後、一九八三年に単行本化され(『中国行きのスロウ・ボート』中央公論社)、前掲『村上春樹全作品1979―1989 3 短篇集1』刊行にあたって改稿がおこなわれた。英訳はアルフレッド・バーンバウムが一九九三年に発表している。これらの日本語原文と英文テクストを比較したところ、バーンバウムは一九九〇年版をもとに翻訳していると考えられるため、本章では原文は一九九〇年版を用いる。また引用中の傍点と斜体はすべて著者と訳者による。

(10)前掲『村上春樹全作品1979―1989 3 短篇集1』一二―一三ページ

(11)同書一四ページ

(12)同書一七ページ

(13)Haruki Murakami, "A Slow Boat to China," in *The Elephant Vanishes*, translated by Alfred Birnbaum, A A. Knopf, 1993, p. 223.

(14)前掲『村上春樹全作品1979―1989 3 短篇集1』一九ページ

(15)同書一九ページ

(16)同書三四―三五ページ

（17）Murakami, op.cit., p. 236.
（18）前掲『村上春樹全作品１９７９―１９８９ ３ 短篇集１』二二ページ
（19）同書二七ページ
（20）Murakami, op.cit., pp. 230-231.
（21）前掲『村上春樹全作品１９７９―１９８９ ３ 短篇集１』三七―三八ページ
（22）Murakami, op.cit., p. 238.
（23）前掲『村上春樹全作品１９７９―１９８９ ３ 短篇集１』三八ページ

第3章 村上春樹における図書館

——異界、自己形成、手仕事としての創作

朝比奈美知子

はじめに

文学作品のなかに図書館を描くことはどのような意味をもつのだろうか。知の蓄積、所有、共有という異なる夢を内包する場であり、書かれたもので充満する図書館は、これまで様々な文学者の夢想をかき立ててきた。村上春樹も間違いなくこの空間に強く惹かれている書き手の一人である。彼自身の生と深く結び付いたこの場所は、『世界の終りとハードボイルド・ワンダーランド』『海辺のカフカ』『図書館奇譚』をはじめとして、主要な作品のなかに必ずといっていいほど描き出されている。ここでは、図書館という場所が文学的想像力に対してもつ牽引力を様々な文学作品のなかで概観しながら、村上における図書館描写がもつ意味について考えよう。

1　図書館が喚起する想像世界の多様性

アルベルト・マンゲルは『図書館――愛書家の楽園』で、古今東西の例を縦横に引きながら図書館という空間が人間に対していかに多様な夢想を促してきたかを語っている[1]。

知の所有の欲望、秩序、政治権力、記憶、逃避――たしかに人間はこの空間のなかに、個人の、時代の、あるいは人類の様々な欲望と夢をかなえる小世界を夢想してきた。だが、文学者がこの空間を語るとき、その夢想は、書くという行為に対する作家自身の執念と不可分に結び付く。様々な作家が愛書狂という典型に惹かれるのはそのことと無縁ではないだろう。十九世紀フランスの詩人ジェラール・ド・ネルヴァルは小説『塩密輸人たち[2]』で、書物に執着するあまり幽霊となって後任者の家に現れるパリの図書館の元管理官を描き、倉橋由美子は短篇『ある老人の図書館』（『老人のための残酷童話』講談社、二〇〇三年）で、図書館に住みついて書物をむさぼったあげく、読んだ書物の残滓である奇妙なフィルム状のものと化して死ぬ老人を描き、中島敦は短篇『文字禍』（「文学界」一九四二年二月号、文藝春秋社）で、文化財の研究に没頭するあまり、貴重な資料である粘土板を砕いて水に溶かし飲み込んでしまう学者、読書に没頭するあまり文字の精のとりこになったと信じる学者を描く。これらの奇怪な愛書狂は、文字を用いて書物を創造する者の執着がデフォルメされて現れたものとも捉えることができる。

一方、知の蓄積の場、歴史の記憶の場である図書館は世界の象徴にもなる。ホルヘ・ルイス・ボルヘスは、『伝奇集』（一九四四年）所収の短篇『バベルの図書館』で、『旧約聖書』のバベルの塔（「創世記」十一）に例えられる不思議な図書館を描く。書架が六角形回廊を通じて果てしなく連なるこの空間は、人知の無限の増殖を象徴する。図書館という表象を借りてボルヘスは、知の蓄積、知の所有への欲望がもたらす争い、検閲と排除による知の統制を想起し、バベルの災厄へと向かう人間の歴史を暗示する。他方彼は、無限の増殖を続ける図書館の探求を自分自身に似た旅人の旅になぞらえ、書くという行為が無限の広大さをもつ世界の神秘の探求につながるものであることを暗示する。

図書館はまた、しばしば時代の歴史観や政治状況を反映する。前述のネルヴァル『塩密輸人たち』は、第二帝政開始前夜のパリを舞台とし、小説の題材にすべき書物を求める主人公が繰り返す甲斐のない図書館の放浪の物語である。そこでネルヴァルは、学問・芸術の自由な探求の場だった古代アレキサンドリアの図書館と近代の図書館を対比しながら、同時代に強化された検閲と思想、風俗の統制、文化の卑俗化、大衆化を風刺的に描き出し、合理主義の信奉、資本主義的発展の追求と想像世界の探求とのあいだに生じる埋めがたい亀裂を示唆する。また、異なる言語、正字法、分類のあいだの混乱が書物の探索を阻害するというこの悲喜劇にはすでに、ミシェル・フーコーが『言葉と物』(一九七〇年)で「エートル・ド・ランガージュ[3]」と呼ぶところのものの出現を予感させるものが含まれている。

ところで、ボルヘスの図書館が一人称の語り手の旅と結び付けて語られたのと同様、ネルヴァルの不条理な探索も、作者に近い語り手の「私」による小説の素材探しの遍歴として書かれている。これらの例が示唆するように、文筆家の図書館描写は、しばしば作家自身の文学上の探求と深く結び付いている。

2 『図書館奇譚』——異界と自己探求

村上春樹もまた図書館の描写を通じて、書くという行為に対する自身の姿勢を模索する書き手である。彼に特徴的なのは、図書館が知の蓄積の場でありながらもむしろ個人の感覚や夢想と結び付き、そこでの体験が主人公の自己形成に密接に関わっていることである。そのことは、村上が「文学界」(二〇〇三年四月号、文藝春秋)のインタビュー記事で語った幼少時の図書館体験に根差しているように思われる。

例えば僕が子どもの頃、学校の図書館に「ノモンハン事件」について書かれた本があって、そこで戦車とか飛行機なんかの写真を見ました。そうすると、そこに引きずりこまれて行きそうな感覚があるわけですよ、何か。生まれる以前のことなんだけど、それでもなおかつそこにスゥーッと入っていってしまいそうな感覚なんです。図書館は何か一種の異界みたいな感じが僕にとってはするんです。[4]

村上は同じ記事で、少年時代に学校の図書館で覚えた「引きずりこまれて行きそうな感覚」が「何十年経っても残って」いて、大人になっても図書館の書物を手に取るとその感覚がよみがえるのだと述べる。つまり図書館は、いまもなお彼を引き込む異界であり続けているのだ。

童話風の短篇『図書館奇譚』[5]には文字どおり奇妙な異界としての図書館が現れる。作品の主人公は、市立図書館の深く薄暗い地下室で奇怪な老人に出会い、老人に言われるままに錯綜する巨大な迷路の奥にある「とんでもなく長い階段」を下りたところにある地下深い「読書室」にいざなわれ、閉じ込められる。老人はとらわれの人間に本を読ませ、書物を読むことによって滋味を増した脳味噌を吸うのだという。悪夢のような不条理のなかで、自身と老人の仲介役を務める羊男、投獄状態のなかで出会った美少女の助けを借りて、少年は恐ろしい異界から脱出し、日常生活を取り戻す。

この童話的異界冒険譚で「読書室」が地下深い場所に位置することは象徴的である。前述の「文学界」のインタビュー記事で村上は、人間の存在を複数の層からなる家に例え、そこには、人が集まり食事や会話をする一階、個人の領域である二階、「特別な場所でいろんなものが置いてある」「ときどき入っていって、なんかぼんやりしたりする」地下室があるが、そのさらに下には特別の扉を通って入っていく別の地下室、何かの拍子にフッと入ってしまうと広がっている、「前近代の人々がフィジカルに味わっていた暗闇」と呼応するような暗闇があり、人はその暗闇のなかを巡り、「普通の家の中では見られないものを体験する」のだと述べる。『図書館奇譚』の市立図書館の地下深く隠された「読書室」はまさに、地下室のそのまた下にある地下室の暗闇の世界である。村上はまた、その暗闇の世界に下りていくことは「自分の魂の中に入っていくこと」でもあると述べている。つまり、村上にとって地下に例えられる暗闇の探索は、未知の異界との遭遇であると同時に自己との対峙の意味をもつものなのである。

ちなみにこの童話的異界探検には、母親と主人公の関係という伏線が存在する。物語のなかで主人公は「すごく心配性」で自分の帰りが少しでも遅くなると「狂乱状態」に陥る母親に言及するが、この異界に閉じ込められることで彼はその母親から引き離される。主人公は地下の読書室から脱出する際に母親から贈られた革靴を失うことになるが、そのことは、この異界体験を契機とした主人公の変化を暗示する。脱出に成功した彼は以前のとおりの母親との生活に戻るが、まもなく母親は亡くなり、ある意味で、彼は自由になる。この異界探検譚は、母親の保護と束縛のもとにある少年が一人の人間として独立するための一つの通過儀礼として読むこともできる。

3 『世界の終りとハードボイルド・ワンダーランド』——境界線上の場

『世界の終りとハードボイルド・ワンダーランド』(6)にもまた、村上がいうところの地下世界、暗闇が広がっており、図書館はその入り口となっている。ただし、この作品は、個人というよりもむしろ社会とそのシステムを射程に入れている。ここでは二つのパラレルな世界が描かれる。一方、すなわち「世界の終り」には、広大な森の広がりを背景として立つ一つの完璧な都市が存在する。この静寂の街の人間は、エゴ、心、音、そして影を自分から分離し、秩序と安全を享受しながら生きている。主人公は、その街の図書館で一角獣の頭蓋骨から夢を読む仕事をさせられることになる。いま一つ、すなわち「ハードボイルド・ワンダーランド」は、未来の東京を思わせる高度科学技術都市で、主人公は「組織（システム）」と呼ばれる機構に雇われ、脳科学者のもとで頭蓋骨の共鳴音から脳の動きを洗い出すための計算の仕事を命じられる。主人公ははじめ自分が置かれた状況もわからず命じられるままに行動するが、やがて、自分が脳科学者のもくろむ記憶の操作の研究に利用された実験台であり、異なる様相をもちながら奇妙な対応をみせるパラレルな世界の存在も、その博士の操作によってもたらされたものなのだということを知る。

それに並行して、完璧なる街で主人公が命じられた一角獣の頭蓋骨の夢読みの仕事の意味も明らかになる。エゴ、すなわち自意識や情動、欲望、夢は、この街の秩序を保つために排除すべきものである。街の住人は、城壁の外に広がる原始の森に暮らす一角獣を街に引き入れてはエゴを吸い取らせて森に戻す。一角獣はやがて体内にため込んだ人間のエゴの重みに耐えかねて死ぬ。完璧なる街の番人は死んだ一角獣の頭を切り取り、掃除をしてエゴの力を弱め、それを夢読みに読ませる。夢読みを介してエゴは頭蓋骨から吸い取られ、ようやく大気中に消えていくのである。つまり、街の人間は、自らのエゴと影を放擲することと引き換えに完璧なる秩序を手に入れるのであり、夢読みの仕事とは、エゴの猛威を無化することなのだ。自分が投げ込まれた世界の仕組みを知った主人公はやがて、自由を取り戻すために街を脱出することを決心する。

この物語では、徹底した管理によって秩序を維持する世界と、その管理によって排除されたものが渦巻く闇の世界が対置されている。街の住人になる者が影の切り離しを命じられることとは、排除されるべき自意識、情動といったものが「闇」の性格を帯びることを端的に示している。そして街の南を流れる河の水が澱んで形成される「たまり」はまさしく闇の世界である。そのたまりは、「表面だけ見ると穏やかそう」だが、下方では「渦が錐のようになって底をえぐりつづけ」、底知れぬ深さをもつ。昔は罪人や異教徒を投げ込んだその淵に落ちた者は、二度と浮かび上がってこない。また、たまりの下には洞窟が錯綜し、そこに迷い込んだ者は「吸い込まれて暗闇を永遠に彷徨い続ける」のだという。この闇は、「ハードボイルド・ワンダーランド」の世界で主人公を脅かす「やみくろ」に対応するし、主人公が管理システムから脱出するために博士の孫娘と敢行することになる闇の洞窟行も、「たまり」の底の闇と無縁ではない。

「マガジーヌ・リテレール」（二〇〇三年六月号）誌上のインタビュー[7]で示唆されるように、村上の作品ではしばしば境界を超えることがテーマになるが、この作品では図書館が異なる世界の接点をなしており、この空間を通して主人公は両世界のあいだを行き来することになる。

ところで、この作品の図書館は、異なる二つのイメージを帯びている。システムの監視下で維持される街からタブーとして排除される夢の残滓（＝一角獣の頭蓋骨のなかのエゴの残滓）が保存されているこの場所は、管理社会の外に広がる闇の入り口でもあり、理想の都市から排除されるべきものが隠される場所でもある。他方、別の角度からみれば、番人の管理下で一角獣の頭蓋骨に残る夢の浄化の作業が組織的におこなわれるこの場所は、完璧なる人工の秩序を維持するための一種の工場の役割を果たしてもいる。この作品の図書館は、その二面性を孕む空間であり、二つの異なる世界のせめぎ合いと奇妙な均衡と、両世界の世界の境界に生きる者の一種の宙づりの状態を象徴しているように思われる。図書館がある界隈に対して主人公は、「郵便を失った郵便局か、鉱夫を失った鉱山会社か、死体を失った葬儀場のような」生気のないものでありながら、不思議に打ち捨てられたという様子がなく、正体も知れない人間たちが「息を殺して自分の知りえぬ作業を続けている」という印象を抱く。「ドアノブに鎖がかかり、窓はひとつもなく、飾りもない」にもかかわらず「天井が高く、まるで海の底のように静か」と描写される図書館内部は、この建物が属する世界の閉鎖性とその背後にある闇の広大さと深さを同時に象徴している。

村上作品のなかの図書館が主人公に自己形成を促す場であることはすでに述べたが、境界線上にあるこの空間は、宙づり状態の猶予と迷いの場所だ。自身が置かれた状況の意味を解明し、生を自らのものとするためには、境界を超えて「闇」と対峙しなければならない。主人公は、「ハードボイルド・ワンダーランド」では、自由と地上の世界を求めてオルフェウスの地獄下りに比せられる闇の洞窟行を敢行し、「世界の終り」では、完璧な街からの脱出を企図して闇の深淵である「たまり」を隠す原初の森に踏み込もうとする。しかしながら、彼は最後になって、自分自身を閉じ込めた街へと戻る決心をする。というのも、図書館での思索と闇の探索を通じ、主人公は自身に降りかかった生のねじれが自分自身のものである以上、「それを最後まで見届ける義務がある」と感じるに至るからだ。

4 『海辺のカフカ』——休息、夢想、母性

『海辺のカフカ』(8)では、一個の人間としての主人公の自己同一性の探求に焦点が当てられている。十五歳の少年カフカは、父親を殺し母親と結婚することになるというギリシャ神話のオイディプス王の運命にとらわれている。おそらく父親を殺して東京の家を出たこの少年は、放浪の末に高松にある甲村図書館にたどり着く。従来から社会に対する疎外感を抱き、図書館を唯一の自分の場所としていた少年は、そこで生活することになる。この図書館で彼は、ギリシャ悲劇から第二次世界大戦中のナチスの犯罪の記録まで様々な本を読みながら世界の歴史にふれて思索と夢想を重ね、他者と交流し、そのことを通じて、自身がとらわれている運命に向き合おうとする。『世界の終りとハードボイルド・ワンダーランド』の図書館が、管理、秩序とそれが排除する自然、野生、感情、エゴとのせめぎ合いを暗示する空間であったのに対し、『海辺のカフカ』の図書館は、主人公を包み込むものとしての性格をもつ。

　ソファに腰かけてあたりを見まわしているうちに、その部屋こそが僕が長いあいだ探し求めていた場所であることに気づく。僕はまさにそういう、世界のくぼみのようなこっそりとした場所を探していたのだ。でも今までそれは、架空の秘密の場所でしかなかった。そんな場所がほんとうにどこかに実在したなんて、まだ、うまく信じられないくらいだ。

たしかにこの図書館は、主人公を運命の呪縛から解放して外界へと導く役割を帯びているが、それ以上に、休息と夢想、包み込むものとしての母性あるいは女性性の相を帯びる。

ところで、「架空の秘密の場所」でしかなかった場所の実在とは、夢の現実への延長を示唆するものにほかならない。実際、この図書館にたどり着いた彼は、「短く眠って目を覚まし、また短く眠って目を覚ます」生活を繰り返す。そのなかで現実と夢の境界が曖昧になり、両世界が混じり合う。彼の夢は常に母性、女性性へと向かう。彼は図書館の管理者佐伯に母親の面影を見、なおかつ夢想裡に佐伯と性の交わりをもつ。彼をひと目で引き付けた、ひっそりとした世界のくぼみのような図書館のソファは、夢想裡の交わりで主人公が味わった「羊水のように柔らかく暖かく〔彼を〕包んでいく」佐伯の肉体そのもののイメージである。小説の最後に主人公は、血の儀式を通じて、母＝佐伯から再び生を得、自らがとらわれていた呪縛から解き放たれ、自身の運命を受け入れる決心をするに至る。この作品の図書館は、夢想の延長がもたらす自己探求の場であり、生／性の充溢の揺籃だ。

しかしながら、揺籃はとどまり続けるべき場所ではない。人間は心地よい夢想から出て、現実に戻らなければならない。実際、少年カフカは図書館から出て自身の生を受け入れるべく東京に戻る。その行為を通じて彼は自身の責任を引き受けることになるのだ。

その意味で、この作品の末尾で語られる二つの焼却は興味深い。第二次世界大戦中にアメリカがおこなった実験のために知的障害が残って字が読めないというナカタは、書物と図書館に深い憧れを抱き、死ぬ前に一度でいいから字が読めるようになること、図書館に行って好きなだけ本を読むことを夢見ていた。ところが、死ぬときに彼がしたことは、「字を燃やす」ことだった。甲村図書館で字を読むという夢想を膨らませてきたナカタは、死を通じて自身をとりこにしていた夢想から解放され、厳粛なる無に直面したともいえる。一方、夢想裡に主人公と交渉する少女（＝佐伯）は、「記憶をぜんぶ燃やしてしまった」がそれは重要なことではなく、「記憶は私たちとはべつに、図書館が扱うこと」なのだと言う。この言葉はすでに、主人公の図書館からの出発を暗示している。「逃げ回っていてはどこにも行けない」。人間はみな、心地よい夢想の揺籃から出て、現実を引き受けなければならない。書物や記憶の焼却は、夢想の場としての図書館と現実との距離の認識を暗示する。平野芳信は、村上作品の図書館とは、それぞれにかけがえのないものを失った者たちが古い思い出や夢とともにひっそり生きる「メタファーのアーカイブス」[9]であると述べている。たしかに『海辺のカフカ』の末尾で示唆されるように、人間は常に「いろいろな大事なものを失いつづける」のであり、それが「生きることのひとつの意味」であるならば、図書館とは、それら失われた記憶を夢想としてとどめることによって人間を支える場所だといえる。

5　文学創作の手仕事の象徴としての図書館

しかしながら、図書館は「メタファーのアーカイブス」にとどまる空間だろうか。『海辺のカフカ』の末尾で甲村図書館員・大島が、「世界はメタファー」だが「この図書館だけは何のメタファーでもない」と述べていることは重要である。大島は、人間の内部には図書館の書架に比せられる小さな部屋があり、人間は「自分の心の正確なありかを知るために、その部屋の検索カードをつくりつづけなくてはならない」のであり、「永遠に自分の図書館の中で生きていくことになる」のだと言う。この言葉は、図書館での記憶の蓄積を示唆するにとどまらず、その記憶との日々の絶えざる対峙を示唆している。この図書館の非メタファー性への言及に着目した楊炳菁は、日本の近代化の変遷を象徴するかのような甲村図書館という場に、「個人の記憶と共同体の共同記憶」の「連動」と「共振」を見ている。[10]また、村上の図書館に対する「偏愛」を指摘した小山鉄郎は、村上にとっての図書館とは、「『今そこにある言語』や価値観を一度パラレルな状態、バラバラな状態に置きなおす場所」[11]であると述べている。これらの指摘はいずれも、村上における図書館の夢想が過去だけでなく、むしろ現在、未来を射程に入れたものになっていることを示していないだろうか。

また、『図書館奇譚』『世界の終りとハードボイルド・ワンダーランド』でみたように、図書館が開示する闇は、人間にとって未知の他者なる世界や自然でもあり、ほかならぬ人間の内部にあっていまだ直面されていない内的欲望や情動、獣性の象徴でもある。『世界の終りとハードボイルド・ワンダーランド』の主人公の暗闇の洞窟行が古代ギリシャのオルフェウス神話になぞらえられたように、図書館は他者なる世界に直面し生の秘密を解き明かすための試練の入り口であり、その意味で、現代、未来に向けての生の探求を促すものである。実際村上は、『海辺のカフカ』で（ウィリアム・バトラー・）イェーツを引用しながら、「僕らの責任は想像力の中から始まる」のであり、「逆に言えば、想像力のないところに責任は生じないのかもしれない」と述べている。図書館を通じた想像世界との遭遇は、現実の生に対する責任を人間に要求するものであり、また、想像世界の闇との対峙こそが、現実の問い直しや生に対する新たな認識を人間に芽生えさせるのだと、村上はいっているように思われる。

さらに、その意味で、大島が図書館のメタファーでない確かな存在に言及し、検索カード作りや掃除や空間の手入れといった手仕事の必要性を強調していることは示唆的である。この手仕事への言及は、小説の言説の地平を、物語のなかの行為者としての作中人物の地平から、文学創作に向き合う作家の仕事の地平へと移行させる。つまり、この言葉は、闇や記憶との対峙を言葉の地平で表現するという格闘を日々継続する作家の仕事を、「メタファーでない」手仕事として暗示するものだとも読めるのではないだろうか。[12]

おわりに

図書館は、知の蓄積、歴史の記憶の役割を担う一つの世界であり、人間を可視の日常の、あるいは常識の壁を超えた想像世界へといざなう、想像力の冒険の場である。また、それはとりわけ、ボルヘス、ネルヴァルあるいは村上の作品が示唆するように、隠された想像世界との、そして現実との対峙を通じて作家が文学言語の創造にたゆまず取り組む、現実の手仕事の象徴でもあるのだ。

注

(1)アルベルト・マンゲル『図書館――愛書家の楽園 新装版』野中邦子訳、白水社、二〇一八年

(2)この小説は一八五〇年、「ナショナル」に連載されたのち、構成に改変を加え、「アンジェリック」という題名で一八五四年刊の小説集『火の娘たち』に所収される。日本語訳があるのは後者である。ジェラール・ド・ネルヴァル『火の娘たち』中村真一郎／入沢康夫訳、『ネルヴァル全集』(田村毅／丸山義博／中村真一郎編、入沢康夫監修)第五巻所収、筑摩書房、一九九七年

(3)言語がものとの原初の結び付きから切り離されてもつことになった、言語自体の自律的実在性のこと。詳しくは、以下の邦訳を参照のこと。ミシェル・フーコー『言葉と物――人文科学の考古学』渡辺一民／佐々木明訳、新潮社、一九七四年、六七―七〇ページ

(4)村上春樹「『海辺のカフカ』を中心に」(「文学界」二〇〇三年四月号)、『夢を見るために毎朝僕は目覚めるのです――村上春樹インタビュー集1997―2011』(文春文庫)、文藝春秋、二〇一二年、一〇一ページ

(5)村上春樹『図書館奇譚』新潮社、二〇一四年。そのほかの細かな引用もすべてこの版を使用した。

(6)『村上春樹全作品1979―1989 4 世界の終りとハードボイルド・ワンダーランド』講談社、一九九〇年。そのほかの細かな引用もすべてこの版を使用した。

(7)「書くことは、ちょうど目覚めながら夢見るようなもの」(*Le Magazine Littéraire*, n.421, Juin 2003)、前掲『夢を見るために毎朝僕は目覚めるのです』一六四ページ

(8)村上春樹『海辺のカフカ』上・下、新潮社、二〇〇二年。そのほかの細かな引用もすべてこの版を使用した。

(9)平野芳信「君は暗い図書館の奥にひっそりと生き続ける」、柘植光彦編『村上春樹――テーマ・装置・キャラクター』(「国文学――解釈と鑑賞」別冊)所収、二〇〇八年、一六〇ページ

(10)楊炳菁「村上春樹文学における図書館――『海辺のカフカ』の甲村記念図書館を中心に」、国際交流基金「をちこち」(http://www.wochikochi.jp/relayessay/2013/06/haruki-kafka.php)［二〇一九年十二月二日アクセス］

(11)小山鉄郎『村上春樹を読みつくす』(講談社現代新書)、講談社、二〇一〇年、四二ページ

（12）ここで示唆された非メタファー性、手仕事性は、村上が日々継続するランニングにも通じるものがあるように思われる。

第4章　村上春樹、旅に出る（そのⅡ）

アンヌ・バヤール＝坂井

はじめに

村上春樹の新作発表となると、それが大きな話題性をもつのは確かだが、だからといってすべての新作が同じ文学的重要性、あるいはメディア的話題性をもっているわけではない。二〇一五年に『ラオスにいったい何があるというんですか？』（以下、『ラオス？』と略記）が発刊されたとき、無視されたわけではもちろんないが、〇九年から一〇年にかけての『1Q84』の発売、あるいは一七年の『騎士団長殺し』の発売に伴うフィーバー（それがいささか、というか、相当、というか、とにかく人工的にあおられたものであろうと）とは比べものにならない静けさのうちに迎えられたといえる。紀行文集がフィクションほど読者、あるいは批評家たちの期待を集めないのは当然かもしれないが、例えば村上による翻訳が発表されるときの盛り上がりに比べても、この紀行文集があまり注目されなかったのは明らかだ。正確な書評数などを挙げて比べるのは困難だが、一七年十二月に村上春樹訳、レイモンド・チャンドラー著『水底の女（The Lady in the Lake）』が早川書房から刊行されたとき、村上がチャンドラーの長篇七作の訳をこれで完成させたことも重なってマスコミに大きく取り上げられ、相当話題になったことを思うと、いかに『ラオス?』が注目されなかったかがわかる。
では、村上の作品のなかでジャンルとしての紀行文、または旅行記はどのような位置を占め、どのように機能しているのだろうか。ここではその問題を視野に入れて、『ラオス?』が村上作品のなかでもつ意味を考えてみたい。

1　村上春樹の紀行文集

以前、一九九〇年から二〇〇一年のあいだに村上が発表した紀行文についての論文[1]を発表する機会があったのだが、村上がその頃に言っていたことと比べて、村上自身が『ラオス?』のあとがきで述べているとおり、〇〇年代に入ると次のように思うようになったらしい。

「うーん、旅行記はしばらくはもういいか」みたいな感じになり、ある時点からあまり旅行についての記事を書かなくなってしまいました。「この旅行についての記事を書かなくちゃ」と思いながら旅をしているのも、結構緊張し、疲れちゃうものだからです。それよりは「仕事は抜きにし、頭を空っぽにして、とにかく心安らかに旅行を楽しもうじゃないか」という気持ちになっていました。[2]

『ラオス?』はほぼ十五年ぶりに刊行された紀行文集というわけだが、この時間的ギャップは何を意味しているのだろうか。なぜ村上は一時旅行記を書くのをやめ、なぜまた再開したのか。村上の年譜からいくつかの項目を拾うと、『ノルウェイの森』が一九八七年、『ねじまき鳥クロニクル』が九四年から九五年にかけて、『海辺のカフカ』が二〇〇二年に発表されている。したがって一九九〇年から二〇〇一年に書かれた紀行文の刊行は村上の文学場での立場の変貌と同時並行して進められていったことになる。一応多くの読者に知られてはいるがズバ抜けて有名ではない作家が書いた紀行文と、超有名で、世界中に膨大な数の読者をもち、ノーベル賞候補に挙がっている作家が書く旅行記が同じ文学的価値、そして商業的価値を与えられないのは当然だろう。

旅行記の面白さは、内容の面白さか（そしてその内容のなかには旅行先が大きなウエートを占めているわけだが）、書き手の魅力による。そして、もちろん各作品のあいだに差はあれど、総合的に村上の旅行記は読んでいて大して面白くないといえる。村上が書くフィクションを読むときの、前へ前へと読み急ぎたくなるような力、筋の展開の巧みさ、それも多分にハードボイルド的なサスペンスをほうふつとさせるような展開の巧みさなどはもとから紀行文にはない。あまり大げさな予言は避けるべきだろうが、村上が日本の文学史、あるいは世界の文学史に残るのは、旅行記の書き手としてではないことは確かだといえる。だとしたら、なぜ村上はあえて紀行文を書いているのだろうか。

一九九〇年代に村上が書いている紀行文は二種類あるといえる。一方は出版社の依頼を受けて書いているもの、もう一方は村上が自ら進んで訪れた「外国」、つまり「ほかの国」あるいは「ほかの場所」とのあいだに紡ぎ出される「親密な緊張関係」のようなものに基づき書いているものである。日本から離れた村上は、その距離の体験をそのまま文章化する。

そう、ある日突然、僕はどうしても長い旅に出たくなったのだ。[3]

と村上は一九九〇年に出版した『遠い太鼓』の冒頭に書いている。そしてまた、九八年に発表した『辺境・近境』ではこう説明している。

この旅行が終われば、僕にはちゃんと戻るところがある。そこには僕のための場所があり、役割があるのだ。でも昔はそうではなかった。旅に出て行き惑えば、そのままずっと行き惑ってしまうかもしれないという、ある種の切羽詰まった心持ちがそこにはあったのだ。でもそれにもかかわらず、僕はその当時本当によく旅をした。朝目が覚めて、何処かに行きたいと思ったら、そのまま家を出て長い旅をした。たぶん僕はそんな「行き惑いかねない」旅が僕に向かって差し出してくれる幻想のようなものを切実に求めていたのだと思う。[4]

このようにしてみえてくるのは、旅の目的がいわば心のひびのようなものの探求である点なのだが、その探求自体、村上にとって、作家としての仕事を達成するという目的のためにおこなうものでもある。日本を離れたからこそ、『ノルウェイの森』も、『ダンス・ダンス・ダンス』も、そして『TVピープル』も書くことができたのだと村上はいっている。ギリシャやイタリアなどの外国で生活できたことは、村上という一人の作家のすべてを「書く」ことに集中させることを意味していて、だからこそ村上はそのときに書かれた二つの小説に対し、「この二つの小説には宿命的に異国の影がしみついているように僕には感じられる[5]」と記しているのだ。

このように、一九九〇年代に書かれた紀行文や旅行記があらわにしているのは書くことに対する欲望であり、「書くために遠ざかり、遠ざかったから書く」といったプロセスが機能するようになる。そのようにして書かれた作品の一つが、村上の文学上の立場を根本的に変えた『ノルウェイの森』であることは興味深い。「村上春樹」は旅と、それから生まれる紀行文が形成した「作家」なのである。だが、ここで明らかなのは、紀行文が村上にとって「書く欲望」の対象ではないということだ。「旅すること」と「書くこと」が心のひびの探求を通して村上にとってエポックメーキングな小説を形作った――これが村上が記す自らの軌跡についてのストーリーテリングなのだが、そこにはどこにも紀行文への言及はなく、この創作のプロセスからは紀行文がストンと抜けている。

そのような作家がなぜ紀行文を書くのを十五年近く控えるようになるのだろうか。先に引用した『ラオス？』

のあとがきを読むとき、みえてくるのは「書く欲望」に取って代わって生じる「書かない欲望」であり、以前は書くための旅行だったのが、今度は書かないことが旅行を可能にする条件になっているという点である。ある意味で、村上は初めてここで単に旅をすることを発見するわけだ。だが、ここでこの「書かない欲望」を理解するには、二〇〇〇年代の村上の立ち位置を見落とすわけにはいかない。二〇〇〇年代以降もはや旅の焦点は、行き先や、そこで見たものなどでは全くありえず、まさに「村上」、商業商標化した「村上」なのである。そして旅は多くの場合、村上キャラバンのように編集者や写真家を伴い、一つの行事の様相を帯びる。その結果、小説を書くために心のひびの探求が必要だとしても、旅はそれを可能にする場として機能しなくなってしまったのではないだろうか。

したがって、二〇一五年に刊行された『ラオス？』に村上の根本的な創作態度、作品作りのプロセスなどを読むのは無理だろう。では読むかいがないかというとそうではなく、ある意味で内容が面白くなければ面白くないほど村上がとっている態度、演出している作家としてのスタンスがはっきり読み取れるのではないかと思われる。

2　十五年ぶりの紀行文集、その構成

紀行文集としての『ラオス？』の刊行は二〇一五年だが、ここに収められている文章の執筆時期は一九九五年から二〇一五年までの二十年間にわたっている。この事実は村上自身の「旅行記はしばらくはもういいか」という発言に相反するようにも受け取ることができるが、重要なのは、あちらこちらに書かれたものが一つの「作品」としてまとまった形を与えられたのが一五年だという点だろう。そして注意深くチェックすると、ここにある十編の紀行文がこの二十年間のあいだに均質に配置されているわけではないことがわかる。

チャールズ河畔の小径　ボストン1（一九九五年）
緑の苔と温泉のあるところ　アイスランド（二〇〇四年）
おいしいものが食べたい　オレゴン州ポートランド　メイン州ポートランド（二〇〇八年）
懐かしいふたつの島で　ミコノス島　スペッツェス島（二〇一一年）
もしタイムマシーンがあったなら　ニューヨークのジャズ・クラブ（二〇〇九年）
シベリウスとカウリスマキを訪ねて　フィンランド（二〇一三年）
大いなるメコン川の畔で　ルアンプラバン（ラオス）（二〇一四年）
野球とクジラとドーナッツ　ボストン2（二〇一二年）
白い道と赤いワイン　トスカナ（イタリア）（二〇一五年）
漱石からくまモンまで　熊本県（日本）（二〇一五年）

これは目次順に並べられた文章に初出年に関する情報を加えたものだが、それを年代順に並び替えると、次のような結果になる。

ボストン1　一九九五年
アイスランド　二〇〇四年
オレゴン州ポートランド　メイン州ポートランド　二〇〇八年
ニューヨーク　二〇〇九年
ミコノス島　スペッツェス島　二〇一一年
ボストン2　二〇一二年
フィンランド　二〇一三年

ルアンプラバン（ラオス）二〇一四年
トスカナ（イタリア）二〇一五年
熊本県（日本）二〇一五年

この二つの順序を比べると、目次のように入れ替えた理由の一つはアメリカの比重ではないかと思われる。発表年代順では、最初に発表された六編のうち四編までがアメリカをテーマにしていることがあらわになるが、単行本で採用されている順序ではその四編が均等に目次のうちに配置されていて、村上のアメリカに関する紀行文集を読んでいるという印象を読者に与えずにすんでいる。ここで影響しているのは村上のイメージの構築で、すでにアメリカナイズされた作家というイメージを強くもっている村上として、より国際色豊かで、世界各国を旅する作家のイメージを強調することは、世界的な作家としてのスタンスをアピールするうえでも重要だろう。実際にアメリカは世界的文章流通を統御する力関係のうえで圧倒的な強さを誇り、またアメリカが村上が選んだ国際出版市場への入り口ではあるが、イメージのうえでは、広く世界中に認められる反米感情ゆえ、アメリカにあまりに近しいことにはデメリットも大きく、村上はアメリカに対する親しさを提示しながらも（だから四編がアメリカを対象にしていて）、距離も置いている（ほかの六編）。絶妙なバランスの取り方である。

3　アメリカ、ヨーロッパ、そしてアジア

もう一つ興味深いのは、アメリカを除く西洋の国々の選択である。この紀行文集に登場するのは、ヨーロッパのいわゆる中心にある国ではなく、アイスランド、フィンランド、ギリシャ、イタリアといった若干周縁的な国々だ。アイスランドとフィンランドはヨーロッパでも北欧、北の端に位置する国々だし、そのうえ北欧のなか

でも中心的なスウェーデンは選ばれていない。だからこそ、例えばフィンランドに関して村上は「ヨーロッパの本当の「端っこ」[6]という言い方をしているのだろう。そしてギリシャとイタリアは村上の以前の旅、以前の紀行文で語られている旅と重複するのだが、いずれにしてもヨーロッパの地中海的周縁に位置していることは確かだ。

では西洋以外はどうかというと、アジアの国が二つ登場する。ラオスと日本だ。この紀行文集の編集上の文句なしにすばらしい思い付きはそのタイトルだと思えるのだが、それはラオスに関する章のタイトルでなく、文中の一節に由来している。

日本からラオスのルアンプラバンの街に行く直行便はないので、どこかで飛行機を乗り継がなくてはならない。バンコックかハノイを中継地点にするのが一般的だ。僕の場合は途中でハノイで一泊したのだが、その時ヴェトナムの人に「どうしてまたラオスなんかに行くんですか?」と不審そうな顔で質問された。その言外には「ヴェトナムにない、いったい何がラオスにあるというんですか?」というニュアンスが読み取れた。[7]

この一節を題名として取り上げることによって、読者の気を引く、ある意味でとても村上春樹的な、フィクションのタイトルともなりうる、といいたくなるようなタイトルができあがっている。また、村上が普段アジアと関連づけられることがほぼ皆無なことを踏まえて、意表を突くといった効力もある。いかにも村上春樹的な表現が村上春樹的でない内容とリンクしていて、その結果、この紀行文集がほとんど西洋の国々を題材にしていることがうまく隠蔽されている。

だが、このタイトルになる文節が語られるエピソードそのものも意味をもっている。アジアの大国の住民である作者がある小さなアジアの国(ベトナム)の人を前に、より小さなアジアの国(ラオス)を擁護する、といった図式が提示されている。アメリカが村上のイメージの一つの極だとしたら、ここにあるのはその対極で(もちろん、アメリカとベトナム、ラオスなどとの歴史的関係も踏まえて）、そこに自分をすえることで、村上はより多極的な世界、どこの読者にも受け入れられるような多極的世界に属する自分を演出することに成功している。

では、何がラオスにあったのか。ルアンプラバンに関するテクストで繰り返し語られるのは、メコン川と宗教性である。この章は全編にわたって托鉢に出る僧侶やホテルで聴いたシャーマン的な音楽の演奏といったエピソードが配置され、そこから浮かび上がってくるラオスのイメージは、この紀行文集にあるほかの、近代的で先進国に属する国々とは違い、先祖代々伝えられてきた伝統、文化、風習によって形成されている永久不変のイメージなのである。そしてそのようなイメージが示唆しているのは、永遠のアジアといったステレオタイプだといえる。もちろんステレオタイプだからといって、それが虚構だとは断定できないが、ここで問題なのは、それが正しいかどうかではなく、どのような表象や言説が構成され、読者に与えられているかなのだ。

そして最後の章のテーマの日本だが、巻末にこの章を配置することによって、日本を「戻ってくる場所」として演出している。長い長い旅の末に、著者も読者も、知り尽くし、親しみの対象である場所へと帰還する。もちろん熊本は日本の周縁だといえるし、そのためここで取り上げられている旅も日本の中心から周縁への旅であることは確かだが、「端っこ」の「端っこ」であるラオスに比べ、熊本が中心的であることは明らかで、だからこそこの著書の末にたどり着く場所が同時に戻ってくる場所でもありうるのだ。ただ、作家の演出の観点からいって重要なのは、そこで語られている夏目漱石に関するエピソードなのだが、それにはまたあとでふれる。

4　越境文学ではない紀行文集

このようにして『ラオス？』のタイトル、構成、すべてが村上を脱アメリカ化することを目的にしているように見受けられる。だがそこで問題になるのは、それでもこの紀行文集には四編ものアメリカをテーマにしたテクストが含まれている点で、どのようにアメリカが演出されているかが気になるところだろう。ここで最もはっきり村上とアメリカの関係が現れているのが巻頭の「ボストン1」の章なのだが、そこではその関係が言語への影響、強いていえば、言葉の動揺として演出されている。

　現代文学には外国語との交錯を通して日本語や日本文学を揺さぶる、多和田葉子や水村美苗、リービ英雄などの作家に代表される、いわゆる越境文学というジャンルがある。この紀行文集の著者としての村上にはこのような文学的野心はないだろうが、にもかかわらずこのテクストには数多くの日本語が英語に侵食されているかのような現象が見受けられる。

　まず一見して目につくのはこの文章でのカタカナの多さだろう。また、文中に英語をそのまま挿入していることも注目に値する。アメリカを舞台に文章が展開している以上、固有名詞などがカタカナ表記なのは当然だし、ボストンといえばボストン・マラソンで、これについて記されているが、マラソンやジョギング用語は英語に由来するわけだから、そこからもカタカナが文章に大量流入しているのも至極当然だ。ただ、理由は何であれ、結果からいうと、テクストにはおびただしい数のカタカナがちりばめられているのだ。また、英語の挿入だが、次のように現れている。

> その情景には――ややこしい言葉を使ってまことに申し訳ないのだが――一種の「概念設定」のようなものがしっかり含まれているのだ、と。といってもわかりにくいかもしれない。そうですね、英語で言うなら determination という言葉があるいは近いかもしれない。[8]

> レースを走り終えると、そのままコプリー・プレースの「リーガル・シーフード」に行って、まず冷たいサミュエル・アダムズ・ビールを飲む。それからチェリー・ストーンという貝をスチームしたものを食べる。僕が首からかけている完走メダルを目にして、ウェイトレスが "Oh, you are one of those crazy people,

aren't you?" と言う。ああ、あなたもあのクレイジーな人々の一人なのね。そうです、僕もその一人だ。ありがとう。そのころになるとやっと「ああ今年もボストンを走ったんだなあ」という実感が湧いてくる。[9]

Determination の納得のいく和訳があるかどうかは意見が割れるところかもしれないが、「Oh, you are one of those crazy people, aren't you?」に至ってはそうではなく、実際に村上はわざわざ和訳を付け加えている。そして和訳を記している以上、英文を挿入する必要はないはずなのだが、あえてそうすることによって一種の「それらしさ」、あるいは言語的臨場感とでも名づけたくなるような効果を狙っていると思われる。その点からはまた別の試み、カタカナで表記した言葉にかっこ内で説明、または訳を付け足していることも――「僕のターフ（ホーム・グラウンド）」や「季節の水位のノッチ（刻み目）[10]」など――同じ効果をもたらしている。

このような言語の使い方や表記の選択を前にして読者は、これはある日本語の話者がアメリカナイズされた自分を演じたいがために使う言葉のパロディー版なのでは、と勘繰りたくなる。この一種の安っぽい（チープな）バイリンガリズムに対する読者の反応は相当アンビバレント（両義的）だ。このアメリカナイズされ、自分の英語の達者さを強調する話者は特権的であり、その特権的立場はアメリカの、いや世界の最も権威がある大学の一つであるハーバード大学や、世界で最も権威があるマラソンの一つであるボストン・マラソンという舞台背景を使って自分を演出することで強調されているように映る。村上の作品を読み込んでいる読者は『ラオス？』を通してはじめて著者とボストン・マラソンやハーバード大学の関係を知るわけではもちろんないが、ここでそれは誇示されていて、話者はそれをひけらかすことによって自分を特権化し、社会のいわゆる普通の人、読者との差を強調する。そして、それはまさにスノビズムのメカニズムなのではないだろうか。

だが同時にここでパロディー的な要素も認められるのは、村上流ジャパニーズ・イングリッシュが、実は誰でも理解できるものだからで、そのスノビズムは実際には機能していないのだ。というか、そのスノビズムを村上は読者と共有するのだが、共有されたスノビズムはスノビズムとして矛盾していて、その結果自己否定することになる。だからこそ、どれほど日本語が英語に侵食されているようにみえても、実際は全く脅かされていない。その一つの証拠が、先のウエートレスを除くあらゆる外国人の話者、つまり外国語の話者が、村上訳を通して日本語の話者と化す点だ。例えば、アイスランド人は次のように話す。

「気の毒だけど、パフィンはもうみんな子育てを終えて、海に出て行っちまったよ」
「まあ、子供たちはまだちびっと残っているけどね[11]」

ギリシャ人は次のように言う。

「おい。ハルキ、そんなの飲んじゃダメだ。頭がいかれちまうぞ。俺でさえ飲まないんだから[12]」

村上が原語の口語体を日本語の口語体に移しうるのは、翻訳者としての大きな実績があり、それぞれの言葉の核でもあるパロールの唯一性とでも訳したくなるsingularityを捉えるのに長けているからだろう。そしてこのギリシャ人の言葉のなかで訳されていないのはただ「ハルキ」だけだが、ローマ字から漢字への変換のほぼ中間点にあるカタカナ表記にとどまっているのは興味深い。

5　紀行文の過去と現在

このようにアメリカに関するテクストでは特に言語の問題が顕著に現れているとして、村上が自分の過去の足跡をたどる章はこの紀行文集でどのような役割を与えられているのだろうか。ギリシャのミコノス島、スペッツェス島への旅とイタリアのトスカーナ地方への旅がそれぞれ語られているのだが、二つを比べると、ギリシャの島々に関するテクストは以前に比べ失われているものが強調されているため、一種の寂しさを帯びているのに対し、トスカーナへの旅はそれがワイナリーの取材を含んでいるからか、相当楽しげな雰囲気を醸し出す。

今から二十四年ほど前のことになるが、ギリシャの島に住んでいた。スペッツェス島とミコノス島。「住んだ」といってもせいぜい合わせて三ヶ月くらいのことだけど、僕にとっては初めての「外国で暮らす」体験だったし、それはずいぶん印象深い体験になった。ノートに日々の記録をつけ、後になって『遠い太鼓』という旅行記の中にそれをまとめた。

その後も何度かギリシャに行くことはあったけれど、それらの島をもう一度訪れたことはなかった。だから今回はその時以来の「再訪」ということになる。「ピルグリメイジ（巡礼）」という英語の表現がある。そこまで言うのはいささか大げさかもしれないが、要するにおおよそ四半世紀の自分の痕跡を辿ることになるわけで、懐かしいといえばたしかに懐かしい。とくにミコノス島は小説『ノルウェイの森』を書き始めた場所だったので、僕の中にはそれなりの思いのようなものがある。[13]

これを読むとこの章のタイトルが「懐かしいふたつの島で」なのもうなずけるし、村上が「ピルグリメイジ（巡礼）」という表現を使っているのも納得できる。過去の場所を再訪することによって、語り手の記憶とテクストの記憶の両方が呼び覚まされ、旅は積極的に間テクスト性（インターテクスチュアリティー）を紡ぎ出す。しかし村上は過去を強調しているだけではなく、現在へとつながる連続性、あるいは持続性をも強調している。二十四年前に書いた二つのテクスト、紀行文と小説に言及できるのは、村上がいまも現役の作家だからで、旅はその持続性をあらわにし、また補強もする。このようにして、スペッツェス島とミコノス島という場所と、二十四年の年月という時間のあいだに循環が機能しだすのだが、それを可能にするのは移動とエクリチュールなのだ。

だからこそここでは「作家」のイメージが繰り返し強調される。スペッツェス島に関して村上は、次のようにいう。

その木槌の音に耳を澄ませていると、二十四年前に心が戻っていく。当時の僕は『世界の終りとハードボイルド・ワンダーランド』という小説を書き上げ、次の作品『ノルウェイの森』の執筆に取りかかることを考えている三十代半ばの作家だった。「若手作家」という部類にいちおう属していた。実を言えば、自分では今でもまだ「若手作家」みたいな気がしているんだけど、もちろんそんなことはない。時間は経過し、当然のことながら僕はそのぶんの年齢をかさねた。なんといっても避けがたい経過だ。[14]

ここで描かれているのは木槌の音が呼び起こす一種のプルースト的追憶なのだが、思い出されるのは「作家」としての自分の存在だ。この作家としての存在は時間を軸に展開され、「過去にあった―現在にある」という構図を示すことによって「その頃書いていたもの―いま書いているもの」の連続性を打ち出す。そして、いま現に村上のその文章を読んでいるわれわれ読者がその連続性の証人としての役目を与えられている。

ではこの「作家」としての存在がここでだけ強調されているかというと、そうではない。アイスランドに行くのは世界作家会議に出席するためだとか[15]、ポートランドで特に気に入ったレストランを紹介してくれたのは「親しくしている作家のポール・セロー」[16]だとか、フィンランドでは自分の四つの作品の翻訳が出版されていて、その出版社の人たちや翻訳者に会ってきたとか[17]、この文集のあちらこちらに村上の「作家」としての肩書、あるいはアイデンティティーが演出されている。そして面白いことに、巻末の熊本の章になると、いちばん最後にくまモンを配置することによって「現代を生きる作家村上春樹」をアピールしているのだが、その前に、さりげなく、漱石が最後に住んだ家を訪ねたことが語られている。この家は公開されておらず、特別な許諾を得て訪ねたということなのだが、その許諾は村上が村上だから得られたわけで、その訪問を語ることによって、自分を漱石の、つまり日本文学史の系譜に位置づけることに成功している。自分の作家としての存在を持続性・連続性の枠組みのなかに設け、自分の作品世界のなかの間テクスト性を生成し、自分の作家としての社会的・象徴的ステータスを前面に打ち出しているのは、われわれ読者がこの『ラオス？』という本を買う理由である著者名・作家名をもつ村上春樹なのだ。

おわりに

では、最後にこの紀行文でどのような役割を読者が与えられているかという問題を取り上げたい。ここにある「作家」のイメージやスタンスの構築が読者の承諾、強いていえば協力なしには成り立たないのは確かだろう。『ラオス？』のような作品は村上をよく知る読者をターゲットにしているし、村上の作品世界への入門書としては全く機能しないといえるだろう。村上を全く知らない読者がこの本を読み始めたところで、その読み方、使用法を求めてさまようだけだろう。アメリカに関する章を読んではそのスノビズムにいら立つだろうし、ほかの章はその内容の乏しさゆえ、ガイドブックとしても使えないようなテクストを前にして途方に暮れるかもしれない。『ラオス？』はその著者を通してはじめて価値を得る紀行文に属している。それを承知のうえでこの本を手に取る読者は、もちろん村上の移動の遍歴についての情報を得ることになるが、それ以上に、普段思われているよりはアメリカナイズされておらず、すでに長いキャリアをもつ作家としての村上のイメージを確定するのに貢献し、それによって、世界文学で重要な位置を占めるだけの正当性をもった作家としての村上の存在を肯定することになるのである。

注

(1) Anne, BAYARD-SAKAI, "Quand Murakami Haruki part en voyage," *Imaginaires de l'exil*, Philippe Picquier, 2012, pp.261-273.
(2) 村上春樹『ラオスにいったい何があるというんですか？——紀行文集』文藝春秋、二〇一五年、二五〇ページ
(3) 村上春樹『遠い太鼓』(講談社文庫)、講談社、一九九三年、一八ページ
(4) 松村映三／村上春樹『辺境・近境 写真編』(新潮文庫)、新潮社、二〇〇〇年、六一ページ
(5) 前掲『遠い太鼓』二〇ページ
(6) 前掲『ラオスにいったい何があるというんですか？』一三ページ
(7) 同書一五一ページ。似た文面が同じ章の終わりにもある。「「ラオス（なんか）にいったい何があるんですか？」というヴェトナムの人の質問に対して僕は今のところ、まだ明確な答えを持たない」(一七二ページ)
(8) 同書一八ページ
(9) 同書二〇ページ。ここでのカタカナの多さにも注目。そして英文から和訳の過程のうえで、crazy は「狂った」ではなく、「クレイジー」になっている点にも。
(10) 同書一一、一六ページ
(11) 同書三七―三八ページ
(12) 同書九〇ページ
(13) 同書八五ページ
(14) 同書一〇六―一〇七ページ
(15) 同書二五ページ
(16) 同書六九ページ
(17) 同書一三八ページ

第５章

夢はどこへ向かうのか？
――村上春樹とイスマイル・カダレ

石田仁志

はじめに

村上春樹『世界の終りとハードボイルド・ワンダーランド』は奇数章「ハードボイルド・ワンダーランド」と偶数章「世界の終り」の二つの物語が交互に展開する構造をもつ。それは一種のパラレルワールドであり、「メビウスの輪のような組織化」（今井清人）や「幾重にも抽象化した無限円環〈ウロボロス〉という形」（山根由美恵）をなしていると解釈されてきた。[1] そのような循環的な構造が「人間の世界認識についての自明性を破壊し、語られている二つの物語の関係性を相対化する」「絶対的、静態的な世界観から、相対的、動態的な世界観への変容が語られる」と木村友彦は指摘する。私はこの小説が相互に侵食しあうような物語だとは思うが、はたしてそれがメビウスの輪やウロボロスという比喩で言い表しうるものかは疑問だ。むしろ、木村が指摘するように「動態的な世界観への変容」という点にもっと着目すべきだと思う。そのうえで、木村が一角獣の「頭骨のレプリカの発光」が「現実世界と思念の世界という対比的な枠組みを解体する」[2] ものとして語られていると指摘していることは私に一つのヒントを与えてくれた。頭骨のなかに封じ込められていたものは夢であり、「僕」は夢読みとしてそれを大気中に解き放つ作業をしている。では、その夢とは何なのだろうか。

また、西田谷洋は、この小説の構造では「閉鎖系とされた意識の核は原理的に開放系である。開放系はやがて変動しパターンは崩れる」と述べたうえで、「「私」の喪失感や、「僕」の記憶の欠落は欠損による安定とともに、欠損の充塡による自己変容をもたらす。自己の内部に絶えず不定性を作り出すことが作動的に閉じた自己を変えていくのである[3]」と指摘する。西田谷は、「僕」の記憶の欠損の充塡は、「世界の終り」での夢読みという行為によっておこなわれ、それを契機として図書館の司書の女性の心を「僕」が読み取り、「記憶の復活・浸透による自己の再生」を成し遂げていく物語だと捉える。その点は私も同感だが、ではなぜ夢読みや夢が記憶の充塡、自己の再生へと結び付くのか。夢というものが、単に個人の失われた記憶の代替表象ではないことは、ジークムント・フロイトやカール・グスタフ・ユングを持ち出すまでもないだろう。

本章では、この小説の「世界の終り」での夢読みや夢にスポットを当てて、その機能的な意味が何だったのかを考えるとともに、ほぼ同時代のイスマイル・カダレ『夢宮殿』（一九八一年）の「夢」と対比させることで、村上の文学が一九八〇年代に獲得しえていなかった側面を考えたい[4]。

1　村上春樹の夢の行方

「世界の終り」における「夢読み」

村上春樹『世界の終りとハードボイルド・ワンダーランド』の偶数の章で展開される「世界の終り」の物語では、語り手の「僕」は「古い世界」からこの「街」にやってきて、自分の「影」を切り離され、図書館で無数の一角獣の頭骨に封じ込められた「古い夢」を読むという夢読みの作業をさせられる。「僕」が読み取る「古い夢」とは何なのか。そして、夢読みという行為は何をもたらすのか。

> 僕の指は入りくんだ光の筋を要領よく辿り、そのイメージや響きをより明確に感じとることができるようになっていた。夢読みの作業の意味することはまだ理解できなかったし、また古い夢というのがいったいどのような原理で成立しているのかということさえ僕にはわからなかったが[5]、

この夢読みの仕事の特徴の一つは、夢の内実（意味）を読み取る＝言語化することではなく、頭骨が発する光を通して「イメージや響き」を「感じとる」ことである。なぜそのような特徴をもつのか——それは、この小説における夢の成り立ちの原理と深く関わり、そしてまた「世界の終り」という「街」の仕組みに由来する。

> 僕は目を閉じて深く息を吸いこみ、心を開き、彼らの語りかける物語を指の先でさぐった。しかし彼らの語る声はあまりにも細く、彼らのうつしだす映像（イメージ）は明けがたの空に浮かぶ遠い星のように白くかすんでいた。僕がそこから読みとることのできるものは、いくつかの不確かな断片にすぎず、その断片をどれだけつなぎあわせてみても、全体像を把握することはできなかった[6]。

「古い夢」が語ろうとする「物語」は「不確かな断片」としてしか取り出すことができないが、この夢読みの行為で重要なのは「僕」が「心」を解放するという点だ。「僕」はすでに「西の門」で自らの「自我の母体」（第三十二章）である影を切り離している。そして、その影が死ぬとき、「僕」は感情と記憶を喪失し、この「街」から出られない住人になるとされる。しかし、夢読みの行為は影が切り離されたのちも「僕」のなかに残る「心」が何を意味するのかを次第に明らかにしていく。

「僕もそう思うね。とても不完全なものだ」と僕は言った。「でもそれは跡を残すんだ。そしてその跡を我々はもう一度辿ることができるんだ。雪の上についた足跡をたどるようにね」

「それはどこかに行きつくの？」

「僕自身にね」と僕は答えた。「心とはそういうものなんだ。心がなければどこにも辿りつけない」[7]

「僕」は夢読みをすることで、いったんは「僕」から切り離れた「心」が「僕自身」に回帰する道筋をたどっていく。「心」とは、希望と絶望、愛情と憎しみ、喜びと悲しみといった相反する感情を生み出す「不完全なもの」にすぎないと作中で述べられているが、その「心」が生み出す感情の揺らぎが「不完全な」「僕」の自己同一性を担保する。「心」を失うことは、絶望や憎しみ、欲望、悲しみといった感情を捨てることであり、それによって得られる「深い安らぎ」（第三十章）が「世界の終り」という「街」の永遠の完全さを作り上げている。それは究極のユートピアであり、不死の世界にほかならないが、その仕組みを支えているのが、一角獣の頭骨に封じ込められた「古い夢」であり、また「夢読み」の存在だったという。

> 「じゃあ教えてやる。心は獣によって壁の外に運び出されるんだ。それがかいだすということばの意味さ。獣は人々の心を吸収し回収し、それを外の世界に持っていってしまう。そして冬が来るとそんな自我を体の中に貯めこんだまま死んでいくんだ。彼らを殺すのは冬の寒さでもなく食料の不足でもない。彼らを殺すのは街が押しつけた自我の重みなんだ。（略）」（略）
>
> 「獣が死ぬと門番がその頭骨を切り離す」と影はつづけた。「その頭骨の中にはしっかりと自我が刻みこまれているからだ。頭骨は綺麗に処理され、一年間地中に埋められてその力を静められてから図書館の書庫にはこばれ、夢読みの手によって大気の中に放出されるんだ。夢読みというのは――つまり君のことだな――まだ影の死んでいない新しく街に入った人間が就く役目なんだ。夢読みに読まれた自我は大気に吸いこまれ、

どこかに消えていく。[8]」

「古い夢」とは完全なる「街」にとっての「不完全なる」異物であり、永遠の未来を揺るがす現実、「人々の自我」＝記憶（歴史）をまといつかせた現実にほかならない。そして夢読みは「心」を「大気」へと還元する司祭のような役割を果たす。個々の「心」＝夢は彼の手で無害化され、その固有性を失って消滅する。それは単にそこにあるものを「読む」行為というより、一種の「昇華」であり、宗教的な儀式にも思える。

「街」の歪んだユートピア性と、夢読みの仕組みを知った「僕」は自らを取り戻すために「影」とともに「古い世界」（それは記憶と感情を保持した、不完全だが生々しくリアルな現実世界）へと戻ろうとする。しかし、司書の女性を失いたくないという感情を自覚し、「街」の存在そのものが自ら作り上げたものだったことに気づいた「僕」は、影とともにこの世界を去ることを拒否し、ここに残ることを選択する。

「僕には僕の責任があるんだ」と僕は言った。「僕は自分の勝手に作り出した人々や世界をあとに放りだして行ってしまうわけにはいかないんだ。（略）でも僕は自分がやったことの責任を果さなくちゃならないんだ。ここは僕自身の世界なんだ。壁は僕自身を囲む壁で、川は僕自身の中を流れる川で、煙は僕自身を焼く煙なんだ[9]」

自らが作り上げた歪んだユートピア世界にとどまる「責任」とは何だろうか。影を死なせられなかった「僕」は「街」を出て、「森」のなかで生きていくことになる。しかし、その「森」もまた自らが作った場所でしかない。そこでの生活がどれほど「生きのびるための労働は厳しいし、冬は長くつらい」ものだとしても、影とともに逃げずにとどまることを選ぶのは自己処罰であり、自己責任の取り方の一つだろう。その受苦はおのれ自身が作り上げてしまった世界を保持し続けようとするためのもので、その点では「僕」は「世界の終り」という物語そのものを自分自身の手のなかに取り戻すことを選択したと言える。

「頭骨にちりばめられた無数の光」は「彼女の抱いていた古い夢でもあり、同時に僕の古い夢でもあった」（第三十六章）とあるように、「僕」が夢読みによって一角獣の頭骨から解き放っていた夢は、「僕」が現実の世界で触れ合ってきた他者たちの「心」だったのではなかっただろうか。この小説で、そのようにして夢は僕自身に戻ってくる。夢読みという儀式的な行為が自らの精神世界へと結び付くというのは、村上の文学が醸し出す宗教的なものとの親和性として捉えられる。オウム真理教事件を経て、彼が『アンダーグラウンド』や『１Ｑ８４』へと結び付く淵源がこの『世界の終りとハードボイルド・ワンダーランド』にはあった。

「夢」をめぐるもう一つの物語

この『世界の終りとハードボイルド・ワンダーランド』には奇数章から成り立つもう一つの世界「ハードボイルド・ワンダーランド」（以下、「ハードボイルド」と略記）があり、そのなかで、「世界の終り」とは「ハードボイルド」での計算士である「私」の脳にインプットされた人工的な「意識の核（コア）」だということが語られる。「ハードボイルド」の世界では、「組織（システム）」と「工場（ファクトリー）」とが暗号化された情報の争奪戦を展開するが、その世界はビング・クロスビー「ダニー・ボーイ」（一九四五年）から始まって、ボブ・ディラン「激しい雨」（一九七六年）に終わる多種多様な音楽、映画、文学など、刊行時の一九八五年に生きる読者が共有しうる引用がちりばめられ、近未来的なディストピア世界だといえる。「私」はある科学者の人体実験の材料となり、音を操る技術を暗号化した回路を「深層心理」のなかに埋め込まれる（それが「世界の終り」と名づけられたものである）。そしてその争奪戦に巻き込まれるなかで、科学者は暗号の取り出しに失敗し、「私」は永久にその「世界の終り」という「意識の核（コア）」のなかに自身の意識世界を封じ込められてしまう結果になる。「世界の終り」の「僕」とは「ハードボイルド」の「私」だったこと、そしてなぜ「街」が「僕」自身が作り上げたものだといえるのかということを、二つの物語を行き来しながら読者は知らされていく。

そして、一角獣の頭骨の由来も語られる。「ハードボイルド」の第九章「食欲、失意、レニングラード」で、バートランド・クーパー『動物たちの考古学』という本からの情報という形で、その頭骨は一九一七年九月にウクライナの戦線でロシア軍の兵士が掘り出したものだと説明される。ただし、その『動物たちの考古学』はこの『世界の終りとハードボイルド・ワンダーランド』の巻末に「参考文献」として、実在するホルヘ・ルイス・ボルヘスの『幻獣辞典』（一九五七年）とともに、「牧村拓訳」で「三友館書房」から刊行されたと記載されているが、もちろん偽書である。この頭骨の存在は、ロシア革命の混乱のなかで一度忘れ去られたが、第一次世界大戦終結後の三五年、レニングラード大学のペロフ教授のもとに送られ、ウクライナ西部の「ヴルタフィル台地」での発掘調査を経て、頭骨に関する論文がソビエト科学アカデミーに三六年八月に提出されたという。しかし、四一年の独ソ戦争のなかでその発掘された頭骨はついに行方不明になったと語られる。

「ペロフ教授は百枚近くの頭骨の写真を撮っていたの。そしてその一部は戦災を逃がれて、今もレニングラード大学の資料館に保存されているというわけ。ほら、これがその写真[10]」

一角獣の実在性を物語るものとして創作された偽書の舞台に、なぜ村上は東欧のウクライナを選んだのだろうか。その明確な理由と意図は、残念ながら私にはわからない。ただ一つ想像できることは、「世界の終り」のなかで夢を一角獣の頭骨に封じ込めるという設定には、その背景として、ロシア革命から第二次世界大戦までの社会主義国の混乱の歴史が必要だったのではないかということだ。「世界の終り」の「街」のユートピア性は、空想的社会主義が内包していた理想主義に通じるものがあるのではないだろうか。この頭骨が失われることになる時代はヨシフ・スターリン政権下で、「世界の終り」の歪んだユートピア性は、ロシア民族主義と強大な権力に結び付けられて構築される現実の一国社会主義の姿にも通じるのかもしれない。

また、のちに述べるイスマイル・カダレは一九七〇年代以降、独自のスターリン主義を掲げたエンヴェル・ホッジャ政権下の東欧のアルバニア人民共和国を生き抜いた作家であるということを考えると、偶然ではあるが、何らかの結び付きを考えてしまう。

しかし、この一角獣の頭骨をめぐる偽史そのものは「世界の終り」の物語のなかでは明確な意味づけがなされていないようにみえる。この偽史は近代史での革命や戦争といった価値観やイデオロギーの対立の歴史を連想させるものであり、村上の小説でいえば『羊をめぐる冒険』で取り上げられた北海道開拓とアイヌ民族史と通じるものがある。にもかかわらず、「世界の終り」では頭骨に込められた「古い夢」は、人々の自我の残滓でありながらも何らの歴史性や社会性も感じさせない抽象化された自我へと収斂され、大気のなかへと雲散霧消して終わる。すべては「僕」の個的な意識の物語へと回収されてしまう。「街」からの脱出を促す「影」の誘いを「僕」は拒否して「街」にとどまり、ある意味で自死することを「僕の責任」として選択する。それは『羊をめぐる冒険』で自死する「鼠」の姿を想起させる。しかし、『世界の終りとハードボイルド・ワンダーランド』が単にその再話ではなく、循環的で相互侵食的な物語の先に、村上の文学の動態的な「変容」を示すものだとするならば、その「変容」の帰結点がどこにあるのかということについては、小説中で暗示された「夢」のあり方を考えることが一つのヒントになるのではないだろうか。次章で示すカダレの小説と対比すると、私には村上の文学が向かう方向性がみえてくる気がする（それは裏を返せば、この時点で彼の文学に不足している側面ということになるのだろうが）。

2　イスマイル・カダレの夢の行方

『夢宮殿』における夢の意味

イスマイル・カダレ『夢宮殿』で物語の舞台になっているのは、十九世紀半ばのオスマン帝国であり、主人公マルク＝アレムは「タビル・サライ（Tabir Sarail）」（夢宮殿〔Palais des rêves〕）の職員として採用された一人の青年である。その夢宮殿は、帝国中から人々が見る夢を集め、そこから国やその統治者の運命を予想する夢を選び出して解釈し、国政や治安維持に用いる「偉大なる帝国国家の最も重要な機構のひとつ」だ。

なにせ、夜の眠りの王国のなかには、人類の光と闇とがあり、その蜜と毒とがあり、その偉大さとよるべなさとがあるからだ。混濁して不吉なもの、あるいは数年後、数百年後にそうなるはずのものすべてが、まず人々の夢の中に現れ出る。有害な情念なり思想なり、災厄なり犯罪なり、反乱なり破局なりはことごとく、現実生活中に顕在化するに先立って、その影を必然的にとうの以前に投げかけずにはいない。[11]

夢とは人間の潜在意識の現れであり、現実のなかに顕在化する以前の未来が夢のなかにあるというのが、この小説の夢の捉え方である。したがって、帝国国家の未来にとって、夢はまさに排除すべき要素を内包した生々しい現実にほかならず、その点では村上の「世界の終り」における夢の排除と同じ意味づけである。また、ある秩序を維持するために夢を解読する・読むという行為が組織的に実行されている点、そのシステムを一つの強大な権力――カダレの場合は皇帝（Sultan）であり、村上の場合は「僕」自身――が管理している点は両テクストに共通する。むろん、一九八〇年代に軌を一にするように書かれたこの二つの小説に相互の影響関係があったかどうかはわからない。だが、日本とアルバニアで、全く異なる状況下ではあっても、ある種の不安と閉塞感が似たように兆していたことはいえるだろう。

一九八〇年代の日本社会は、七〇年代の安定成長後、好景気が続くなかで対アメリカ貿易摩擦が顕在化し内需拡大を推し進め、不動産を中心とした投機的な消費や株式投資が拡大した。『世界の終りとハードボイルド・ワンダーランド』が出版された八五年、プラザ合意による急激な円高と金融緩和が始まる。そして、八七年のNTTの株式上場などによってバブル景気が引き起こされた。人々が実態よりも数値（株価や為替金利など）といった「情報」を重視する時代へと突入していったのである。むろん、その情報を特定の権力組織が支配していたわけではない。しかし、日本人は、銀行から過剰な資金融資を受けて踊らされるかのようにマネーゲームのような経済活動に狂乱的に奔走した。そのときの日本人を突き動かしていたのは、自らの欲望だった。しかし、現実離れした高揚感の裏側では、終わりを予感する不安感が潜在し、次第に増大していた。

一方、カダレがいたアルバニアでは、エンヴェル・ホッジャの独裁政権下で独自のスターリン主義を掲げてソビエトとの外交を断絶、さらにアメリカと中国が接近すると一九七六年に中国とも断絶して孤立主義を強め、八〇年代は激しい経済の停滞と政治的な閉塞が引き起こされていた。『夢宮殿』はそうした状況下で刊行されている。『夢宮殿』の「タビル・サライ」の強迫的な夢の支配は、まさにアルバニアの閉塞的な現状を映している。なお、ホッジャは八五年四月に没したが、ちょうどその年、ソビエトではミハイル・ゴルバチョフ政権が誕生して民主化を進めるペレストロイカが始まり、共産主義退潮の波はすぐにアルバニアにも及ぶ。

垂直的な迷宮性——キョプリュリュ家の歴史へ

『夢宮殿』が村上の『世界の終りとハードボイルド・ワンダーランド』と似ている点に、もう一つ、〈迷宮〉的だということが挙げられる。「世界の終り」では、そこから脱出するために「地図」を作るように求められ、「僕」はほうぼうを歩き回りながら「街」の内部や川、森、そして「壁」を確認していく。また、「ハードボイルド」のほうでは、「やみくろ」がすむ地底へと主人公は潜っていく。そして、二つの物語は交互に語られることで絡まり合い、読者のなかでは、物語を読み進めていくにしたがって、迷宮性が深まっていく。しかし、実は『世界の終りとハードボイルド・ワンダーランド』の物語空間はさほど迷宮的ではない。特に「世界の終り」の「地図」は「僕」の潜在意識世界そのものとされているが、テクストに実際に地図らしきイラスト図が添えられているように、二次元的な平面に置き換えることができてしまう。

それに対して、『夢宮殿』の「タビル・サライ」の建物構造は主人公マルク＝アレムにさえ明確には把握できず、作中で彼は宮殿内をさまよい続ける。しかもその彷徨に特徴的なのが、長い回廊と階段の上り下りなのである。

彼は歩みを続けた。行く先々で回廊は見慣れたものに見えたり、よそよそしく見えたりした。ドアの開く音さえ聞こえなかった。広い階段にさしかかって上の階に上り、それからまた下へ降りて出発点に戻り、しばらくしてからさらに下の階に降りさえした。いたるところ、同じ静寂、同じ空虚。いまにも喚きたい気持ちを押さえきれなくなるのではないか、という気がした[12]。

ここは彼が初めて「解釈」課の部屋を探し回る場面だが、ほかにも「選別」課の部屋や「文書保存所」を探す場面など、同様に階段を上り下りし、長い回廊を行ったり来たりする。マルク＝アレム同様、読者もこの宮殿のどこに何の部屋があるのか理解できない。カダレの場合、物語世界そのものが迷宮的に作られている。しかも、物語が進むにつれて、マルク＝アレムのキョプリュリュ家一族のアルバニアにおける歴史がひもとかれていき、その複雑な歴史が夢宮殿における彼への評価や行動に結び付いていることが明らかになる。物語空間における迷宮的な垂直方向の運動は、物語の時間の垂直的な歴史への遡及と連動する。

　マルク＝アレムが「解釈」課で解釈した夢に、一家の名称に由来する「橋」と「楽器」が登場する奇妙な夢があったが、その夢は国家反逆に通じる重大な予知夢として捉えられ、姻族の大臣が逮捕され、叔父が斬首されるという結果を引き起こす。その背景には、三百年以上続くキョプリュリュ家が非スラブ語系のアルバニア語とスラブ語の二つの言語の武勲詩を代々受け継いできたことがあったとされる。夢はマルク＝アレムの一家の歴史をその「年代記」のなかから引きずり出してしまう。

　だが、物語はキョプリュリュ家が各国大使と連携をとって「タビル・サライ」幹部を逆に追放し、マルク＝アレムは着任からわずか数カ月で宮殿の実質的な長官へと抜擢される。暴力的な国家機構にのみ込まれていく恐怖心を抱きながらも、彼は名門の出身だという歴史に後押しされて、結果的に宮殿の支配者へと押し上げられていく。しかし、そこには勝利もなければ、敗北もない。バルカン半島のアルバニア出身という一家の歴史が常に彼のなかには息づいている。

掌で窓ガラスの曇りをぬぐい去ってみたが、そのかいもなく、眼前に見える光景はあいかわらず鮮明にはならず、ものの形が屈折し、虹色ににじんでいた。そのとき悟ったのだが、目が涙で曇っていたのである。[13]

村上の小説には、カダレにみられるような民族的な歴史を掘り下げていくという志向はない。同じ一九八〇年代という時代に、夢を読む（解釈する）という共通のテーマを描きながら、村上は抽象化された自我と自己責任という課題に、カダレは東欧という場所とその歴史を抱え込んだ民族の自己決定という課題に向き合ったのだと私は考える。

おわりに

村上の文学で、ある二つ（または二人）の物語が相互侵食的に語られるということは繰り返されてきた。初期三部作の「僕／鼠」から始まって、この『世界の終りとハードボイルド・ワンダーランド』を経て、『海辺のカフカ』の「カフカ少年／ナカタさん」、『1Q84』の「青豆／天吾」と。それらは総じて「自己回復」の物語であり、その点で、村上は日本の近代小説の系譜のなかにあるのかもしれない。しかし、一九八〇年代のこの『世界の終りとハードボイルド・ワンダーランド』が抱え込んだ「夢」のあり方は、『1Q84』以降の村上の文学に読み取れる変化のたどり着く地平を示そうとしているようにも思える。柴田勝二は「世界の終り」の「一角獣が行き交う静謐な世界」は自我がすでに死んでいることを物語るものであり、「自己を失っている人間が、それゆえに高度情報化社会において自己を確保することができるというアイロニーがこの小説を通底している」と述べ、「この二重の自己喪失の背後にはおそらく、六〇年代から八〇年代にかけての時代の変転を生きてきた村上の時代認識が流れている」(14)とも指摘する。全く同感である。そして、村上の八〇年代における時代認識は、日本人の戦後の歴史に対する認識と共通するものだったといえるだろう。だからこそ、同じ時代に、政治的にも文化的にも全く異なる「歴史」を歩んできたアルバニアのイスマイル・カダレの「夢」のあり方とは大きく異なるものであった。しかし、二〇〇〇年代以降、日本社会が急速な少子化の流れのなかでグローバル化を加速させていくとき、村上は家族の物語を紡ぎ、そのなかで『平家物語』（鎌倉時代頃）や『雨月物語』（一七七六年）といった日本の古典文学との接点をもとうとしているかのようにみえる。東日本大震災後のカタルーニャ国際賞のスピーチで、彼が『方丈記』（一二一二年頃）を想起させる「無常」という世界観が日本人にはあると述べたことにも結び付く。カダレがアルバニアの歴史と言語を物語のなかに還流させようとしてきたことと、村上の文学が響き合っているように私には思えるのである。この二人の文学世界の対比が単なる偶然ではないことを、今後さらに探求していく必要を感じている。

注

（1）木村友彦「『世界の終りとハードボイルド・ワンダーランド』論」、宇佐美毅／千田洋幸編『村上春樹と一九八〇年代』所収、おうふう、二〇〇八年、二五一ページ。木村が紹介しているのは、今井清人「『世界の終りとハードボイルド・ワンダーランド』論――〈ねじれ〉の組織化」（『村上春樹――ＯＦＦの感覚』〔国研選書〕、国研出版、一九九〇年）、山根由美恵「村上春樹『世界の終りとハードボイルド・ワンダーランド』論――〈ウロボロス〉の世界」（『村上春樹〝物語〟の認識システム』〔MURAKAMI Haruki Study Books〕、若草書房、二〇〇七年）である。

（2）同論文二五九ページ
（3）西田谷洋『村上春樹のフィクション』（ひつじ研究叢書〈文学編〉）、ひつじ書房、二〇一七年、四一五―四三二ページ。引用した論考の初出は二〇一〇年である。
（4）イスマイル・カダレに関する情報は、小林久子「境界の内側で、フィクションと政治のあいだで――イスマイル・カダレの小説創作とアルバニア社会主義体制」（柴宜弘／木村真／奥彩子編『東欧地域研究の現在』所収、山川出版社、二〇一二年）を参照した。そのほかにも小林久子「イスマイル・カダレ――『死者の軍隊の将軍』と『夢宮殿』における土着性と寓意」（二〇一四年六月十四日の日本スラヴ学研究会総会・シンポジウム・講演会発表原稿）なども参照した。イスマイル・カダレに関し、様々なご示唆をいただき、小林氏には深く感謝申し上げる。また、小林氏をご紹介くださった東洋大学文学部日本文学文化学科の小椋彩氏にもこの場を借りてお礼を申し上げる。
（5）村上春樹『世界の終りとハードボイルド・ワンダーランド』新潮社、一九八五年、一六七ページ
（6）同書二六二ページ
（7）同書二六五ページ
（8）同書五一二―五一三ページ
（9）同書六一七ページ
（10）同書一四九ページ
（11）イスマイル・カダレ『夢宮殿』（初版：一九八一年）、村上光彦訳（創元ライブラリ）、東京創元社、二〇一二年、二八ページ
（12）同書一一三ページ
（13）同書三一一ページ
（14）柴田勝二「システムのなかの個人」、柴田勝二／加藤雄二編『世界文学としての村上春樹』所収、東京外国語大学出版会、二〇一五年、二〇ページ

第2部　村上春樹における表象——現実・社会・物語

第6章 グローバル時代のトラベルライティング
——村上春樹の紀行文

ジェラルド・プルー

はじめに

現代紀行文学に関するよくある指摘は、役に立たないものにみえるということである。旅行が二十世紀後半から大きく大衆化し、観光業界がとてつもなく様々な地方や国々を知る可能性を多くの人々に与えたことによって、紀行文学の目的、使用、ジャンル化、またその永続性が大きな課題となってきた。二十世紀以前の紀行文学が生まれ発展してきた時代とは違い、西洋のモダニティーが各地でメディア通信をおこなう者たち、様々なメディア中継点などで全世界と接続していると考えられるため、世界を知るために紀行文を読む必要性が著しく減ってきた。(1)

右の引用にある「西洋のモダニティー」をここで「日本のモダニティー」としても、問題提起はそのまま通用するだろう。紀行文学の不要性のいかんに関するディスクールは議論を引き起こすに相違ないが、一九八〇年代から紀行文学は、観光のグローバリゼーションの影響を受けたことに変わりはない。過去には紀行文学の対象になっていたはずの場所は、現在誰でも行けるようになってきた。それにしたがい、紀行文学のジャンルは一九六〇年代から七〇年代まで保ち続けえていた教育的なパターンを失ってきたのである。

村上春樹は『辺境・近境』のあとがき「辺境を旅する」でこのパラダイムシフトを次のように解釈している。

今の時代に旅行をして、それについて文章を書く、ましてや一冊の本を書くというのは、考えだすといろいろとむずかしいことですね。ほんとにむずかしい。だって今では海外旅行に行くというのはそんなに特別なことではありません。小田実が『何でも見てやろう』を書いた時代とは違うんです。行こうと思えば――つまりその気になって、しかるべきお金さえ出せばということですが――まあだいたい世界中どこにでも行けるんです。アフリカのジャングルにだって行けるし、南極にだって行けます。それもパックで行くことだってできる。[2]

村上によると、旅することと紀行文を書くことをめぐる事情が一九六〇年代から著しく変化してきたのである。小田実が世界旅行から帰って六一年に出版した『何でも見てやろう』(河出書房新社)に関して、二宮正之は「[小田実は：引用者注]単なる「人間」として、二十世紀の日本人の大半が我がものにした文明の典型的な理解を追求している」[3]と指摘している。村上の旅行観は前に引用したあとがきのなかにもみられるように、二宮が小田について書いている旅行方法や目的と異なっていて、これから説明するように、「文明の典型的な理解」を追求しようとしていないのである。

以上を踏まえて、紀行文を書くことは、世界文学の一人の代表者である村上にとってどういう意味があるのか、また、それと関連して、村上の紀行文に特徴的なのは何か、検討してみたい。そのために、『辺境・近境』『もし僕らのことばがウィスキーであったなら』『地球のはぐれ方――東京するめクラブ』を分析する。

これらのテクストの選択は恣意的と捉えることもできるだろうが、形式上、あるいは内容上、周辺的な要素を含んでいて、共通点がある。『辺境・近境』は一九九〇年代に刊行された短篇と松村映三による写真で構成されていて、ウイスキーの原産地を巡る『もし僕らのことばがウィスキーであったなら』のなかには村上によるテクストと妻の村上洋子の写真が載っている。吉本由美と都築響一とともに書かれた『地球のはぐれ方』は、インタビュー、記事、コラムなど様々なテクストと、イラスト、写真からなっている。

文学性の周辺にあり、文学作品と考えていいか判断に迷う『地球のはぐれ方』を含めて、以上の三つの作品の分析によって、世界とトラベルライティングに対する村上の立場の理解に貢献するのが本章の目的である。

1　日常性を求める旅行観

全世界で移動が容易になってきた現在について、村上は、彼の独特の文体で、『辺境・近境』のあとがきで、「そういう意味では、たしかに今は旅行記にとってあまりハッピーな時代ではないかもしれないです[4]」と結論を出している。しかしながら、彼が書いているように「探検」と「秘境」と密接な関係にある紀行文はジャンル的な革新が不可能にみえるものの、村上は紀行文の内容にではなく、そのエクリチュールに価値があると述べている。

でもいずれにせよ、旅行をするという行為がそもそもの成り立ちとして、大なり小なり旅行する人に意識の変革を迫るものであるなら、旅行を描く作業もやはりその動きを反映したものでなくてはならないと思います。（略）「どこそこに行きました。こんなものがありました。こんなことをしました」という面白さ珍奇さを並列的にずらずらと並べただけでは、なかなか人は読んではくれません。〈それがどのように日常から離れながらも、しかし同時にどれくらい日常に隣接しているか〉ということを（順番が逆でもいいんですが）、複合的に明らかにしていかなくてはいけないだろうと、僕は思うんです。[5]

村上は紀行文を書きだすときは「日常」に大きい意味をつけることが重要だと述べているが、たしかに村上の紀行文の大多数で日常性の概念が不可避的な位置を占めている。アメリカのイースト・ハンプトン、瀬戸内海、メキシコ、香川県の讃岐、中国とモンゴルの国境線に位置しているノモンハン戦場、神戸の旅行について書いている『辺境・近境』、アイルランドとスコットランドを巡る『もし僕らのことばがウィスキーであったなら』、名古屋、熱海、ハワイ、江の島、サハリン、清里へ読者をいざなう『地球のはぐれ方』の三作は、イースト・ハンプトン、ノモンハン、サハリンを除いて日本人がある程度容易に行ける「観光スポット」を中心に構成されていて、エキゾチシズムの要素があまり感じられないばかりか、探検からはほど遠い行き先を多く含み、未知への探求はほとんどみられない。村上は典型的な紀行文読者（ウンベルト・エーコの「モデル読者」[6]）の期待を裏切ってしまうこともある。

あるいは、香川県という土地には他にもいろいろ驚くべきことがあるのかもしれない。しかし僕が香川県に行ってみて何よりも驚いたのは、うどん屋さんの数が圧倒的に多いことであった。[7]

感動的な景色、歴史的建造物などが村上の目を引き付けるわけではない。村上は、エキゾチシズム、未知を示すラベルが貼れるだろう行き先を日常性の視野から考察しているようである。ノモンハン戦場の見学をテーマにしている「ノモンハンの鉄の墓場」は典型的な例であり、松村映三の写真が載っている『辺境・近境　写真集』を合わせて読むとその印象はますます強くなっていく。この章の三十二点の写真のうち、ノモンハン事件と当時の関東軍を取り上げている写真は五点しかなく、ほかの二十七点は村上が通った街、電車のなかのシーン、村人との出会いなどの日常的な場面である。現地料理の写真など、『辺境・近境』のなかに載っている写真も同じ作用を及ぼしている。村上のコメントも写真の日常性の影響を受けたかのようで、ノモンハン事件の戦争の痕跡について次のように述べている。

僕が中国側のモンゴルでも、モンゴル国においてもいちばん驚かされたのは、第二次世界大戦やノモンハン戦争の痕跡が、いたるところで当時とほとんど変わらないかたちで残されていることだった。それも大方の場合、原爆ドームみたいにきちんとした目的のために「保存されている」のではなく、ただほうったらかしになってそこに残っているのだ。これは日本ではちょっと考えられないことである。(8)

戦車、ヘルメット、臼砲弾などの「痕跡」は、村上がそれらを日常的なコンテクストに取り入れることによって、また、写真の視覚的な力によって、日常性の次元に強制的に編入されている。村上が紀行文について書いているように、日常からの距離(日本からみると完全に過去となってしまった出来事)と、日常との接点(「当時とほとんど変わらない」状態で残された戦争の痕跡)は同時に存在していて、日常性は両面的に叙述のなかに現れているのである。

この日常性は、村上の文学の特徴の一つだとよくいわれているマジックレアリズムと、もちろん関連づけられる。サハリン、ノモンハンなど、辺鄙なところにあるからエキゾチックなはずの行き先も、ハワイのようにエキゾチックなディスクールが氾濫している行き先も、熱海、清里、江の島など非日常性に彩られていた行き先も、現実に覆われている場所として紹介されている。熱海、清里、江の島の場合は、現実・日常性と非現実・超現実のあいだの揺れが特に著しい。例として、『地球のはぐれ方』に収録されている熱海に関するディスクールを分析する。

人気の絶頂期が一九七〇年代だった観光地・熱海は、三人の旅行者によって、不動産や観光スポットの供給が多すぎて不人気な、経済危機に見舞われている場所として描写されている。エキゾチシズム、あるいは似非（えせ）エキゾチシズムに基づいていた熱海は、日常の現実性に圧倒されてしまったのである。にもかかわらず、村上たちは、非現実性、奇妙さが日常性を覆す空間を熱海のなかに見つけている。村上がヒトラーの記念品を保存している挑戦的な博物館・風雲文庫についての話をしているとき、この現象が明確に現れている。風雲文庫を出ると、村上は次のように述べている。

> 白い割烹着の御夫人に礼を言って〈風雲文庫〉をあとにし、熱海の街に降りていく。そこはいつもの見慣れた温泉町だ。のんびりとした温泉饅頭と干物の街だ。日向の石の上で白黒ぶちの大猫が昼寝をしている。おばさんの団体が意味もなく賑やかに浜辺を歩いている。経営不振でつぶれたホテルの遺跡が、秋の太陽を静かに浴びている。でもその山上の迷宮を訪れたあとの熱海の街が、そこを訪れる前の熱海の街とは微妙に異なって見えることに、あなたはおそらく気づくだろう。そこにある風景が前よりも一目盛ぶん、シュールレアリスティックな趣を増していることにおそらく思い当たるだろう[9]。

『もし僕らのことばがウィスキーであったなら』のなかで、村上は冒頭で「どのような旅行にも、多かれ少なかれ、それぞれの中心テーマのようなものがある[10]」と述べたあと、四国のうどん、新潟の日本酒、北海道の羊、アメリカのパンケーキ、トスカーナとカリフォルニア州ナパバレーのワインを例に挙げている[11]。アイルランドとスコットランドなら、旅行目的はほかでもなくウイスキーであり、非日常との接点が全くないだけではなく、村上は妻と一緒に蒸溜所とパブを巡っているあいだに、何回も紀行文を非現実性へ発展させる機会があったが、寸前にそれをやめてしまう。スコットランドのアイラ島の教会と墓地、またその島に伝わる難破にまつわる伝説を紹介してはいるが、島人の言葉を引用してそのエピソードに終止符を打つ。

「俺たちは葬式にもウィスキーを飲む」と土地の人は言う。「墓地での埋葬が終わると、みんなにグラスが配られ、土地のウィスキーがなみなみと注がれる。みんなはそれをぐいと空ける。墓地から家までの寒い道、からだを温めるためだ。飲み終わると、みんなはグラスを石にたたきつけて割る。ウィスキーの瓶も割ってしまう。何も後に残さない。それが決まりなんだ」

子供が生まれると、人々はウィスキーで祝杯をあげる。人が死ぬと、人々は黙してウィスキーのグラスを空ける。それがアイラの島である。[12]

村上の描写は島の土着的な文化に根差したもので、ある意味で民俗学的なアプローチにも似ているといえる。日常・非日常の接点の表象が特徴の一つである紀行文作家としての村上は、日常性の快楽が感じられるパブに関して次のように書いている。

僕はアイルランドを旅してまわりながら、機会があれば知らない町のパブに入り、入るたびに、それぞれの店の能書きなき「日常的ステートメント」をたっぷり楽しむことになった。目についた森の中に入っていって、どこかの木の根っこに腰を下ろし、そこにある空気を胸一杯に吸い込むようなものだ。[13]

ここまで分析してきたように、村上は旅行の方法と旅行のエクリチュール（トラベルライティング）の関係性を新たに作り出そうとしていることがわかるだろう。村上からみると、旅先をすでに地球上に存在しえない「辺境」として紹介することは重要ではなく、そのかわり色あせたエキゾチシズムと日常性とが交錯する場所を探求しているのである。

2　旅行ガイドの文学化、そして文学性

旅行ガイドは文学のジャンルの一つなのかといういかにも議論を呼びそうな問いは、旅行ガイドのパターンや表現を借用をしている一九二〇年代と三〇年代のモダニズム文学の実験的な作品を読むと、それほど意外な問題提起ではなくなる。谷譲次の『踊る地平線』（中央公論社、一九二九年）の読者が外国語のレッスン、建造物の紹介、汽車の時間表をもとにした描写などに出合うことは典型的な例だろう。旅行記は、以上のモダニズムのテクニックを取り入れることによって、旅行そのものに関するメタディスクールに色づけられ、ポストモダンの作品になる。『地球のはぐれ方』の場合は、タイトルですでに明らかなように、メタディスクールの枠になっているのは、七九年に初めて刊行された旅行ガイド『地球の歩き方』（ダイヤモンド社）にほかならない。『地球のはぐれ方』の文学的なアイデンティティーについて考えることはもちろんできるが、村上たちは一ページに「旅行記」[14]だと明確に述べているから、これが紀行文の保守的な概念から遠く離れていても、作家たちの発言を認め、紀行文としてまずは受け取らざるをえない。しかしながら、「旅行記」という言葉を明記した直後、村上は、次のように述べている。

旅行記とはいっても、この三人でどこかに出かけるわけだから、当たり前のところに行っても当たり前のことをしても面白くない。ちょっと変なところに行って、ちょっと変なものを見てまわろうじゃないか、ということになりました。すごい変なところ、ではなく、ちょっと変なところ、というのが大事なわけです。[15]

「すごい変なところ」に興味がなく、「出かける」という動詞を使うことによって、旅行を日常的な次元――一

般的な考え方からすると、旅行は非日常的な空間へのいざないのはずである――に固定している。以上の要素のためか、『地球のはぐれ方』の読書がかなり複雑な行為になるのである。

それぞれの行き先（名古屋、熱海、ハワイ、江の島、サハリン、清里）を紹介する六つの章が、写真を挟む様々な長さのテクストから構成されている。章の終わりごとに、三人の旅行者が対談して「出かけ」たところについて感じたこと、考えたことを話し合っている。大多数の写真を都築響一が撮り、テクストを三人が書くが、村上が「隊長」と呼ばれていることからもわかるように、都築と吉本のテクストが軽くユーモアたっぷりであるのに対して、この冒険の「主宰者」と自分を定義している「隊長」の村上のテクストはもっと長くて重い意味をもつ内容になっている。[16]

前掲の引用にある「ちょっと変」の概念に即した行き先を村上たちが選択し、名古屋、熱海、清里、ハワイ、江の島を、流行遅れの場所、観光業による過度な開発に悩んでいる場所、観光ルートから離れた場所として紹介している。このような周辺性への関心は、ほかの作家による紀行文、特に現代紀行文にもみられる。イタリアの作家、アントニオ・タブッキの紀行短篇集『Viaggi e altri viaggi（旅行とほかの旅行）』（Feltrinelli, 2010）の「ロビンソンたち」のなかで、メキシコのカンクンを襲っているマスツーリズムの悪夢を描写している。タブッキは、この悪夢的な旅行をわざわざ描写することによって、偽りがない経験を、と掲げている二十一世紀の紀行文学の逆手を取って皮肉っていると考えられる。都市の将来と、リベラリズムやレジャーのその都市への（悪）影響というテーマを取り上げている現代写真の一つのジャンルとも、村上たちの行き先の選択を比較できるだろう。ロバート・ヴェンチューリなどの共著『Learning from Las Vegas（ラスベガス）』（MIT Press, 1972）のラスベガスに関する考察であれ、マーティン・パーのマスツーリズムの写真であれ、ミシェル・ウエルベックの非 - 場所的写真であれ、レジャーリゾートの派手さと住宅街の景色の陰鬱さが同様に評価されていて、村上たちの熱海、清里などの描写と評価に非常に近いのである。[17]

その面で、名古屋の章（「魔都、名古屋に挑む」）が興味深い。関西と関東の真ん中に位置している名古屋はその独自性や特色が挙げにくいとよく指摘されている。村上は、次にあるように、よく批判される名古屋の物語構造上の特徴を、『地球のはぐれ方』自体の構造へと転化する。結論の座談会「オー・マイ・ゴッド・名古屋」のなかから、名古屋についての村上の発言を抜粋すると、以下のような見方となる。

そういう面で、この町には、物語を作っていく段階になんか欠落があるような気がしてならないんだよね。（略）〔名古屋を舞台にした小説は：引用者注〕書きにくいというか、だんだんもうカフカの世界になってくる。（略）いじめてないったら。これは一種ポストモダンの世界じゃないかと、僕は指摘しているんだ。（略）物語性を拒否した場所ということで、いわば再構築して読みこんでるわけだよ。（略）食とは関係ないんだけど、ラブホテルとか風俗って、東京だとある場所に集中しているでしょう。名古屋は、それがぽつんぽつんと点在してるんだ、モザイク的に。あれもすごく面白かったね。（略）名古屋を出てしまうと、もう一回物語を組み立て直さないといけない。東京に来ると、路地的な連続性の物語というのが必要とされているわけね。で、その物語の再構築に耐えられる名古屋人もいるだろうし、そんなものいらねえやという人もいるだろうし。でもそれはよくある田舎と都市との拮抗、近代と前近代の拮抗というんじゃなくて、生活思想の拮抗なんだよね。グローバリズム対名古屋ファンダメンタリズムみたいなさ。(18)

東京は物語の連続性が「路地」の存在によって可能になっているのに対して、名古屋は都市計画で路地がなくなり町がお互いに独立した空間に変化したことで都市的物語における連続性が完全に不可能になったといっている。村上が指摘している名古屋的な不連続性は、『地球のはぐれ方』のそれにあてはまるといえる。テクストのあいだに合理的な連続性があるにせよ、旅行ガイドと同様にテクストを勝手な順番に読むこともできる。タイトルの『地球のはぐれ方』もそこからきていると考えられる。この本は名古屋の章から始まり、村上はどこかで道に迷う現象を称賛している。旅行することは必ず、前にも述べたようにどこかへ何かを見にいくことではなく、理解が困難な場所、観光業が旅行者にときには物語性を強制する場所、旅行ガイドの正反対の目標である行動＝道に迷うことである。ギヨーム・トゥルードが、ミシェル・ビュトールの『Mobile: études pour une représentation des États-Unis（モビール――アメリカ合衆国の表現のためのエチュード）』（Gallimard, 1962）について「ビュトールは旅行者が未知の国に入るのと同じように読者を狼狽させたり道に迷わせたりしたかった。ビュトールの紀行文は「道に迷う、そして自分を見出すためのガイド」である[19]」と述べているが、『地球のはぐれ方』は前衛的な形式ではなくても、同じような目的をもっていると思う。前述のように、村上たちはこの作品を「旅行記」として紹介したが、『地球のはぐれ方』のジャンルの遊び、つまり紀行文学というジャンルについての遊びは村上のまえがき「『地球のはぐれ方』のための前書きのようなもの」にも現れている。

ひとつお断りしておきたいのですが、この本はいちおう旅行記ではありますが、実用的なガイドブックではありません。情報は正確を期していますが、アップデートまではされておりません。[20]

『地球のはぐれ方』は自らをガイドとして提示するが（実際にガイドとして手に取った読者もいたかもしれない）、ガイドの実用的な価値も拒否されていて、実用的な文学としても理解されてきた紀行文が実用性の空間からほかの空間へ追い出されてしまう。しかし、この「ほかの空間」はどこだろうか。文学だろうか。

おわりに

『辺境・近境』も『もし僕らのことばがウィスキーであったなら』も『地球のはぐれ方』も、すでに世界中で何も発見することができないという、現代の旅行の方法とエクリチュールに共通するビジョンをもち、またこれらが対象としてきた空間を再発見し、日常と非日常を対立させるというビジョンを基礎として成り立っているといえる。

疲労、病気など、『辺境・近境』の「メキシコ大旅行」のなかで村上が描写している危機感は、本章で取り上げた非日常の問題を分析するためのもう一つの方法であり、本当の意味で旅行を可能にし、ある国の理解をやさしくする方法でもある。

旅行は疲れるものであり、疲れない旅行は旅行ではない。延々とつづくアンチ・クライマックス、予想はずれ、見込み違いの数々。シャワーの生ぬるい湯（あるいは生ぬるくさえない湯）、軋むベッド、絶対に軋まない死後硬直的ベッド、どこからともなく次々に湧きだしてくる飢えた蚊、水の流れないトイレ、水の止まらないトイレ、不快なウエイトレス。日を重ねるごとにうずたかく積もっていく疲労感。そして次々に紛失していく持ち物。それが旅行なのだ。[21]

持ち物を紛失すること、下痢に悩むこと、バスに乗り遅れることなど、[22]旅行の満喫を困難にし、旅行記のなかで言及する価値がないと思われるこれらの問題は、村上が逆説的に述べているように、ある国に溶け込むきっかけになるのである。紛失という例は、空になる身体であれ、空になる荷物であれ、紀行文のエクリチュールを革新する可能性へつながる比喩であるとも理解できる。

『地球のはぐれ方』を中心とした以上の三作で、平凡性、日常性、エキゾチックな行き先の拒否（または、その行き先のエキゾチシズム化の拒否）、旅行ガイドのジャンルとしての利用など、村上は紀行文学の方法を多面的に展開しようとしている。にもかかわらず、前述の引用で示されているように、文学性とよく結び付くカタルシスにもつながっている。旅行を通じて平凡性や日常性を、非日常性とのつかの間の接点によって、自己の内面に埋もれていた何かを逆説的に再発見する方法にする。これが村上の作家としての才能の現れではないだろうか。

注

（1）Guillaume Thouroude, *La pluralité des mondes: le récit de voyage de 1945 à nos jours*, Presses de l' Université Paris Sorbonne, 2017, p. 9.
（2）村上春樹『辺境・近境』新潮社、一九九八年、二九五ページ
（3）Masayuki Ninomiya, "La Curiosité engagée ou le choix d' Oda Makoto, «homme de renaissance»," *Ebisu*, 29, 2002, p. 45.
（4）前掲『辺境・近境』三〇〇ページ
（5）同書三〇〇―三〇一ページ
（6）ウンベルト・エーコ『物語における読者』篠原資明訳、青土社、一九九三年
（7）前掲『辺境・近境』一三九ページ
（8）同書一九一―一九二ページ
（9）村上春樹／吉本由美／都築響一『地球のはぐれ方――東京するめクラブ』（文春文庫）、文藝春秋、二〇〇八年、一五一―一五二ページ
（10）村上春樹『もし僕らのことばがウイスキーであったなら』（新潮文庫）、新潮社、二〇〇二年、一〇ページ
（11）同書一〇ページ
（12）同書五四―五五ページ
（13）同書九六ページ
（14）前掲『地球のはぐれ方』一三ページ
（15）同書一三―一四ページ
（16）同書一三ページ
（17）マルク・オジェ『非-場所――スーパーモダニティの人類学に向けて』中川真知子訳（叢書人類学の転回）、水声社、二〇一七年

(18) 前掲『地球のはぐれ方』一一八—一二一ページ
(19) Thouroude, *op.cit.*,p. 97.
(20) 前掲『地球のはぐれ方』一五ページ
(21) 前掲『辺境・近境』八四ページ
(22) 同書八七ページ

第7章

教材としての『鏡』
――語ることによる再生

早川香世

はじめに

村上春樹『鏡』[1]は、「みんな」の恐怖体験を聞いていたホスト役の「僕」が、これまで一度も話したことがなかった体験を語る。高校卒業後、体制打破の波にのまれ、大学に進むことを拒否して肉体労働をしながら放浪していた「僕」は、二年目の秋に新潟の中学校で夜警の仕事をしていた。その日は十月の初めの、風が強い、蒸し暑いくらいの日の夜だった。三時の見回りの際、いつもは寝起きがとてもいいのに、なぜか起きたくないという違和感を覚える。プールの仕切り戸の音が「うん、うん、いや……」といっているように聞こえるなか、チェックポイントを回り、学校の玄関を通り過ぎたとき、何かの姿が見えたような気がした。それは鏡に映る自分自身だった。昨日の夜まではなかった鏡がかけられていたのだ。安心した「僕」がたばこを吸いながら鏡をよく見ると、映っているのは「僕」に「まっ暗な海に浮かんだ固い氷山のような憎しみ」を向ける「僕以外の僕」だった。「僕」は鏡に木刀を投げつけて走り去り、そのとき鏡の割れる音がしたが、翌日見てみると鏡は存在しなかった。

「僕」はこの話を語り終えたあと自分自身以上に怖いものはこの世にないこと、そして、この家には鏡が一枚もなく、いつも鏡を見ずにひげを剃っていることを告げる。

「このところ、僕は「鏡」というとても短い小説をわりに好んで朗読しています[2]」というように、村上は『鏡』をたびたび朗読している。[3]村上が繰り返し『鏡』を選び、朗読するのには、どのような理由が考えられるだろうか。また『鏡』は高等学校の現代文の教材として読まれ続けているが、[4]教材としての価値はどのようなところにあるだろうか。

本章ではまず、「僕」の話の内容、特になぜ「僕」は「僕」自身を怖いと思うのかについて、先行研究を踏まえて検討する。次にこれまで誰にも話したことがない語りにくい話を語ることについて、自助グループにみられる語りとの比較を通して明らかにする。最後に教材としての『鏡』の価値について、実践報告を踏まえて述べる。

1　「僕」の恐怖体験

「僕」が語る体験談について、原善は「一見〈怪奇譚〉のふりを装いながら、騙りとしての語りの機能を発揮する、虚構の在りようこそを問題にした作品[5]」と、語りの虚構性を指摘した。これに対して渥美孝子は「怒りと悲しみを湛えた眼差しで自分を見つめているかもしれないもう一人の自己、その像だけは聞き手の心に刻印される[6]」と、「僕」が語った物語の深刻さを指摘する。渥美がいうように、たとえそれが娯楽として恐怖体験を語る場だったとしても、語られる深刻な恐怖は演出以上の真実味を伴っている。そこで「僕」が語る行為に重きを置き、「僕」が語る内容をあえて「真実」として受け止め、「僕」自身がなぜ怖いのかについて考えてみたい。

西田谷洋は「僕」の体験を「亡霊体験」とし、亡霊を「ありえたかもしれない自分を封印した日常の切れ目から出現する。亡霊は、「僕」の一部であって一部ではない」「反他者、反自分的なもの[7]」と述べている。しかし

「亡霊」すなわち「僕以外の僕」を見ているのは「僕」自身である。この日が暑かったという感覚を抱くのも、プールの仕切り戸の音が「うん、うん、いや……」などと聞こえるのも「僕」である。すると「僕以外の僕」もまた「僕」にほかならず、「僕」自身が生み出したものになる。

「僕以外の僕」を見たことは口に出すことさえ怖かったとあるが、「僕」がそのような体験をするきっかけをもたらした学生運動については、ほとんど語られていない。すると「僕以外の僕」を見た体験と学生運動に加わらなかった過去には、語りたくない負の側面があると考えられる。「僕」は学生運動に加わらずに放浪した。これは仲間とともに大学の変革を求めるのではなく、大学そのものに行かないという自分なりの形での運動だといえる。

村上自身も、学生運動になじめなかったという体験をもつ。村上は「みんなと一緒に何かをするのが不得意」だったこと、そして、運動の仕方に対して幻滅を感じたと語って、正しいものを希求するためにはそれに見合う「魂の力」「モラルの力」が必要だと述べている。[8]「僕」も体制打破という「正しいスローガン」には理解を示していたが、集団を拒否して単独行動を正しい生き方だと思っていたのは、集団の「モラルの力」に対して懐疑を抱いたと考えられるのではないか。しかも「思っていた」という言い方からは、過去の自分は正しい生き方を選択したと考えているというより、何かほかのことを省みているのではないかと思わせる。

たった一人で肉体労働をしながら転々としていた生活が、共同体との関わりをほとんど断った状態であることは想像にかたくない。いわば「僕」が選んだやり方は孤独との戦いでもあったのだ。それは鏡に映る「もう一人の「僕」」が、「真っ暗な海に浮かぶ氷山のような憎しみ」というような孤独をたたえた姿をしていたことに現れているし、中学校での夜警の合間にしていたバスケや読書、音楽を聴くことからもうかがえる。これらは一人でも楽しめるが、学校では集団でおこなうものでもある（読書も解釈を深め合うと考えれば、集団でおこなうものといえるだろう。そもそも学校自体、集団を育成する場でもある）。集団の一員であることを拒否したものの、孤独な放浪生活を続けるうちに、自分のなかに「僕以外の僕」を抱えていったのではないか。そのように考えれば、中学校の夜警の仕事という選択は、無意識のうちに抱えていた集団への希求の表れだったのであり、そこで「僕以外の僕」を見ることは必然だったともいえるだろう。

このような「僕」の負の側面は、カール・グスタフ・ユングの「影」の理論[9]で説明できる。ユングは倫理的な統一実体を「自己（セルフ）」と呼び、そのなかで悪い面、好ましくない面を「影」と呼んだ。「影」は「悪」であり、受け入れがたく認めたくない抑圧対象であるから、鏡のなかの「僕以外の僕」はまさに「影」といえる。はじめは「悪」を「セルフの外」である学生運動という集団に投影し、組織のあり方に反発するという形を取った。しかしそれは自分のなかの望ましくない面として、再び「影」として自分のなかに投影されたのである。

つまり「僕以外の僕」は「僕」が選んできた人生のなかで、抑圧されながら育ってきたもう一人の「僕」であり、「僕」はその姿をこれまで見ようとしなかった。自分のなかに認めたくないものを抱えているからこそ、「僕」にとって自分自身が不確かな存在であり、だから怖かったのである。家に鏡がなかったのも、「僕」が自分自身と向き合うことを避け、自分を見ないようにしてきたことの表れだといえるだろう。

2　語りにくいことを語ること

「僕」は語りたくない自分の過去を語っていることが明らかになったが、語るという行為は、語るべき対象を思い浮かべ、それを言葉で描写し、顕在化させることを伴う。そのため不快な事柄について語るのはきわめて困難であり、「僕」の抱える語りにくさもそこにある。それでもなお「僕以外の僕」を直視し、語ったのはなぜか。そこにはどのような変化があったのか。

このことを解き明かすヒントになるのが、語りたくないことを語ることが治療につながるという考え方である。実際に依存症克服を支援する自助グループの活動では、語ることが活動の中心としておこなわれている。村上も小説を書くことと治癒行為の関係について言及している。これらを参照しながら、「僕」が語る理由について考えてみたい。

自助グループは、もともとはアルコール依存症の支援団体アルコホーリクス・アノニマス[10]から始まった形態であり、患者がアルコールや薬物などの依存対象から抜け出すために、依存症の当事者たちを中心とした「ミーティング」をおこなう。ミーティングでは、依存症克服のためのプログラム「十二のステップ」に基づいて、アルコール依存克服のための課題に対する自分の体験を話す。「ミーティング」では最初に「アルコール依存症の○○です」と名乗るが、これは、自らの置かれた現状を認めるための効果があるとされる。葛西健太によれば、参加者たちは「ミーティング」で心が重く苦しい状態を、それを理解する仲間の前で、自分のため、また自分より新しいメンバーのために率直に語る。こうして断酒継続を支える心理的・物理的環境を作るのが目的だという。そして「言いっぱなし、聞きっぱなし」が原則で、批判はもちろん、助言を受けることもない。これは自己啓発セミナーのように自己責任論理を徹底するものとは異なり、罪責感を時間をかけて個人がマネジメントできるようになることも目指している。[11]

『鏡』での恐怖体験を語る場と、自助グループの語りの場を比べてみると、ホストである「僕」は「コーディネーター」としてみんなの話をまとめ、かつ自らの体験を語る点が共通する。話したあとの仲間の反応も書かれておらず、「言いっぱなし、聞きっぱなし」の形態になっている。自助グループが依存症の回復を目指すのに対して、『鏡』の恐怖体験自体は克服すべきこととはいえないものの、恐怖を味わった過去と正対する点は、過去の自分を客観視し、認めることにつながる。

なかでも重要なのは語りを聞く相手の存在である。自助グループで自分と同じような体験をもつ仲間は、自分を映し出す鏡としての「重要な他者」である。[12]自己承認の対象として、かつ自己変容の相手として、さらには人間関係の構築のために、他者の存在は不可欠である。定期的な集まりである「ミーティング」と、仲間同士の支え合いを意味する「フェローシップ」には、他者に助けを求めることへの抵抗をやわらげ、孤立を回避するという狙いもある。つまり、語りを聞く相手がすべてを承認してくれる他者として想定されていることは、語ることに対する信頼が成立していることになるのだ。だからこそ、うまく語ることが目的ではないにもかかわらず、参加者はそれぞれ見事な語りを披露する。これは何度も語っているからでもあるが、それ以上に語る本人が、自分にも、相手に対しても誠実に語ろうとするからである。このように自助グループでは、信頼関係に基づいて、「真実」を語り合おうという志向が作用している。

このことは、村上の創作活動に対する姿勢と通底する。「あらゆる創作行為には多かれ少なかれ、自らを補正しようという意図が含まれているからです。つまり自己を相対化することによって、つまり自分の魂を今あるのとは違ったフォームに当てはめて行くことによって、生きる過程で避け難く生じる様々な矛盾なり、ズレなり、歪みなりを解消して行く――あるいは昇華して行く――ということです。そしてうまくいけば、その作用を読者と共有するということです。特に具体的に意識はしませんでしたが、僕の心もその時、そういう自浄作用みたいなものを本能的に求めていたのかもしれません。だからこそごく自然に小説を描きたくなったのでしょう[13]」と、「読者と共有する」ことを「自浄作用みたいなもの」として捉えているように、村上は書くことに対して誠実であろうとし、かつそれを受け止めてくれる読者の存在に対して信頼感をもっていることを見て取ることができる。

さらに村上は地下鉄サリン事件の被害者へのインタビューをもとに刊行された『アンダーグラウンド』で、インタビューした被害者たちはその人にとっての「真実」を語るという倫理観に基づいて話していたと語る[14]。それを聞いた村上もまたそのことを自分なりに「真実」として受け止めて書いただろうし、細かなディテイルが異なっていたとしても、語った人の「真実」を歪めるものではない。なぜならそこには、村上の、語りに対する信頼が生じているからである。

阿部公彦は「村上にとって物語を語るとは、自分のうちにある隠れたものを外へと解放する過程なのではなく、むしろ自我を抹消する事で自分の内なる他者の語る声にじっと耳を傾けることを意味するのかもしれない[15]」と指摘している。地下鉄サリン事件の取材で被害者の声を聞いたことは、阿部が指摘するように河合隼雄との共通点、すなわちカウンセリング的な立場に立って、聞く立場として語りと向き合ったといえるだろう。それは物語を生み出す信頼関係が成立した場でもある。そのような村上の語ることへの意識の萌芽として、『鏡』をみることができる。ゆえに『鏡』では語りかける「仲間」の存在に注目することが重要なのである。

あらためて『鏡』における語りの場をみたときに、「僕」がこれまで語れなかった話を語るのは、顔も名前もわからないが目の前の仲間に対するある種の信頼関係が認められる。「僕」の語りに対して、学生運動との関わりや夜警をしていた期間など、疑義もないわけではない。しかし、「僕」の話を受け止めていた仲間は物語の真偽を追求しない。そのことよりも、確実にそこに存在する聞き手に向けて語る場に「僕」が加わっていることが重要なのである。なぜならそれは仲間を求めて「僕」が変化した姿であるからだ。自分一人で抱え続けてきた恐怖体験を仲間に語ることで、「僕」はようやく過去の自分を認めようとしているのである。

3 教材としての『鏡』

最後に、『鏡』の教材としての価値について、実践報告も交えて述べていきたい。なお、授業は二〇一七年に、勤務校の高校一年生に対し一コマ五十分で四回おこなった。

初めて『鏡』を読んだ生徒の感想の多くは、「語り口調であることが新鮮だった」と「物語としては面白かったが、作者の言いたいことがよくわからなかった」といったもので、次いで多かったのが「なぜ自分が怖いのか」「最後の一文の意味は何か」だった。面白く読みやすいものの、何を伝えようとしているのかはっきりとしないために難しいと思ったようだ。生徒にとって、教材としての物語を読む際には作者の何かしらのメッセージを見つけなければならないと思っているからでもあり、それがわかりにくいと難しく感じるのだろう。他方、初めて読んだときに感じた疑問は、自分の読解を形作る道筋を示すものにもなる。そこで、生徒の感想から出てきたこれらの疑問を解決しながら読解を進めることにした。

二時間目は「僕の体験」を読み取るという目標を設定し、「僕」の語る体験がどのようなものか整理することから始めた。①プールの仕切り戸の音は、どんなときにどう聞こえたか、②「僕でないところの僕」とは何を指すか（「僕」と「僕以外の僕」とをはっきり区別させるため）、③「氷山のような憎しみ」とはどのようなものかという三つの問いを立て、四人一組のグループで話し合った。①については「「僕」の勘違い」「自分の体の様子がおかしいとき」などと、自身の様子が普通ではないときに現れる現象として捉えていた。この日はいつもと違っていたという恐怖体験の前触れであるだけでなく、当時の「僕」の精神状態を表してもいるだろう。③については「今の自分の生き方を認められていない」「自分自身にしかわからない憎しみ」と、「僕」自身に対する批判の表れとして読み取っていた。

三時間目は「なぜ自分自身が怖いのか」について考えた。体制打破に共感したが学校に勤めていること、楽な仕事といいながら勤務態度は真面目であること、孤独を求めながら拒絶することなどから、「僕」自身が矛盾を抱える存在である。それが「僕以外の僕」として現れていることから、「僕」自身、制御がきかないものを抱えていることに恐怖を感じるのではないかと結論づけた（ついでにいえば、仕切り戸の開閉音にも象徴されている）。さらに過去の孤独な「僕」は、現在の仲間に語る「僕」という対比としても捉えることができる。

四時間目は、「「僕」は変わったか」という問いを立て、仲間に向けて語ることの意義について考えた。これに対しては「『鏡』が、自分自身と向き合うきっかけになった」「「本当は仲間が欲しい」というメッセージを受けて語りかけている。変わろうとしている」「本当の思いに目を背けてきた。三十数年認めてこなかった不確かな自分の話をすることは、招いた人たちに心を許しているのではないか」「仲間でなかったら、もっと適当な作り話をすると思う」などと、過去と現在の「僕」を対比させ、「僕」が語る理由を解釈するものが多かった。

二〇二〇年には学習指導要領が改訂され、生徒の主体的・対話的で深い学びに向けた授業改善が求められるとされた。[16]これによって、高等学校での国語の授業は、教師による講義形式から、生徒自身が読解して発表し合う形式が増えていくと予想される。とはいえ、生徒の意見や答えは、基本的に教師が設定した目標に沿った内容となることが求められる。『鏡』を教育的な立場から論じた先行研究のなかには、「僕」が過去の体験談を話すことから、生徒の反省を促すような「学習の手引き」の危険性を指摘するものもある[17]。教師が生徒の内面を言語化させることの暴力性にも、十分自覚をもつべきだろう。

その点では、自助グループの語りも、自分について語ることを方向づけられている点で強制力がはたらいているといえる。それは自助グループでは依存症からの回復が目標にされているからだが、むしろそれを達成するために、聞く相手に対して語ることが重視されていることのほうが重要である。例えば、はじめはミーティングを面倒に思っていた患者も、何度も参加することによって徐々に話せるようになる。それは同じ状況の仲間の話を聞くからである。その話はその人にとっての紛れもない「真実」であり、それを聞くことで、語りの場に対する信頼が生じる。そして、語ることによって自己を捉え直し、回復へと向かっていくのである。

教材としての『鏡』の価値も、聞いてくれる相手がいてこそ語ることができることに生徒が気づいていく点にある。「僕」と仲間は、恐怖体験という物語を共有する。「僕」が語ることができたのも、仲間に対する信頼関係が成立していたからである。同様に、授業でも相手に対して自分の考えを語る行為を繰り返していくことで、どのように物語を受け止めるのかを理解させ、読みを深めていく。授業は自分の考えを聞き手に向けて語る訓練の場でもあるが、同時にその体験を積み重ねることで、仲間との関係を構築する場でもある聞き手に対して誠実に語ることがこれからの授業で目指されるべきことである。そしてこのような『鏡』の価値は、「僕」がなぜ語るのかという問いを立てることで引き出されるのである。

おわりに

語りにくいことを語ることで依存症からの回復を目指すという自助グループの語りを参照することで、『鏡』のなかでも、「僕」が語る内容だけでなく、「みんな」に対して語ることの重要性が確認できた。このような語る／聞くという関係は、いわば物語の始原ともいうべきものである。

村上が『鏡』を朗読する作品として選び取っているのももはや明らかだろう。目の前の聴衆に語ることで、物語を共有することを意図しているからだ。体験談を語ることと朗読することは、物語を共有する行為という点で共通する。むろん「本」という形態でも共有されるが、目の前の人に語りかけることで、その始原性を体感しうる。つまり『鏡』は語られるべき物語であり、そのために著者によって繰り返し語られるのである。

このことは、先に述べた教材としての価値にもつながっていく。教材としての『鏡』も、「僕」がなぜ語るのかを読み取ることを通じて、教室という場での語る／聞くという関係を構築する。それが語りへの信頼につながっていく。これからも『鏡』は、教材としても読み続けられていくにちがいない。読まれ、語られることによって物語は何度も再生していくのである。

注

（１）伊勢丹クローバーサークル会員誌「トレフル」（一九八二年六月―十一月号、伊勢丹クローバーサークル）に連載されたのち、加筆され、『カンガルー日和』（平凡社、一九八三年）に収録された。『村上春樹』（「はじめての文学」、文藝春秋、二〇〇六年）にも加筆のうえ再録され、現在、教科書教材としても採録されている『鏡』の底本になっている。

（２）村上春樹／川上未映子『みみずくは黄昏に飛びたつ』新潮社、二〇一七年、八七ページ

（３）二〇一二年四月十日のハワイ大学マノア校での講演「書くことについて語るときに僕が語ること」で、また二〇一六年九月八日の熊本の早川倉庫でおこなわれた雑誌「ＣＲＥＡ」（文藝春秋）の熊本復興支援「東京するめ倶楽部」

イベントで、さらに二〇一六年十月三十一日のアンデルセン国際文学賞受賞式の翌日、南デンマーク大学で『鏡』は朗読された。

（4）『鏡』は一九九三年に教材化されて以来、二〇一九年現在まで、村上春樹作品のなかで最も多く教材として採録されている。教材の採録状況については、原善「教科書の中の村上春樹――あるいは村上春樹の教材価値を論ずるための序説」（新潟中央短期大学論叢編集委員編「暁星論叢」第六十六号、新潟中央短期大学、二〇一六年）を参照した。

（5）原善「村上春樹「鏡」虚構の力」「国語教室」第七十五号、大修館書店、二〇〇二年

（6）渥美孝子「村上春樹「鏡」――反転する語り・反転する自己」、馬場重行／佐野正俊編『〈教室〉の中の村上春樹』所収、ひつじ書房、二〇一一年、七三ページ

（7）西田谷洋「亡霊の偏在性と局所性――「鏡」」『村上春樹のフィクション』（ひつじ研究叢書〈文学編〉）、ひつじ書房、二〇一七年

（8）「僕はもともとグループに入って、みんなと一緒に何かをするのが不得意で、そのせいでセクトには加わりませんでしたが、基本的には学生運動を支持していたし、個人的な範囲でできる限りの行動はとりました。（略）その運動のしかたに幻滅を感じるようになりました。そこには何か間違ったもの、正しくないものが含まれている。健全な想像力が失われてしまっている。（略）どれだけそこに正しいスローガンがあり、美しいメッセージがあっても、その正しさや美しさを支え切るだけの魂の力が、モラルの力がなければ、すべては空虚な言葉の羅列にすぎない。僕がその時に身をもって学んだのは、そして今でも確信し続けているのは、そういうことです。言葉には確かな力がある。しかしその力は正しいものでなくてはならない。少なくとも公正なものでなくてはならない。言葉が一人歩きをしてしまってはならない」（村上春樹『職業としての小説家』〔SWITCH LIBRARY〕、スイッチパブリッシング、二〇一五年、三七ページ）

（9）ユングの「影」概念については、E・クリストファー／H・M・ソロモン編『ユングの世界――現代の視点から』（氏原寛／織田尚生監訳、培風館、二〇〇三年）を参照した。なお、村上は河合隼雄との対談『村上春樹、河合隼雄に会いにいく』（岩波書店、一九九六年）のなかで、河合によるユング自伝を読んだことに言及している（注（11）参照）。

(10)「アルコホーリクス・アノニマスは、経験と力と希望を分かち合って共通する問題を解決し、ほかの人たちもアルコホリズムから回復するように手助けしたいという共同体である」Alcoholics Anonymous World Services Inc、AA日本出版局訳編『アルコホーリクス・アノニマス』文庫版、AA日本ゼネラルサービス、二〇〇七年
(11) アルコホーリクス・アノニマスの活動については、葛西健太『断酒が作り出す共同性――アルコール依存からの回復を信じる人々』(世界思想社、二〇〇七年)を参照した。また、本書では自助グループ創設者であるビル・ウィルソンとユングとの書簡でのやりとりも紹介している。
(12) 同書一四七ページ
(13) 前掲『職業としての小説家』二四四ページ
(14) 村上春樹『アンダーグラウンド』講談社、一九九七年
(15) 阿部公彦「村上春樹とカウンセリング」『幼さという戦略――「かわいい」と成熟の物語作法』(朝日選書)、朝日新聞出版、二〇一五年、八三ページ
(16) 文部科学省「高等学校学習指導要領(平成三十年告示)」文部科学省、二〇一八年
(17) 田村謙典「分析を遠隔操作する文学への「回路」」、宇佐美毅／千田洋幸編『村上春樹と一九八〇年代』所収、おうふう、二〇〇八年

第8章

村上春樹文学に漂う「死」のにおい
――夏目漱石文学の継承

范淑文

はじめに

村上春樹の文学作品には「死」がよく織り込まれているということは、あらためて指摘するまでもないだろう。デビュー作である『風の歌を聴け』をはじめ、『羊をめぐる冒険』『ノルウェイの森』、さらに3・11東日本大震災を意識しながら書き上げた短篇集『女のいない男たち』に至っても、村上文学の一貫した特徴である「死」のにおいが漂っている。そのうち、ことに短篇集『女のいない男たち』に所収された最後の短篇「女のいない男たち」には、物語の構成を支配しているといってもいいほど「死」のにおいがしつこく漂っている。「男の低い声が僕に知らせを伝える、一人の女性がこの世界から永遠に姿を消したことを。声の主は彼女の夫だった。（略）妻は先週の水曜日に自殺をしました」[1]と、女主人公の「死」が、男主人公に告げられるという形で早速冒頭から語られている。その後、終盤まで男主人公がその「死」に呪縛され続けているように、彼女との思い出をずっと回想する。

ここで、村上が文学の創作上で最も影響を受けたと思われる作家、夏目漱石の『こころ』（「朝日新聞」一九一四年四月二十日―八月十一日付）が思い起こされる。Kや「先生」の死に至るまでの状況、またそれらに直面している女主人公である「静」の心境などが、前述の作品に語られている「死」という主題の理解の一助になるのではないかと仮定する。

したがって、本章では、「女のいない男たち」という短篇小説に焦点を合わせ、主人公「僕」の昔の彼女の自殺やその「死」に至るまでに彼女が受けた不可視的な「暴力」を明らかにしたうえで、モチーフや作品の構造などについて、漱石の『こころ』を継承するものとして見なせる点はないかを探ってみたい。

1　「女のいない男たち」のエムの「死」

夜中、知らない男から突然電話がかかってきて、低い声で「一人の女性がこの世界から永遠に姿を消したことを」「先週の水曜日に自殺をしました[2]」と、主人公「僕」は知らされた。その女性は男の妻であった。そこから、主人公「僕」はその自殺した女性――昔の彼女――との付き合い、彼女が姿を消してしまったことなどについて回想する形で語る、というのが「女のいない男たち」の構成である。

彼女とは十四歳のときに出会った。「生物」の授業で、消しゴムを持っていない「僕」に、エム（回想のなかで彼女に便宜上名づけた呼称）が自分の消しゴムを半分切ったものを渡したときから、「彼女と恋に落ちた」。二人は二年ほど付き合っていたが、付き合っていたのはいつ頃だったかは作品のなかでは語られていない。そして、エムは「いつの間にか姿を消してしまう」「何かがあって、少しよそ見をしていた隙に、彼女はどこかに立ち去ってしま[3]」った。「僕」は彼女を探しに探したが、とうとう見つからなかった。それ以来、「僕」は彼女と二度と会うことはなかった。彼女が誰と結婚したか、子どもを産んだかなどの情報も一切つかむことはできなかった。彼女の夫から突然かかってきた電話で彼女はもうこの世にはいないと知り、彼女と再び「つながり」――消息がつかんだ形の「つながり」――ができた。

その彼女と付き合っていた頃のことを回想しながら、彼女の夫と「僕」――つまり生き残っている男たち――の心境などが、「僕」という一人称の推測を交えながら語られている。作品全体の読みや「死」というモチーフの理解につながるものとして、「僕」が語っている内容から以下の三点をみておこう。一点目は、彼女を失ったときの「僕」の心境についての語りである。

> 自分という人間がつくづく嫌になってしまう。何も信じられなくなってしまう。なんということだ！ あれほどエムのことが好きだったのに。あれほど彼女のことを大事に思っていたのに。あれほど彼女を必要としていたのに。どうして僕はよそ見なんかしてしまったのだろう？[4]

彼女とは二年間付き合っていたが、よそ見をしていた「隙」に彼女がどこかへ去ってしまったことについていろいろと考え、自分が本当に彼女のことを大事にしていたのか、彼女を愛していたのか、などと反省し、自分を責めているような語り方である。なぜ彼女を失ったのか、その理由が全くつかめない、そのような自分が「嫌になってしま」い、「何も信じられなくなってしまう」と、絶望していた当時の自分の心境を語っているのである。

彼女が去って以来、全く連絡していなかったのに、彼女が自殺した一週間後に彼女の夫が電話でそれを「僕」に知らせてきた。しかもその電話の全く感情の入っていない冷たい声から、まず好意的な思いから知らせたわけではなかったと捉えられるだろう。そこから回想しながら、昔の彼女との付き合いについて考え、当時の彼女の心境をわかろうとしているのがうかがえる。つまり、一人称の語りで作品全編を貫いているこの「僕」の回想を、一種の自己省察と見なすことができるのではないだろうか。

二点目は、彼女が「僕」の前から姿を消してしまった理由についての「僕」のいろいろな推測である。その推測についての語りを抜粋しておこう。

先までそこにいたのに、気がついたとき、彼女はもういない。たぶんどこかの小狡い船乗りに誘われて、マルセイユだか象牙海岸だかに連れていかれたのだろう。[5]

彼女は水夫の世慣れた甘言に騙され、大きな船に乗せられ、遠いところに連れて行かれただけなのだ。[6]

「船乗り」「海岸」「水夫」などの表現はいずれも海につながるのは明らかである。また、「僕一人で護りきれるわけがない」「気がついたとき、彼女はもういない」などの表現から、「僕」の前から彼女が消えてしまったのは海と関連がある暴力によってであり、また『女のいない男たち』短篇集は3・11を意識して創作されたということを考え合わせれば、「水夫」を津波の暗喩として捉えることもできるだろう。

三点目は「僕」が彼女とドライブや、またセックスをしているときなどに、彼女はいつもほかの音楽ではなく、「エレベーター音楽」を流すことにこだわったという語りである。「エレベーター音楽」とは言葉どおり、エレベーターに乗っているときに聞こえてくる音楽のことを指している。エレベーターに乗っているあいだ、密閉された場所に他者と一緒にいなければならず、エレベーターは乗っている人にとっては幽閉されているような窮屈な空間であり、息が詰まるほどの閉塞感を覚える。そこからその状況を改善させる音楽を流すことが考えられたのだろう。したがって、「エレベーター音楽」は人をリラックスさせるメンタルケアの効果をもたらすものだ。逆に考えれば、「エレベーター音楽」テープを一万本も持っていたエム、「世界中の罪のない音楽についての膨大な知識」をもっていたエムは、「エレベーター」に常にいるような不安や窮屈さを感じていたと推測できるだろう。

そんな彼女の精神状態に「僕」は気づかなかった。それが「僕」と付き合っていた頃の彼女の様子だったが、一方、彼女の結婚生活はどのようなものだったのか。深夜、「僕」に電話をかけてきたエムの夫の「彼の口調には一滴の感情も混じっていなかった。電報のために書かれた文章のようだ。言葉と言葉のあいだにほとんどスペースがなかった。純粋な告知。修飾のない事実。ピリオド[7]」という電話のしゃべり方、ことに「言葉と言葉のあいだに」「スペース」がないという表現と「要するにスペースの問題なの[8]」という彼女の昔の「スペース」にこだわる考え方を考え合わせれば、その夫から優しくされなかったことも推測できるだろう。

以上の内容を整理してみると、エムの死を彼女の夫からの電話で知ったことをきっかけに、彼女との「つながり」――彼女の消息がつかんだ形の「つながり」――が回復した。二年間付き合っていた頃のことを「僕」が断片的に回想しているうち、彼女がずっと不安でいたことや、「僕」と付き合っていた女性のなかで、エムが「自死の道を選んだ三人目」だったことなどが浮かび上がった。そのような「僕」の回想からはエムの不安には自分にも責任があるように語っている姿勢――自己省察――が感じられるが、エムを含め昔付き合っていた三人の彼女の自殺の原因――その苦しみ、あるいは彼女が受けた精神的暴力――が依然として不明のまま、「僕」は女たちの心を全く推察できずに物語は終わるのである。

2 「女のいない男たち」と『こころ』の類似点

そのような作品の構成や登場人物の関係などから、漱石の『こころ』を連想せずにはいられない。まず、『こころ』と「女のいない男たち」の類似点を表1に簡単に挙げておく。

表1では、ストーリーの骨格や内容のおおまかな類似点を挙げてみた。「女のいない男たち」では三角関係はそれほどはっきりしないが、「僕」は、エムと付き合っていた頃のことを回想しているうちに、エムが自分の消しゴムを半分切って「僕」にくれたことを彼女の夫が知っていたら「嫉妬[9]」するだろうと推測した。また、彼女の死に向き合っていちばん悲しんでいるのは夫だろう、自分は二番目だ、などの表現は、一種の競争心にも似た

心理からくるものとも考えられるだろう。同時に起きた人間関係ではないが、エムの夫からの電話のしゃべり方や「僕」の視点によるその夫の心理の推測からでは、エムと夫と「僕」との三人は三角関係と見なせる。『こころ』の場合はそれぞれの愛がどのようなものかはともかくとして、「先生」「御嬢さん」、そしてKという三角関係[10]が物語の根幹として構成されていることはいうまでもない。二番、三番の自殺という設定についてだが、「女のいない男たち」のエムの自殺も、『こころ』のKの自殺もその理由が語られていない。とはいえ、その自殺はいずれも直接でないかもしれないが何らかの原因として語り手とつながっていると思われ、ストーリーのなかで、語り手にとっても大きな意義をもっている。さらに、四番の一人称の語りという構成だが、『こころ』の「下 先生と遺書」の部はタイトルどおり「先生」の遺書として書かれているが、一方「女のいない男たち」は冒頭から「僕」の語りで終盤まで徹底している。両作品は以上の点で類似しているといえる。

表1

		「女のいない男たち」	『こころ』
1	三角関係	「僕」・エム・エムの夫	「先生」・「御嬢さん」・K
2	自殺	エムの自殺	K・「先生」の自殺
3	自殺の理由	エムの自殺の理由が不明	Kの自殺の理由が不明
4	一人称の語り	「僕」の回想	遺書による「先生」の語り

3　『こころ』の「先生」の「遺書」

さて、『こころ』をどのように読むかについては、一九八五年以後の十年間、論争めいた論文が二百編ほど発表された[11]。それらの研究論文を『こころ』の研究史に加えると、明治精神と「先生」、「先生」とKというテーマを扱った早期の研究から、「先生」と「僕」（青年）、「僕」と「奥さん」（「静」）、「御嬢さん」（「静」[12]）のように研究の焦点が次第に変わってきたことがうかがえる。以上のように『こころ』に対しては様々な読み方がなされてきたが、ここでは、「女のいない男たち」との関連性を明らかにするために、Kと「先生」の自殺、「先生」の「遺書」という構成について少しふれておきたい。

『こころ』「下」では「先生」が死んだあとに読むという設定で、「先生」と「御嬢さん」、そしてKの三角関係が語られている。「『こゝろ』論争以後」と題した、飯田祐子・関礼子・平岡敏夫に聞き手役である小森陽一・石原千秋二人を加えた五人による座談会のなかで、小森は「Kの自殺後の関係性を生み出している違いは、生き残った者と、死んでしまった者という、非常に距離の大きい、生と死という差別に引き裂かれているものです[13]」と、Kと「先生」の関係性の構造について言及している。死者には声が付与されておらず、生者が二人の関係をはじめ、いろいろなことを自由に語ることができると考えるのは一般的な読み方である。したがって、「遺書」を書いている時点では、生き残った「先生」には死者であるKのことを自由に語る権利が与えられている。その語りに頼って、われわれ読者はKのこと、Kと「先生」の関係、あるいはKと「御嬢さん」の関係などについて理解していくのである。となれば、生き残った「先生」自身の都合によって自由に語られた結果、その語りには事実とのズレが生じる可能性がある。柴田勝二はそのズレを生み出す背後にある心理について次のように見解を示している。

忘れてはならないのは、『こゝろ』「下」巻が一人称告白体の物語として書かれているということです。森鷗外の『舞姫』(一八九〇)や三島由紀夫の『仮面の告白』(一九四九)についてしばしばいわれてきたように、この形式の叙述においては、ほとんどの場合執筆時における自己正当化が働き、その意識によって過去の自己像が書き直されています[14]。

『舞姫』(『国民之友』一八九〇年一月号、民友社)や『仮面の告白』(河出書房、一九四九年)と同様に、「先生」の「遺書」には「一人称告白」という手法を通して「自己正当化が働」いているという見解である。その手法はたしかに「自己正当化」するはたらきがあると考えられるが、「正当化」という表現からは最初から何か隠蔽しようとする意図があったかのように思える。しかし、『こころ』の場合は「上」で青年の目を通して語られた「先生」像に比べ、「下」の「遺書」で告白された「先生」像には、笑いや悲しみや憎しみといった人間的な感情、欲がさらけ出されている点を考えれば、語り手の何かの隠蔽というより、遺書を通じて過去の自分について、また自分とKとの関係を書くことを通して自分を見つめ直すものであったと捉えたほうが合理的ではないだろうか。一方、もともと語ることができない死者のほかにも、生きている「奥さん」(「御嬢さん」)にも声を出させない最適な戦術として、「遺書」という一石二鳥の手法が用いられたのだろう。

おわりに

自殺したエムの死を彼女の夫からの突然の電話で知った主人公である「僕」は、「なぜ夫がわざわざ僕に電話をかけて、彼女が亡くなったことを知らせなくてはならないのだ?」「僕に何かを考えさせるためだろうか?」[15]という疑問をもちながら、彼女との付き合いを回想する。一人称の語りで全編を貫いている「女のいない男たち」と、『こころ』「下」の「遺書」とは作品の構造が類似しているのは以上の考察で明らかになっている。それらの一人称の語り(あるいは告白)によって、語り手と死者との当時の関係性を再確認することができた。また、死者の当時の心理や苦しみが一人称の語りで明らかになっているのは『こころ』にも「女のいない男たち」にもみられる特徴だ。つまりその一人称の語りから相手の心理を理解しようとする姿勢がうかがえるのだが、『こころ』ではKの自殺の本当の原因、「女のいない男たち」では彼女の不安の根源、自殺の原因が依然としてわからないままでいる。

前述の柴田勝二の論文は、『こころ』の「一人称告白」の創作手法や構造が『舞姫』や『仮面の告白』にも共通していると指摘しているが、実はさらに百年後、村上にも引き継がれ、言葉を換えれば、村上の「女のいない男たち」には漱石の『こころ』の継承がみられるといってもいいのではないだろうか。そうした一人称の語りによっても相手の心理を完全に知ることはできなかったが、その姿勢は自分への内省、一種の自己省察でもあるという点で両作品は一致している。

ただし、『こころ』は「遺書」という形式の導入によって、飯田祐子の指摘のとおり、「上」の夫婦の物語から「下」の「遺書」になると、男同士の力競争という物語に変わる。「女のいない男たち」の場合は、①自分と彼女（エム）との関係、②彼女の苦しみや不安に「僕」も彼女の夫も気づかなかったことや彼女を失ってしまったことによる男同士のつながり、という二つの筋で語られている。後者の男同士のつながりについては、彼女の死を知らされたとき、「僕」は「自分を世界で二番目に孤独な男だ」、そして彼女の夫がいちばん孤独な男だと語り、「ある日突然、あなたは女のいない男たちになる」「その世界ではあなたは「女のいない男たち」と呼ばれることになる」[16]と、その男たち――複数形である男たち――の孤独を強調している点は興味深い。実は、彼女がこの世界から姿を消してしまったことに対しては、「僕」と彼女の夫以外に「世界中の水夫たちが彼女の死を心から悼んでいる。そして世界中の反水夫たちもまた」[17]と語られているように、彼女を常に狙い、彼女をどこかに連れていったと思われる「水夫たち」も悲しんでいるという。この点からは「僕」、彼女の夫、「水夫たち」などすべての男たちは彼女の不安などに気づかず、不安の原因がわからないことによって彼女の立場からみると一種の精神的暴力をはたらいているという点で男同士の連携を構築している。そのため、「どこまでも冷ややかな複数形で」彼らは「女のいない男たち」と呼ばれているのである。

このような「女のいない男たち」という作品を、もう一歩踏み込んだ言い方をすると、小説の構造や登場人物の関係の設定などでは『こころ』の「先生」の「遺書」という手法を再生産したような作品である。「僕」の回想という形で死者である女の不安、「水夫たち」と称される男たちの無理解という〈暴力〉をさらけ出すと同時に、自己省察を通して「僕」と彼女の夫を結び付け、「男たち」という人間像を再構築している。その自己省察はもう一つの結果として、「僕」がこの世界で孤独な存在であることをあらためて認識させられた。その一方、エムの苦痛や不安などを理解できなかった「僕」には、いま、エムがあの世で「頭痛もなければ、冷え性もなければ、生理も排卵期もない」「永劫不朽のエレベーター音楽と共に、幸福に心安らかに暮らしていることを祈る」[18]ことしかできないというように最小限の理解を示そうとする姿が垣間見られた。

繰り返しになるが、『こころ』の「先生」も、「女のいない男たち」の「僕」やエムの夫などの「男たち」も、それまで女性側の立場を理解しなかった男の人間像が浮び上がり、いずれも回想を通して反省的に提示することが両作品に共通していると言えるだろう。

注

(1) 村上春樹『女のいない男たち』文藝春秋、二〇一四年、二六五ページ
(2) 同書二六五ページ
(3) 同書二七〇ページ
(4) 同書二七〇ページ
(5) 同書二七〇ページ
(6) 同書二七一ページ
(7) 同書二六五ページ
(8) エレベーター音楽の必要性について理解できなかった「僕」にエムは、「要するにスペースの問題なの」「自分が何もない広々とした空間にいるような気がするの。そこはほんとに広々としていて、仕切りというものがないの。壁もなく、天井もない」(同書二八二ページ)と語っている。
(9) 「生物」の授業で彼女が自分の持っている消しゴムを半分切って消しゴムを持っていなかった「僕」にくれた。そのことを「僕」がまるで自慢のように回想して、「それを聞いた夫は嫉妬する」(同書二七八ページ)と勝手に推測している。
(10) 例えば柴田勝二も「夏目漱石の多くの作品には、男女の三角関係の構図が登場します。とりわけ顕著であるのが、

男性主人公が友人を裏切り、あるいは出し抜いて女性を得てしまうという構図です」とその三角関係の構図について言及している。柴田勝二『村上春樹と夏目漱石――二人の国民作家が描いた〈日本〉』(祥伝社新書)、祥伝社、二〇一一年、一四一ページ

(11) 一九八五年三月に発表された石原千秋「「こゝろ」のオイディプス――反転する語り」(成城国文学会編「成城国文学」第一号、成城国文学会、一九八五年)、小森陽一「「こころ」を生成する「心臓」」(同誌)の二本の論文が議論を呼び、それ以後の十年間にいろいろな読み方による論争めいた論文が発表され、二百編ほどにのぼったと言及されている。飯田祐子/関礼子/平岡敏夫/石原千秋/小森陽一「『こゝろ』論争以後」、小森陽一/石原千秋編『漱石を語る2』(漱石研究叢書)所収、翰林書房、一九九八年、一九〇ページ

(12) 押野武志「「静」に声はあるのか――『こゝろ』における抑圧の構造」、「特集 漱石『こゝろ』の生成」「文学」一九九二年十月号、岩波書店、四一―四九ページ、顧錦芬「『こゝろ』における静の声」「台湾日本語文学報」第二十九号、台湾日本語文学会、二〇一一年、七七―一〇〇ページ

(13) 前掲「『こゝろ』論争以後」二一七ページ

(14) 前掲『村上春樹と夏目漱石』一五二ページ。なお、傍点は引用者による。以下同。

(15) 前掲『女のいない男たち』二六六ページ

(16) 同書二七六ページ

(17) 同書二七四ページ

(18) 同書二八三、二八五ページ

第9章

震災の内側と外部をつなぐもの
——「白樺」派から村上春樹へ

杉淵洋一

はじめに

本章は、一九二三年の関東大震災後に震災を描写した小説と、九五年の阪神・淡路大震災、および二〇一一年の東日本大震災のあとで震災を描いた小説の言説を比較する。そうすることで、欧米型の近代化に邁進する大正から昭和前期を射程とする時代の震災表象と、ここ四半世紀のあいだに発生した二つの大震災、つまり現代の震災表象の相違点を探り、震災表象を扱う際の日本の作家の創作に対する態度や想定されうる読者像の変遷について、ある程度の方向性を浮かび上がらせることを目的としている。その際、関東大震災については、大正時代を代表する文芸・美術雑誌であり、震災が要因になって廃刊に追い込まれた「白樺」（洛陽堂など）の同人たちを中心とした震災小説、阪神・淡路大震災と東日本大震災については、村上春樹を中心に、現在の文壇で象徴的な役割を果たしている作家たち数人の震災小説を用いて、分析を進めていく。

1 関東大震災は「白樺」派の同人たちによってどのように描かれたのか

神奈川県に面した相模湾を震源とするマグニチュード七・九から八・三と推定される関東大震災は、一九二三年九月一日の正午直前に発生し、百九十万人が被災、約十万五千人が死亡または行方不明となり、全壊となった家屋約十万九千棟、全焼二十万二千棟という未曾有の被害を人々に及ぼし、関東地方一帯に壊滅的な打撃を与えた。

「白樺」の同人だった有島生馬は、震災から半年後に刊行された雑誌「新潮」（新潮社）の一九二四年四月号で、『別荘の隣人』というタイトルの小説を発表している。この小説は、震災直後の鎌倉郊外の別荘の様子を、主人公である「彼」の視点から語った短篇小説である。主要な登場人物は、この「彼」と二組のフランス人夫婦、日本に帰化したフランス人J老人の六人で、震災後の被災地の様子を見て回っているフランス人夫婦が主人公を訪ね、その主人公が近所に住んでいるJ老人をフランス人夫婦に紹介するという筋立てになっている。[1] 震災発生当時の様子について、有島は自身が洋画家の山下新太郎らとともに創設した二科会の展覧会の初日、会場として使用していた東京の上野公園内の竹の台陳列館のフランス画陳列室の入り口で誰かと話をしていたときに、激しい音と震動に襲われたため、外に向かって一目散に駆けだした[2]と回想している。しかしながら、広い公園の内部に身を置いていたこともあって、建物の倒壊もわずかであり、有島は地震による身体的な被害からは幸運にも逃れている。

その後、有島は自身が所有するイタリア式洋館のある鎌倉郊外（稲村ヶ崎）の別荘に足を延ばすことになるが、先述の小説『別荘の隣人』で、震災後の小説言説内の別荘の様子として、次のような文章を見つけることができる。

彼の腰かけた煉瓦は三本の高い煙突が崩壊したのをそこへ搬んで来て積んであつたものだ。この煙突がもしもう四五秒早く倒れたならば彼の一人子は埋められて終ふ所だつた。松の枝と葉を透してその目にあるペンキ塗りの洋館は倒れこそせね、鎧戸を締め切つたまゝ、足場をかけたまゝ、病人のやうに心細げであつた。[3]

現実の世界で有島の一人娘である有島暁子は、自らが被災した際の様子について、後日、次のように語っている。

九月一日、私は稲村の家の画室にいた、激震を感じると同時に母の呼声のする方向へ走った、若し、三、四秒画室を出るのが遅れたら、私は煉瓦の煙突の下敷きになるところだった。私は又、九死に一生を得たのである。[4]

この二つの文章の比較から、有島は自身の小説『別荘の隣人』で、関東大震災に際して、自分が実際に見聞きした体験を、ほぼそのままの形で作品のなかに取り入れていて、主人公の「彼」が有島の分身の役割を果たしていることを理解することができる。

当時の作家たちのあいだでは、このような震災に対する傾向は顕著なものであり、「白樺」派を代表する作家で、「新しき村」の開村に向けて奔走していた武者小路実篤は、自伝小説『一人の男』のなかで、震災直後の自分の様子について次のように描写している。

九月一日は関東大震災の日であるが、宮崎県の山の中にいた僕がそのことを知ったのは翌日だったと思う。

（略）僕は大地震のことを聞いて、なんと言っても、母の身を一番心配した。（略）僕は母の様子を見に早速出かけることにした。（略）僕はそれから京都に行って志賀と会った。（略）僕は志賀のところで初めて母や実光が無事であり、母の妹が嫁いでいる甘露寺さんの家に避難していることを知った。同時に元園町の僕の生まれた家は地震で破壊され、そのあとそのあたり一面は大火事になり、全焼したことを知った。(5)

同じく「白樺」派の同人の長与善郎は、自伝小説『わが心の遍歴』のなかで、震災が発生した際の身辺の様子について次のように書き残している。

専吉〔長与：引用者注〕が信州の白骨温泉へ湯治に出かけたのはその同じ大正十二年〔一九二三年：引用者注〕の八月十二三日のことだった（略）帰る途中、松本の宿で九月一日の大地震に遭った。松本でさえ恐ろしくなるほどの強震で、専吉らはあわてて往来に飛び出したが、おそらく近い活火山である焼岳の噴火であろう位に思っていた所、次ぎ次ぎに入る情報によって、東京を初め関東一帯の大地震で、火事も手が付けられないほどであること。又汽車は不通となったことを聞き、全く愕いた。(6)

その後、小説は、主人公の専吉に焦点化された視点を用いながら、東京を経由して、鎌倉の由比ヶ浜にあった当時の自宅に戻るまでの道中の様子を、震災の真実の姿を伝える一種のルポルタージュのように語っていく。このように「白樺」同人によって震災後に書かれた震災を扱った小説からは、震災に際する自身の体験や見聞を、主人公に仮託して読者に伝えることを主たる目的としていることを読み取ることができる。

この背景には、震災後の混乱のなかで、地震についての嘘や不確かな情報が社会にばらまかれ、それが原因になって二次的・三次的な被害や犠牲者が拡大していったことについて、読者に対して真実を伝える目撃者、嘘の拡散を防止するとりでとしての使命を当時の作家たちは心に強く抱いていたところがあったからなのではないだろうか。

震災後の情報の混乱について、吉村昭『関東大震災』は次のように記している。

　東京、横浜の内部は流言の乱れ飛ぶ世界と化していたが、被災地以外の地方でも根拠のない流言が流れていた。

　鉄道は破壊され、通信機関の杜絶した東京、横浜は孤絶し、そこから得られる確実な情報はない。各地の新聞社は、東京を脱出した記者の手で記事を蒐集し、記者はそれらを近県からの電話で本社に伝えたが、それらも実地に踏査したものは少なく、大半は流言を反映したものであった。[7]

現代と比較して、情報の流通にはるかに多くの時間を要した当時、震災によって交通手段が遮断されただけでなく、被災した首都圏にあったほとんどの新聞社の建物が倒壊した結果、国民全体が情報弱者と化し、日本社会全体に「大津波の襲来」「富士山の噴火」「朝鮮人による襲撃」などの根拠がない流言飛語が広がっていったことは容易に想像することができる。

　このことについて里見弴は、震災についての新聞の情報はことごとくでたらめだったとしたうえで、「流言蜚語と云うようなものは、無智無恥なあたまばかりを通りぬけて来たごく悪い通信の謂だ。国民の以って自ら恥とし、相戒めなければならないところのものだ[8]」と、流言飛語の払拭を読者である日本の国民に訴える旨の発言をしている。この点などは、「白樺」派同人の人道主義的傾向の表れと捉えることができ、この震災での、同人たちの創作態度として、読者に対して震災の真実を伝えることが優先されていたことを物語るものだ。また、このようなスタイルをとる背景には、同人たちの当時のメディアに対する不信感や、メディアそのものの脆弱性があったということもできるだろう。

2 阪神・淡路大震災は村上春樹によってどのように描かれたか

それでは、テレビやインターネットなどを通じて、世界的に広く報道されることになった、ここ四半世紀の日本での二つの大きな震災である阪神・淡路大震災と東日本大震災は、日本の作家たちの小説で、どのような形で描かれることになったのだろうか。まずは、今日の日本で最もノーベル文学賞に近い作家とされる村上の作品からみていきたい。

村上の震災小説といえば、「地震のあとで」という副題をもつ連作の短篇小説集『神の子どもたちはみな踊る』を真っ先に思い浮かべることができるだろう。この短篇集に所収された六編の小説で「地震」として描かれている阪神・淡路大震災が、作品内でどのように表象されているのか、ここでひと通り確認してみたい。

「UFOが釧路に降りる」では、主人公は震災に際して被災地に居合わせた人間ではなく、地震の影響のあまりない地域で、新聞やテレビのニュースから震災の情報を得る人物として描かれている。

新聞は相変わらず地震の記事で埋まっていた。彼は座席に座り、朝刊を隅から隅まで読んだ。死亡者数はいまだに増え続けていた。水と電気は多くの地域でとまったままで、人々は住む家を失っていた。悲惨な事実が次々に明らかになっていた。[9]

一方、「アイロンのある風景」では、以下のように描かれる。

「三宅さん、出身は神戸のほうだっていつか言ってましたよね」、啓介がふと思い出したように明るい声で尋ねた。「先月の地震は大丈夫だったんですか？神戸には家族とかいなかったんですか？」
「さあ、よくわからん。俺な、あっちとはもう関係ないねん。昔のことや」[10]
この対話から読み取ることができるように、三宅という登場人物の別れた妻子が神戸におそらく住んでいるだろうという推測のもとに、物語の舞台自体は震源地から離れた茨城県の海岸の小さな町が舞台になっている。短篇集のタイトルにもなっている「神の子どもたちはみな踊る」では次のように描いている。

夕刊の社会面は相変わらず地震関連の記事で埋まっていた。母親とほかの信者さんたちは、大阪にある教団の施設に泊まりこんでいるはずだ。彼らは毎朝リュックに生活物資を詰め込み、電車で行けるところまで行き、あとは瓦礫に埋もれた国道を神戸まで歩いた。そして人々に生活必需品を配った。リュックの重さは十五キロにもなると母親は電話で言っていた。[11]

東京の阿佐ヶ谷の貸アパートに母親とともに暮らす主人公が震災についての情報を得るのは、新聞か、ボランティアで被災地に赴いている母親との電話によるやりとりからという設定であり、主人公が被災地を直接目の当たりにする場面は用意されていない。
「タイランド」は、デトロイト在住の日本人女性の医師が学会に参加するためにタイを訪れるという物語であり、その際、主人公の女医とガイド兼運転手のタイ人のあいだで次のようなやりとりを見つけることができる。

「(略)先月の神戸の大地震ではたくさんの人が亡くなりました。ニュースで見ました。とても悲しいことです。ドクターのお知り合いには、神戸に住んでおられる方はいらっしゃいませんでしたか？」
「いいえ。神戸には私の知り合いは一人も住んでいないと思う」と彼女は言った。[12]

このように、震災が彼女には遠いところにあるもので、少なからず震災を体験していないことを前提とする人物設定がなされている。

「かえるくん、東京を救う」は、物語の展開する舞台を東京に設定していて、登場人物の一人であるかえるくんのセリフに次のようなものを見つけることができる。

「とてもとても大きな地震です。地震は二月十八日の朝の八時半頃に東京を襲うことになっています。つまり三日後ですね。それは先月の神戸の大地震よりも更に大きなものになるでしょう。その地震による死者はおおよそ十五万人と想定されます。」[13]

ここでは、いまだ発生していない東京での大地震とその地震による死者数や被害状況が予言的に語られているが、実際に起こった神戸の大震災での被災者数や被害状況については一切語られていない。しかしながら、この二つの大きな地震についての比較を促す言説は、阪神・淡路大震災による被害の甚大さと、それに伴って生じた壊滅的なイメージをわれわれに喚起させるためのレトリックとしても機能していることは明らかである。

短篇集の最後に収められた「蜂蜜パイ」では、村上が育った兵庫県西宮市で生まれ、村上と似た経歴を抱えた淳平という名の小説家を主人公として設定したうえで、以下のように描かれる。

地震が起こったとき、淳平はスペインにいた。航空会社の機内誌のためにバルセロナの取材をしていたのだ。夕方ホテルに戻ってテレビのニュースをつけると、崩壊した市街地と立ちのぼる黒煙が映し出されていた。まるで爆撃のあとのようだ。アナウンスはスペイン語だったから、どこの都市なのかしばらく淳平にはわからなかった。[14]

地震が起きた際にこの主人公は、その様子を単にテレビで視聴していただけではなく、異国の地で、自身では理解することができない言葉とともに遠くの出来事として眺めていたという設定になっている。また、物語の中心となる舞台も東京と思しき場所に設定されていて、登場人物たちへの震災の影響は、ニュースを通して得た情報に起因するものに限定されている。

村上のこれら六編の阪神・淡路大震災にふれた小説の作中での震災についての言説は、被災地の実際の姿を直接的に描くということを意識的に回避していて、そのかわりとして、新聞、テレビ、電話といった媒体、つまりメディアを介して間接的に伝達されることによって登場人物たちに呼び起されるもの、または別の地震との比較によって、その地震の被害の大きさを潜在的に再確認するものとして機能していると考えることができる。

もちろん、このことの背景には、阪神・淡路大震災の際に村上は、「蜂蜜パイ」の主人公のように、仕事の関係でアメリカのマサチューセッツ州に滞在中で地震の難を逃れていて、自身の震災体験がメディアを通した間接的なものだったという現実的な事情もあったといえる。しかしながら、村上はこの一連の短篇小説を執筆した理由について、次のように述べている。

> 失われた僕の街とのコミットメント回復の作業であると同時に、自分の中にある源と時間軸の今一度の見直し作業（略）でもあった。その六編の物語の中で、登場人物たちは今もそれぞれに余震を感じ続けている、個人的余震だ。彼らは地震のあとの世界に住んでいる。その世界は彼らがかつて見知っていた世界ではない。それでも彼らはもう一度、個人的源への信頼を取り戻そうと試みている。[15]

村上にとってテレビの映像や新聞の紙面は、被災地とその外部を遮断し区切るものとしてではなく、被災地の揺れを外部に伝達する触媒のようなものとして設定されていると理解することができる。そこでは、被災地は外部の揺れとでも言い表せるような映像を見ることや情報を得ることによって心に生じる動揺の震源地として、登場人物の生活の延長線上にあるものとして再定義されることになるだろう。そのため、村上が間接的に表現する「阪神・淡路大震災」の表象は、被災地から遠く離れたところにいて、震災の経緯をテレビや新聞で知った人々と、実際に被災した人々をつなぐ、つまり、外部の人間である読者を内部にコミットメントさせる一つの重要な装置の役割を担っているのである。

村上のような著名な作家がこのような創作上の戦略をとるのは、ここ数十年の情報インフラの発達の影響によるところも大きく、災害が発生した際に、被災地についてのある程度の正確な情報を外部の人間が、被災地の内側にいる人々よりも早く詳しく知ることができるようになったこと、そして、被災地のイメージをテレビや新聞などを通じて共有できるようになったことが、大きく影響しているからではないだろうか。たしかに関東大震災の被災状況を伝える写真や映像も相当数残っていることも事実ではあるが、個別の理由や事情で撮影されているものが多く、浅草の凌雲閣の倒壊の写真などのように、歴史化を図る際に、震災のイメージとして参照されているものは存在するものの、外部の人々、つまり社会全体が共有するイメージを構築するには材料が乏しいものがほとんどだといえるだろう。

阪神・淡路大震災、東日本大震災では、もちろん被災の渦中にある人々は、関東大震災の際と同様にライフラインが切断されていることから、必要な情報を手に入れることが困難になり、自身がどのような状況に置かれているのか把握することができなくなった。だが、ライフラインに影響がなかった、またはその影響が少ない地域に暮らしていた人々は、震災が進行し、被害が拡大していく様相を、テレビやパソコンの画面が映し出す映像や新聞の号外に掲載された記事などからほぼリアルタイムで入手して、被災地で展開している悲劇のイメージを同時進行的に共有していたということができる。

阪神・淡路大震災ならば、崩壊した阪急伊丹駅、東海道本線の六甲道駅、倒壊した阪神高速道路、東日本大震災ならば、津波によって浸水して破壊された東日本沿岸の多くの市町村、福島第一原子力発電所の一号機・三号機が水素爆発する映像、また、両震災後に繰り返し報道された仮設住宅や避難所に集まる人々やボランティア活動に従事する有志についての映像は、震災の外側にいた人々へ、それらの震災についての形式的で画一的なイメージを与えることになったといえるだろう。

3　現代の日本の流行作家たちは震災をどのように描いているのか

そして、今日では、もちろん、自身の被災体験をルポルタージュのようなタッチの小説として再現する作家が存在することも疑いようがない事実である。だが、そのほかの多くの作家たちは、震災の悲劇を風化させないため、そして、作者も含めてすべての人々が人間としてこれらの悲劇にコミットメントしていることを読者に伝えるために、村上が短篇集『神の子どもたちはみな踊る』に収められた六つの小説で実践したように、震災そのものを語るのではなく、震災のイメージを読者に思い出させるための比喩的なキーワードを用いて、間接的に震災を語るという手法をとる傾向にあるといえるのではないだろうか。

例えば、東日本大震災の直後に書かれた川上弘美のアレゴリー小説である『神様２０１１』では、以下のように描かれる。

川原までの道は元水田だった地帯に沿っている。土壌の除染のために、ほとんどの水田は掘り返され、つやつやとした土がもりあがっている。作業をしている人たちは、この暑いのに防護服に防塵マスク、腰まである長靴に身をかためている。[16]

「土壌の除染」や「防護服に防塵マスク」といった言葉が、この震災の象徴的なイメージを読者に想起させる一つのレトリックになっていることは明らかだし、多和田葉子の近未来の日本を描いた小説『不死の島』でも、以下のように描かれている。

「これは確かに日本のパスポートですけれどね、わたしはもう三十年前からドイツに住んでいて、今アメリカ旅行から帰ってきたところです。あれ以来、日本へは行っていませんよ。」（略）「まさか旅券に放射性物質がついているわけないでしょう。ケガレ扱いしないでください。[17]」

主人公の台詞のなかの「放射性物質」、それに付随する後遺症のようなものとして震災後に使用されるようになった「ケガレ」といった表現は、同様の効果を果たしているといえるだろう。

このことは、特に映像メディアの発達によって、震災小説における作家の役割は、単純な情報の伝達者としてではなく、読者が震災の際に映像として受け取った悲劇のイメージ、村上の言葉でいうならば「個人的余震」を間接的に再び呼び起こし、読者と被災者には何かしらのつながりがあり、その点で、読者は震災に対してコミットメントする余地があること、または、コミットメントし続けなければならないことを暗示的に訴えるように移行していることを物語っているのではないだろうか。被災地の内側の出来事を外側に伝達するものとして考えられがちなメディアの存在は、小説家が喚起する想像力によって、外にいるものを内側にコミットメントさせる一つの触媒的な存在に倒置させられているのである。

実際に西宮で被災し、阪神・淡路大震災についての手記を残している小田実の小説『くだく　うめく　わらう』に収められた短篇小説「殺す」でも、被災地の外側の人間の視覚に訴えるような次の表現を見つけ出すことができる。

私が彼に初めて会ったのは、（略）人工島の「仮設」でのことだ。人工島は震災の時はその橋一本のつながりのかんじんのアーチ型の巨橋の損傷がひどくて通行不能となり、文字通りの孤島と化した。同時に絶対起こるはずがないとされて来た液状化現象が起こって、島の大半が泥海になった人工島だ。[18]

「人工島の「仮設」」「アーチ型の巨橋の損傷」「液状化現象」といった言葉は、私たちが阪神・淡路大震災の際に、テレビの映像や写真などを通して何度も繰り返し目にして、頭に定着したイメージを強く喚起させる効果をもっている。

このような作家の創作態度の背景には、震災などに対して自身が外部に存在しているという意識がはたらいているからだろう。村上は、そのような意識について、次のような言葉で語っている。

僕は自分が既に、その街にとってただの傍観者でしかなくなってしまっていることを実感しないわけにはいかなかった。（略）「彼ら」は、現実に神戸にいて、僕は現実にそこにいなかったのだから。それでも僕は何かを物理的に、肉体的に感じなくてはいけないのではないか――切実にそう感じた。[19]

村上は阪神・淡路大震災が発生した当時にはアメリカに滞在していて、実際の震災を経験していないため、このような外部の人間としての感想を漏らすことに何も不自然なところがあるわけではないが、実際に、この大震災を経験した作家の湊かなえは、小説『絶唱』のなかで、被災した登場人物の一人に次のような言葉を口にさせている。

わたしは出身大学を訊かれるのが嫌いです。わたしが兵庫県の大学に通っていたことを知ると、逆算して、震災の時はどこにいたのかと十中八九訊かれるからです。
西宮市にいたけれど、翌日には電車が復旧したようなところなので、無事に避難できました。これ以上のことは絶対に口にしませんでした。[20]

この言葉は、震災を体験した人間にとっても、さらにひどい経験をした被災者に対しては外部の人間としての罪悪感のような意識を抱かされ、震災を語ることについて後ろめたさを覚えていて、誰しもが悲劇の根源からは間接的にならざるをえないということを物語っている。同じく、阪神・淡路大震災を経験している綿矢りさが、小説『かわいそうだね?』(文藝春秋、二〇一一年)で、この震災を主人公に影響を与える過去の出来事として、小説『大地のゲーム』(新潮社、二〇一三年)では、二十一世紀末の日本での未来の大震災を作品の舞台にして、自らが被災した阪神・淡路大震災について間接的な関わりを示唆する作品として描いている点にも、同様の意識が働いているのだろう。

小説における示唆的な言葉を用いて、読者に震災にまつわるイメージを思い起こさせ、悲劇の内部に対して読者をコミットメントさせることを通じて、作家自らも内側にコミットメントして、同じ人間として被災者とつながろうとすることに使命のようなものを見いだしているのではないのだろうか。このことは、村上が阪神・淡路大震災から十年を経てようやくたどり着いた境地として語った、次のような心境によく現れている。

巨大なカタストロフのあとの感情的源の損傷と、その回復への努力という点においては、精神的に分かち合われるべきものは少なくなかったのだろう。物語という通路をとおして、ある場合には我々は静かに心を結び合うこともできる。物語にできるのは、それくらいのことでしかないのだが、それはおそらく物語にしかできない種類の心的結託ではあるまいか、と僕は考えている。[21]

村上の東日本大震災後の小説『騎士団長殺し』でも、小説の冒頭で、失意に沈んだ主人公が、東北の沿岸を車で旅する姿を描き、物語の終盤で、その失意の旅をした地域が被災した様子をテレビで眺めるといった設定がなされている。この設定も、東日本大震災について間接的な描写を用いて、読者たちのあいだに眠っている震災についてのイメージを呼び起こし、読者と被災者たちとのつながりを再確認させる役割を担っていて、村上が阪神・淡路大震災から十年かけて手に入れた創作態度が継続しているといえるだろう。

村上は『騎士団長殺し』での東日本大震災に関連した描写について、「登場人物たちは心に傷を負っている。そのことと、震災で国全体が受けた被害は重なっているところがあると思う」[22]という言葉を残している。この点こそが、マス・メディアの発達によって、人々が共通、または類似したイメージを受信する世の中になった今日に、定期的に大地震に被災する国の作家たちのあいだに芽生えた、社会のなかで人々を連帯させるための小説のあり方だといえるのではないだろうか。

このような連帯を希求する作家のあり方は、湊かなえの『絶唱』で、東日本大震災のあとにやっとそのことに気がつき、作中で阪神・淡路大震災にふれることができるようになったと回顧する場面に見て取れる。

あなたが旅立ったあと、日本ではあの時よりもさらに大きな震災が起こりました。
内側も外側も境界線も意味をなさない、安全なところにいたわたしはやはり微力で、多くの人の役に立てるようなことは何もできなかったけれど、大切な人のもとにかけつけて、十六年前にその人がしてくれたように、何も言わずに傘を差し出すことができました。[23]

このように、人々の心の間のわだかまりを取り払うための連帯の必要性を訴える姿にも通底するものが少なからずあるといえるだろう。

哲学者の内山節は、東日本大震災以降に明らかになったことの一つとして、震災の死者をも含めた被災地とその外部とのネットワーク作りの必要性を次のように唱えている。

コミュニティを維持したり形成したりするためには、コミュニティの外の人たちとの結びつきもまた必要だったということである。海とともに生きる漁師たちはこれからコミュニティを再建していくだろう。自然や海とともに、漁師仲間や仲買人たちとともに、町の人たちとともに、そして死者たちとともに、である。だがそのコミュニティを再建していくためには、コミュニティの外の人たちから直接、間接の応援が必要になる。コミュニティとは、自分達だけの閉じられた世界ではないのである。[24]

これと呼応するかのようにして、阪神・淡路大震災後について村上が次のように述べている。

事件のいくつかの局面においては、これまでにないポジティブな流れが、自然発生的に生れでた。たとえば、震災直後の神戸、阪神間では、若い人々を中心にした草の根的なボランティアが大きな力を発揮した（略）これらの事実を前にしていると、私たち個人個人が本来的に持っているはずの自然な「正しい力」というものを信じられる気持ちになってくる。またこうした力を顕在化させ、結集することによって、私たちはこれからも、様々な種類の危機的な事態をうまく回避していけるのではないかと思う。そのような自然な信頼感で結ばれたソフトで自発的で包括的なネットワークを、私たちは社会の中に日常的なレベルで築き上げていかなくてはならないだろう。[25]

おわりに

一九二三年の関東大震災のあとに書かれた小説は、情報や交通のインフラが今日よりもはるかに劣っていたこともあり、震災のイメージを抱くことが難しい読者に対して、情報を与えることを主眼にしたルポルタージュ色の強いものが散見できる。それに対して、近年に書かれた阪神・淡路大震災、東日本大震災にふれた村上の小説からは、村上が内山同様に、震災の内部と外部を包括するネットワーク形成の必要を切実に考えていることを感じ取ることができる。この点には、村上が小説家によるネットワーク作りの実践手段として、震災の際にメディアが流布した映像や写真などから受けたイメージとしての衝撃を再喚起することによって、被災地の内部と外部の人間のあいだに生じた精神的な壁を取り払うこと、また、そのことによって、自身の心の中にもある震災に対する内部と外部の境界線についての意識を取り払うことをもくろんだ痕跡として読み取ることができるのではないだろうか。そして、このことは本章で扱った、川上弘美、多和田葉子、小田実、湊かなえ、綿矢りさなどの小説家にも通底する態度であり、今日の日本の作家の一つの特徴だということができるだろう。

注

(1) この有島の小説は、一九二五年、フランスの月刊文芸誌 Europe 第三十三号に、S.Asada と Ch.Jacob の二人の手によって「Mon voisin de campagne（田舎の私の隣人）」というタイトルで翻訳されていて、フランス語でも読むことができる。
(2) 有島生馬「震災備忘記」『白夜雨稿』金星堂、一九二四年、三〇四―三〇七ページ
(3) 有島生馬「別荘の隣人」『有島生馬全集』第二巻、改造社、一九三三年、二〇四ページ
(4) 有島暁子「あとがき」、有島生馬『思い出の我』所収、中央公論美術出版、一九七六年、三八四ページ
(5) 武者小路実篤「一人の男」『武者小路実篤全集』第十七巻、小学館、一九九〇年、七四ページ
(6) 長与善郎『わが心の遍歴』筑摩書房、一九五九年、二一三―二一四ページ
(7) 吉村昭『関東大震災 新装版』（文春文庫）、文藝春秋、二〇〇四年、一四七ページ
(8) 里見弴「震災覚書」『白酔亭漫記』（感想小品叢書）、新潮社、一九二四年、二二九ページ
(9) 村上春樹「UFOが釧路に降りる」『神の子どもたちはみな踊る』新潮社、二〇〇〇年、二二ページ

(10) 村上春樹「アイロンのある風景」、同書五五ページ
(11) 村上春樹「神の子どもたちはみな踊る」、同書九六ページ
(12) 村上春樹「タイランド」、同書一二五―一二六ページ
(13) 村上春樹「かえるくん、東京を救う」、同書一五七ページ
(14) 村上春樹「蜂蜜パイ」、同書二二三ページ
(15) 村上春樹「地震のあとで 特集・阪神大震災10年」「朝日新聞」二〇〇五年一月十七日付、九面
(16) 川上弘美「神様2011」『神様2011』講談社、二〇一一年、二六ページ
(17) 多和田葉子「不死の島」『献灯使』講談社、二〇一四年、一九〇ページ
(18) 小田実「殺す」『くだくうめくわらう』(「小田実全集 小説」第三十六巻)、講談社、二〇一三年、八七ページ
(19) 前掲「地震のあとで 特集・阪神大震災10年」
(20) 湊かなえ「絶唱」『絶唱』新潮社、二〇一五年、二三三ページ
(21) 前掲「地震のあとで 特集・阪神大震災10年」
(22) 同記事
(23) 前掲「絶唱」二四八―二四九ページ
(24) 内山節「あとがき」『文明の災禍』(新潮新書)、新潮社、二〇一一年、一八三―一八四ページ
(25) 村上春樹「目じるしのない悪夢」『アンダーグラウンド』講談社、一九九七年、七一七ページ

[付記] 本章は、ストラスブール大学、東洋大学、国際交流基金主催の国際シンポジウム「村上春樹の Real と Future――表象文化研究の視点から」(二〇一八年三月十五日―十七日、ストラスブール、パリ)で実施したフランス語の研究報告(十六日、ストラスブール)を、加筆・修正のうえ、著者自身が日本語に翻訳したものである。

第10章　村上春樹の森

ブリジット・ルフェーブル

はじめに

村上春樹の作品は主に都市を舞台として展開し、郷土作家が取り上げるような形で自然が主題になることはない。もちろん登場人物が森を通り抜けるような場面はある。しかし、森が実存する森として、例えば大江健三郎の森と同等の役割を作中で担うことはない。大江の森は生まれ故郷の森で、現実の世界、そして子ども時代の空想の世界の両方に根差している。村上作品ではそのような強い実在感はない。とはいえ、村上が紡ぐ言葉のなかに、森という単語は繰り返し現れる。あるときは、森は奥深くまで広がり、そこに作中人物たちが住まう。またあるときは、森自体が迷路の物語をなし、それ自体がテクストの構造を示すものになる。つまり、一方では物語のなかに森があり、他方では森のように物語が形成される。さらに村上の世界では、各章が、各作品が、ネットワークのように張り巡らされたこの迷路のなかに組み入れられていて、あたかも地中をはう根茎のように、繁殖し続ける生体的なまとまりを形作るのだ。そして、この暗い通路がいくつも互いに入り組むなか、作中人物は、自分が探し求めているとはこれっぽっちも気づかずにいたものを見いだすことになる。その一方で、最初にあった謎は、最後まで解明されることはない。それは、まるで読者をミスリードするためにわざと仕掛けられた罠のようだ。謎は解明されるためにそこにあるのではない。作中人物たちは、何もわかることなく、そのままテクストの森を通り抜け、これまでどおりの暮らしを続けていく。そして、村上の森に足を踏み入れた読者もまた、森の奥深くに分け入ったのち、結局はわからずじまいで戸惑ったり呆然としたりせざるをえない。だが、読者は起こったことを十分理解しえないまま、読者はたとえわからないとしても、読むことをやめられないのだ。もしかしたら意味などないのかもしれないが、それでもなんらかの意味を探し求めずにはいられない。村上作品が読者をここまで引き付ける力は何か。作品に宿るこの吸引力は、どのように理解すればいいのだろう。

1 「ノルウェーの森」と『ノルウェイの森』

ビートルズの曲「Norwegian Wood」(一九六五年)は、日本では「ノルウェーの森」のタイトルで知られる。しかし、タイトルにある森は歌詞には出てこない。これと同じく、村上の『ノルウェイの森』でも作中に森は出てこない。そこには、ビートルズの歌のタイトルにある曖昧さが別の形で内包されているように思われる。

ビートルズの歌ははじめ「Knowing She Would」というタイトルだったが、これをジョン・レノンが「Norwegian Wood」に変えた。その真偽はともかく、言葉が置き換えられるたびに意味が変わって広がりをもつに至った経緯は興味深い。すなわち、「She Would」で表された欲情がウッドという発音から wood、すなわち木材へと、同音異義で入れ替わり、壁面を覆う木張りの材料になるノルウェー産松材へと姿を変える。さらに、wood が単数であることから木材を意味するとしても、複数の woods、すなわち森、「深い森」への連想が可能になる。同様に、知っていることや気づくことを意味する Knowing も、国名の「ノルウェー」に、原語では文字どおり「北への道」を意味するこの国の名に取って代わる。一つの言語から別の言語へと置き換えられたときにメタファーも付随していき、そこに変容が生じるのだ。
村上の『ノルウェイの森』では、直子とレイコがいる療養所が京都の山奥にある。ただし、そこは森のイメージとは若干異なり、題名にある森が作品のなかで実際の現実的な場所として出てくることはない。しかし、「森」という単語がそのまま出てくる箇所がある。それは、直子の好きな曲をレイコが歌ったあと、直子が自分の心に広がる不安で悲しげな気持ちを言い表す際に使った「深い森」という言葉だ。

「この曲聴くと私ときどきすごく哀しくなることがあるの。どうしてだかわからないけど、自分が深い森の中で迷っているような気になるの」と直子はいった。「ひとりぼっちで寒くて、そして暗くって、誰も助けに来てくれなくて。だから私がリクエストしない限り、彼女はこの曲を弾かない。」[1]

直子が好きなこの歌は、歌詞に森が出てくるわけではなく、直子が森を連想したのは歌詞のためではない。連想の出発点になったのは、歌の内容ではなくタイトルだ。まず「森」という語が道標のようにそこにあり、それに「深い」「暗い」という形容詞が連想される。さらに、動詞の「迷う」がこれに加わる。こうして、暗闇のなかで歩を進めるというイメージが浮かび上がる。森とは、暗く危険で恐ろしげな場所なのだ。現実の世界であっても、空想の世界であっても、森は道に迷ってしまうかもしれない場所。グリム童話の『白雪姫』（一八一二年）、『ヘンゼルとグレーテル』（一八一二年）、『親指小僧』（一八一九年）のように、誰でも森のなかでは迷子になりうるのだ。直子が一人きりで森のなかを歩かなくてはならないようなことはまずありえないのに、直子はしきりと不安がる。というのも、彼女をおびえさせる森とは、言葉が謎になって繁殖していく場所だからだ。直子は、言葉の森で迷子になってしまうことに恐怖するのだ。迷子になってしまったら、それは正気を失うことを意味するからだ。

2　森の物語、あるいは森という舞台

直子のこの「深い森」は、そこにあるのはわかっていても見えはしない。謎めいたものという点では、『ノルウェイの森』の冒頭の野井戸の話に通じるものがある。かつて誰も見たことがないこの井戸について、直子は事細かく語ってみせるのだが、それが本当に存在するのか判然としない。井戸は村上が描く風景と切り離せないもので、森がそうであるのと同じく、深くて暗い。「見当もつかないくらい深いのだ。そして穴の中には暗黒が――世の中のあらゆる種類の暗黒を煮つめたような濃密な暗黒が――つまっている[2]」井戸がある場所は誰も知らないのだから、落ちないように注意することはできない。井戸に落ちていなくなってしまう人がどうしても出てしまうのだ。それは、森のなかで道に迷って行方不明になってしまうのと同じだ。どこにあるのかわからない野井戸に落ちて、人はいなくなってしまう。

井戸はほかの作品にも出てくる。例えば、『ねじまき鳥クロニクル』では庭の奥に井戸がある。ただし、主人公の岡田亨はこの井戸に偶然落ちてしまうのではなく、井戸の底に自ら下りていく。そして、真昼の太陽がちょうど井戸の上にきたときにできる光のトンネルのなかに主人公は身を置くのだ。ここでは、井戸は終わりを意味するものではなく、別の世界にアクセスする手段だ。井戸に落ちていなくなってしまうのではなく、井戸は別の世界につながる通路なのだ。

井戸と森。『ねじまき鳥クロニクル』では井戸が光のトンネルになる瞬間も捉えているが、基本的に両者の共通点は「暗闇の深さ」だ。そして、この暗さと奥深さを特徴とするトポスが村上の作品には必ず出てくる。『1Q84』では、「あけぼの」と呼ばれる過激派の拠点が社会から切り離された遠い場所にあった。また、「分身」というコピーを作る得体の知れないリトル・ピープルが出現するのも神話的な場所だ。と同時に、『色彩を持た

ない多崎つくると、彼の巡礼の年』では、色彩をもたない主人公が再生する場所が遠方のフィンランドの森だ。日本からそんな遠くにまで足を運んで、彼は過去にそのままにしてあった過去の不和を解消しようとするのだ。さらに、『騎士団長殺し』の主人公は、庭の奥にある石室をすみかにして、時間をさかのぼる。村上の作品には、ここではない世界を表すものとして森が設定されていることが多く、そこで作中人物は自分を変えるほどの奇妙な出合いを経験する。森は別世界を象徴するもので、いつまでもいてはいけない危険な世界なのだ。そして、それだけでなく、例えば『ノルウェイの森』の直子にとってそうだったように、自分自身の暗い部分を象徴してもいるのだ。

3　物語の森、あるいは物語という森

村上の森の第二のメタファーは、ジェラール・ジュネットが「物語世界（diégèse）」と呼ぶもの[3]に相当し、語られる出来事の総体、ひいては物語が示す時間的・空間的世界をも表す。『1Q84』では、『空気さなぎ』という小説を書く数学教師の天吾が、例えばチャールズ・ディケンズの作品世界を深い魔法の森になぞらえている[4]。ここでは森は豊かさの象徴になっていて、この豊饒な物語世界という森について、天吾は数学のロジックと小説のそれとを比較する。「物語の森では、どれだけものごとの関連性が明らかになったところで、明快な解答が与えられることはまずない。そこが数学との違いだ。物語の役目は、おおまかな言い方をすれば、一つの問題を別の形に置き換えることである。そしてその移動の質や方向性によって、解答のあり方が物語的に示唆される。天吾はその示唆を手に、現実の世界に戻ってくる。それは理解できない呪文が書かれた紙片のようなものだ[5]」

なるほど、物語は迷路のようなものであり、しかも迷路の出口にあるのは解答ではなく、呪文なのだ。仮に解答に相当するものがあったとしても、スフィンクスの謎に対するオイディプスの答えがそうだったように、物語

のなかの解答とは一つのコンセプトにすぎない。スフィンクスの謎、すなわち声は一つでありながら、朝に四本足、昼に二本足、夜に三本足になって歩くものは何かという謎に対し、オイディプスは「人間」と答えた。たしかにそのとおりだ。しかし、この正解はそのまま純粋に概念的な答えにとどまってしまい、なんらかの発想へとつながることはなく、それがためにどのように生きたらいいのか理解や気づきを導くには至らなかった。正解を言えたとはいえ、オイディプスの行く手に光が差すことはなく、手探りで生き続けていくことになり、結局は取り返しがつかない事態になるのだ。オイディプスの答えよりも、スフィンクスの謎のほうが読む者にとって意味があるのではないか。なぜなら、スフィンクスの謎は、人間がその一生で移り変わっていくものであることを示唆しているからだ。

『1Q84』にあった「物語の森」という表現は、物語自体の構造を言い表してもいる。草木が密生して迷路のように入り組む森と同じように、物語も多様な存在を内包し、それらが錯綜する。村上の物語は、数学的で合理的かつ線的なロジックから脱却し、移植や移動あるいはコラージュなどを駆使して、あたかも森が繁殖し続けるように有機的に膨張していくテクストで構築されている。この多様性をもたらす手法の一つとして、前述した「ノルウェーの森」というビートルズの歌のタイトルを生んだ同音異義語が挙げられる。そして、読者もタイトルの「森」という言葉に触発されて、それぞれ自分の個人的な森へといざなわれていくのだ。ビートルズのファンのなかには、シェイクスピアの『マクベス』（一六〇六年頃）に出てくるバーナムの森を連想した者もいたというが、マクベスに向かって進撃してくるこの森には死者の魂がさまよっている。ここまでかけ離れた意味が備わるとしたら、それは作品の魅力があればこそではないか。村上の小説世界にもあるこの魅力は、換言すれば構造的な力だ。

村上の作品では、世界が、人物が、そして超現実的な出来事が増殖して物語が展開していき、エクリチュールのダイナミズムが生まれる。それはミメーシスとポイエーシスをよりどころとするダイナミズムではなく、繁殖という生命的なプロセスに立脚する。このようにして、迷路のように入り組んだ物語の森では、歩を進めればいずれ出口に到達するというようなことはないものの、それまでの人生でできてしまった厄介な結び目が解きほぐされていき、風通しがいい状態になるのだ。そう、森に優しく吹く風。直子の横たわった美しい身体から吹き出した芽を優しく揺らしていた風だ。

4　象徴の森と読者、あるいは逆転した世界

メタファーとしての森は特に目新しくもなく、しかも世界共通のものだ。シャルル・ボードレールの詩集『悪の華』にある詩「万物照応」に次のようなくだりがある。

「自然」は一つの宮殿、そこに生ある柱、
時おり、捉えにくい言葉をかたり、
行く人は踏みわける象徴の森、
森の親しげな眼指に送られながら。(6)

メタファーとしての森では逆転が起こり、森の木々が得体の知れない言語で語り、森のなかを歩む人間を眺めている。人はもはや見る側にいるのではなく、見られる側にある。そして、ボードレールが次の節で「匂と色と響きとは、かたみに歌う(7)」と詠んだ純粋な感覚の世界に身を委ねていくのだ。

村上もまた、一作一作と小説を書き続けていくなかで、「暗闇の中の謎の象徴(8)」と彼が呼ぶところのもの、すなわち小さな扉、井戸、森などを作品に盛り込む。これらのトポスは、いずれもあちら側の世界へ行くのが可能になる場所だ。そこは、最初の世界がそのまま転じた別世界で、想念の抽象的な世界から感覚の世界への移行に

なる場合もあれば、現在から例えば一九七〇年代にさかのぼるなど、いろいろなケースがある。数も多ければ種類も異なる様々な世界があるわけだが、そのすべてで作中人物は自分の内面に隠れながら生きているもう一人の自分と交信するよう促される。そして、最終的に森の薄明かりのなかで象徴的な死が訪れることによって、自己アイデンティティー、すなわちポール・リクールが「他者のような自己自身」[9]と呼んだものを再びつかみ取ることになる。ただしそのためには、視点の反転によって自らを他者のように見られるようになり、自己がより広い可能性をもつことを認められるようにならなければならない。そうなれば、たしかに以前と同じ自分でありながら、前より柔軟かつオープンになって、世界の声に耳を傾けるようになる。このようにみていけば、村上の作品にある数々の謎は、数学の設問のように論理的に解かれることが目的ではないと見なすことができる。目的はただ一つ、時間と空間のたゆまぬ動きのなかに作中人物たちを置き直すことではないだろうか。ちょうど「空気さなぎ」が繭を破って羽化するのと同じように、閉じ込められて不動状態にあった人物がそこから抜け出し、人生の不安定さに身を任せる。つまり、人の生の自然な移り変わりへと回帰するなかで、人生のあけぼのには四本足、成熟すれば二本足、晩には三本足というスフィンクスの謎が思い付かせる「人間」というものの不定性そのものを体現していくのだ。そして、読者もまた、これと同じ道筋へといざなわれているといえるのではないか。

我々小説家がやるべきことはおそらく、そう言った「危険な旅」の熟練したガイドになることです。そしてまたある読者に、そのような自己探索作業を、物語のなかで疑似体験させることです。僕にとっては物語というのは、様々な特別な機能を持ったパワフルな乗り物なのです。[10]

虚構の森（＝森の物語）の作中人物たちが繰り広げる冒険と、表徴の森（＝物語の森）に分け入っていく読者のそれとのあいだには、まるで鏡に映った反転像のような関係があるにちがいない。森のなかで道に迷った作中人物が目印の白い石を頼りに道を探し出すのと同じように、表徴という目印で構成される森のなかで戸惑った読者は、その表徴が何を指し示すのか、その意味を見いだすことによって光を見つけることになる。しかし、「森のことを語る話」(＝森の物語)には、「問い」に対する論理的な答えはもとより提示されていない。そこに示されているのは、単に普段の暮らしで瞑想すべき予兆にすぎない[11]。したがって、村上の作品を読むにあたって、読者に求められるのは既成のテクストの意味を正しく解釈することを目的とした解釈学ではないのだ。むしろ読者は、不可解な表徴を解読して自由に前進し続けていけばいいのだろう。

おわりに

村上は、グリム童話のように森のなかで展開する話を好む。また、深い森になぞらえることもできる迷路のような長い物語を好んで書く。どの場合でも、森はここではない別の世界に通じる不思議な通路を意味するものになっている。そして、森のなかを通ることによって、作中人物は自分のありようや視点を変えるに至る。それは、本来の自分自身とは違うまがい物の自分を打ち壊して、閉じ込められていた生命力を解き放つということかもしれない。物語の森では、森がフィクションの骨組みになって読者を現実世界から抜け出させる。「危険な旅[12]」をしているあいだ、読者は日常と距離を置き、自分自身の経験と作中人物のそれとを重ね合わせる。そうすることで、世界の見え方が広く豊かになっていくのだ。『ノルウェイの森』というタイトルは言葉の意味上の連想から『奥の細道』を思い起こさせる。それは、北に向かって歩く長い旅、あるいはより深いところにある自己の発見の物語だ。旅人は、この隠れた自己を旅の終わりに見いだすのではなく、旅という移動のさなかに発見していく。直子は間違っていたのだ。人が井戸や森に消えてしまうのではない。消えるのは彼ら自身の影だけなのだ。

注

（1）村上春樹『ノルウェイの森』上（講談社文庫）、二〇〇四年、二二四ページ

（2）同書一三ページ

（3）ジェラール・ジュネット『フィクションとディクション――ジャンル・物語論・文体』和泉涼一／尾河直哉訳（叢書記号学的実践）、水声社、二〇〇四年

（4）村上春樹『１Ｑ８４ ＢＯＯＫ１――〈4月―6月〉後編』（新潮文庫）、新潮社、二〇一二年、六〇ページ参照

（5）同書六一ページ

（6）ボードレール「悪の華」、福永武彦編『ボードレール全集』第一巻所収、人文書院、一四ページ。眼指は福永武彦訳の漢字表記。福永訳のこの本では「まなざし」とルビがふられている。

（7）同書一四ページ

（8）村上春樹『夢を見るために毎朝僕は目覚めるのです――村上春樹インタビュー集１９９７―２０１１』（文春文庫）、文藝春秋、二〇一二年、一〇九ページ

（9）ポール・リクール『他者のような自己自身』久米博訳（叢書・ウニベルシタス）、法政大学出版局、一九九六年

（10）前掲『夢を見るために毎朝僕は目覚めるのです』三八五ページ

（11）Johanne Villeneuve, *Le sens de l'intrigue ou la narrativité, le jeu et l'invention du diable*, Presses de Université de Laval, 2003.

（12）前掲『夢を見るために毎朝僕は目覚めるのです』三八五ページ

第11章　古川日出男による村上春樹リミックス

杉江扶美子

はじめに

村上春樹の後継者ともいえる作家に、古川日出男がいる。一九六六年生まれで、九八年から発表した作品は小説を中心に多数、ジャンルも多種、その創作活動も多岐にわたり「雑種の文学」[1]といわれている。クラシックからポップ、ロック、ヒップホップまで幅広い音楽から豊かな着想を得ている古川は、最も影響を受けた作家の一人として村上を挙げている。[2]二〇〇三年に発表された『中国行きのスロウ・ボートRMX』（のちに『二〇〇二年のスロウ・ボート』に改題）は、村上初の短篇『中国行きのスロウ・ボート』に敬意を表し、音楽アルバムのように「トリビュート」と呼ばれている。[3]

この作品について「本書のルーツがあって、僕という作家の魂のルーツもある」[4]と古川は書いているが、なぜ『中国行きのスロウ・ボート』を古川は選んだのか。この短篇をどう書き換えて、村上からどのような影響を受けているのか。このような問いを検討するため、まず二作品の間テクスト性について概観し、次にリミックスという音楽での表現手法を採用しながら村上作品がどのように形を変えたかを調査する。最後に、二作家の文体上の特徴についてごく若干の考察を試みたい。

1　二つの『スロウ・ボート』の間テクスト性

ジェラール・ジュネットのテクスト間相互関連性の理論によれば、テクスト間の関係は「模倣」と「変形」の二つに、作品の体制（形式・体裁・音調）は「遊戯」「風刺」「まじめ」の三つに分類できる。[5]実際には、模倣と変形の双方が見られる「交差」という関係や、先行テクストに対する作品の体制（遊戯的、アイロニカル、シリアス）も交ざっている場合がある。[6]

二つの『スロウ・ボート』の関係として明らかなのは、まず模倣だ。古川の章題はすべて村上からの引用で、「フレーズが抽出」された「サンプリング」[7]だと古川自身形容している。そもそも村上の題名が有名なジャズナンバー「On a Slow Boat to China」から取られ、作者いわく「タイトル先行式書き方の先駆的な作品」[8]である。おそらく古川にはこうした書き方も模倣するという意図があったのだろう。語り手で主人公の「僕」が、三人の人物との出会いを回想するという話の大筋も模倣である。

しかし構成では変形が目立つ。村上作品は過去についての回想が現在の語りで挟まれた額縁構造だが、古川作品は村上のものより三倍以上も長く、構造はずっと複雑だ。時制は現在と過去を何度も往復し、現在の「僕」は現実と夢のあいだを行き来し、語り手が異なる「クロニクル」や手紙が挿入されている。このような現実と夢をパラレルにした構成は、村上の『スロウ・ボート』からすると変形だが、ほかの村上作品の模倣だといえる。作品の体制は、遊戯と真面目が交ざっている。例えば「章」が「艘」とされ、船を乗り継ぎながらストーリーが進んでいくかのようだ。

間テクスト性の「作用」として、ティフェン・サモワイヨは連続性を強調する「同化」と断続性を示す「コラージュ」に分けて、さらに同化を何種類かに分けている。[9] 古川の『スロウ・ボート』には同化の例がいくつもある。章題の引用のほか、村上の文章がわずかに変えられ「吸収」された文、[10] また「意識の井戸に小石は投げ込まれる」のような、村上の他作品を「暗示」する文[11]がある。

同化による連続性はテーマにもみられる。村上の『スロウ・ボート』の終盤、閉じた円環の山手線が象徴する「僕」の閉塞感が次のように表される。

そしてある日、山手線の車輛の中でこの東京という街さえもが突然そのリアリティーを失いはじめる。……そう、ここは僕の場所でもない。（略）どこにも出口などないのだ。[12]

古川の『スロウ・ボート』の冒頭文に、この文との関連を見いだすことができる。

まだ東京を脱出できない。（略）たしかに国境は存在しない。でも、パスポートが要らないからって、安易に脱けられるわけじゃない。僕はここで生まれて、僕はここから出られない。[13]

このように二つの『スロウ・ボート』の間テクスト性は、主に模倣と連続の関係が認められるが、大きな断絶と変形もある。

2 リミックス操作による変形

古川が村上の短篇をどのようにアレンジしているか、音楽制作のリミックスを参考にして考えてみよう。リミックスとは、録音された楽曲に様々な音響操作を施して、別の観点から新たな曲を再構築する作業のことで、ポップ・ミュージックでは差異生産の手段でもある。[14]

まず、もとの素材にほかのサウンドを交ぜるミキシングがある。古川は村上の『スロウ・ボート』にない要素も多く取り入れている。例えば「僕」が語る一九八五年、九四年、二〇〇〇年の出来事に、主人公の友人のジャーナリストが書いた短い「クロニクル」が添えられている。日本や世界で起きた現実の出来事が箇条書きに示され、次にフィクションの挿話が続き、虚構と現実、物語の時間と歴史の時間をリンクさせている。また三つの年代の設定は、八五年に発表の『世界の終りとハードボイルド・ワンダーランド』、九四年の『ねじまき鳥クロニクル』第一・二部、二〇〇〇年の『神の子どもたちはみな踊る』と、村上の主要作品と結び付けられる。改題の『二〇〇二年のスロウ・ボート』は『1973年のピンボール』を想起させ、冒頭にカラスが出てくることからは〇二年発表の『海辺のカフカ』を連想させる。村上の様々な作品世界を漠然と暗示させるだけでなく、ストーリーのなかで、具体的な作品の記憶の断片がミキシングされているようである。例えば古川の「僕」が八五年に転校先の学校を「世界の果ての小学校」「〈世界の終わり〉小学校」と呼ぶとき、村上の『スロウ・ボート』の「世界の果ての中国人学校」と『世界の終りとハードボイルド・ワンダーランド』が同時に想起される。[15]

ほかのリミックス操作に、特定のパートの音量を下げるミュートがある。村上の短篇の主題は「僕」と中国と死で、加藤典洋は「中国人に対する日本人の戦争責任への問い[16]」が表現されていることを指摘している。この問いは古川の『スロウ・ボート』ではほぼ消えている。三人の中国人との出会いは三人のガールフレンドとの失敗談に置き換えられ、中国は最後に主人公の行き先として現れるだけである。戦争、歴史、生と死というテーマ自体はミュートされずに違う角度から捉えられている。

もう一つ注目したいリミックスの手法として、サウンドに遅延や残響、歪みといった特殊効果を加えるエフェクトのなかに、位相をずらした音を加えるフェイジングがある。古川は村上の主題にフェイジングしているともいえる。例えば、村上の短篇で中国人が置かれた状況が古川の主人公の状況にずらされている場合がある。村上の中国人の女子大生は「夜の海にゆっくりと沈んでいく船を思わせ」、「僕」のせいで反対方向の山手線に乗ることになる。[17]古川の主人公は夢のなかでおんぼろの貨物船に乗っていて、彼が乗った山手線がテロ攻撃で停止したせいで恋人と別れることになる。また、「僕」が経営するカフェがアメリカ空軍機から落ちてきた氷塊で崩壊するなど、戦後、アメリカの影にありながら、攻撃にさらされる現在の日本を舞台とし、様々な形の暴力であふれた日常のサバイバルが描かれている。

バランスよくまとめられた村上の『スロウ・ボート』に対し、古川のそれは多くのテーマや出来事を含みノイズが多い印象を受ける。しかし「雑」種で「多」種という性質が、古川の作品をダイナミックにしている。

3　倍音のある文体

村上と古川の違いは文体にも現れている。[18]倍音というキーワードに着目して二作家の文体上の特徴の違いをみてみよう。一つの音にはいろいろな成分があり、振動数が最小のものを基音、基音の二倍以上のものを倍音と呼び、倍音は声や楽器の音色を特徴づけるといわれている。[19]村上は世界の「深み」を倍音に例え、小説についても次のように述べている。

より大事なのは、意味性と意味性がどのように有機的に呼応し合うかだと思うんです。それはたとえば音楽でいう「倍音」みたいなもので、（略）倍音の込められている音というのは身体に長く深く残るんですよ、フィジカルに。[20]

内田樹はこの言葉を引用し、村上は「倍音を出す技術を知っている作家[21]」だろうと書いている。内田の文章では、物語全体の響きが倍音に例えられているが、もし倍音のある文があるとしたら、どういうものだろうか。村上の文体の特徴として、牧野成一はリズム重視、英語的、シンプルさを挙げ、繰り返しによるリズムや後置による構文の簡素化を分析している。[22]反復と後置は村上の『スロウ・ボート』にもみられ[23]、古川の文にも多くみられる。例えば、次のような文である。


その瞬間、僕は壁を――鏡をぬけている。

真実の〈夢〉にむかって。

そして僕は目覚めない。[24]

まるで……まるで、眠ったまま壁を通りぬけたみたいだ。現実と〈夢〉とを隔てて区分しているぶ厚い壁を。

五感を研ぎすませろ、と僕は僕自身にコマンドする。マジ（真剣）に精察しろ。

この世界を。この「部屋」を。[25]

同じ後置でも村上と古川では効果が異なる。前者は長い文を避け構文をシンプルにしているが、後者はわかりやすくシンプルにするためというより、解体された短文が、ビートが効いたリズムを出すことにつながっている。ちなみに、引用文では村上の「壁抜け」のテーマが暗示されている。

語彙と表記についても二作家では異なる。村上の場合はシンプルで古川の場合は豊富で複雑である。例えば「マジ（真剣）」「バルバロイ（ちんぷんかんぷん者）」「互角（どっこい）」「霊気（オーラ）」[26]など同義語をルビで重ねる表現は、二つの音と文字を同時に提示しながら微妙な意味の違いを意識させ、言葉のイメージに振幅を与えるという倍音に似た効果がある。自然な正しい日本語を基音とすると、村上や古川の文体は振動数が大きいといえる。

> 僕の放浪は地下鉄の車内やタクシーの後部座席で行われる。僕の冒険は歯科医の待合室や銀行の窓口で行われる。僕たちは何処にも行けるし、何処にも行けない。[27]

例えば、この村上の文では、母音「オ」や同じ構文が繰り返され、「僕」が「僕たち」と複数になり、文法的には不自然な「何処にも行ける」が「何処にも行けない」に重なり、音とリズムが倍加されている。[28]古川の文体ではリズムとスピード感がより身体的に訴えてくる。例えば、「頭に彼女のことばの語感を書き留めろ。語感、そして五感だ」や「夢のなかで夢の世界を五感に憶えこませていた」[29]では、ゴカンという同音異義語を強調し、普通は精神的な意味で使われる「憶」という漢字を「五感」に使い、言葉と身体、意味と感覚を結び付けている。

村上の『スロウ・ボート』の「僕」と中国と死という主題に対して、古川の『スロウ・ボート』には「僕」と日本語と生という主題、限られた一言語による表現の可能性に対する問いを読み取ることができる。物語の始まりから「僕」は宣言する。

> さようなら日本語。
> それでも僕はこの文章を日本語で綴る。（略）どっちにしたって〝有限（リミテッド）のジャパニーズ〟で僕たちは会話して、僕たちは理解しあい、誤解しあう。その限定された感覚こそが、生、そのものだろう？[30]

東京から出られず「東京の内側に〝非・東京〟」[31]を作ろうとする主人公のように、日本語から出るのではなく、その内部に「非・日本語」空間を作り、言語の外にあるイメージや音や感覚を言葉のなかに創作しようとしている。それは、有限のなかに無限の可能性を開拓して、「有機的に呼応しあう」響きを生み出すことにもつながっているのではないだろうか。

おわりに

「そうだ、ここでは物語が作りだされようとしている。だから僕は、惹かれている」[32]と書く古川は、村上の『スロウ・ボート』に生成途中の物語を見つけたのかもしれない。音楽同様、文学もできあがった本という物質的なものであるというより、書く／読むという実践過程に存在するものだ。村上の『スロウ・ボート』の「僕」は山手線で移動中に大切なことに気づき、『1Q84』の青豆は高速道路の非常階段を下りながら「私は移動する。ゆえに私はある」[33]と言う。古川の登場人物たちはよく移動する。物語舞台も常に可動的で、作品は流転し、文章は運動し続けるという古川作品が表象する世界観には、村上作品の影響も大きいだろう。

二つの『スロウ・ボート』を読むと、文体は既存の個性が既成の類型を選び取った結果ではなく、個体から個体へと、変容し変質しながら循環していくものだとわかる。マリエル・マセは文体がもつ実践力について次のように論じている。

実は、文は物体というよりも方向や呼びかけやこれからやってくる実践の兆しであり、引用され召喚されるためにある。（略）作家は第二言語の創造者で、読者はその言語を使って今度は自分自身について考えることができ、文体の質は（略）まさにこの呼びかける力にある。[34]

古川が村上の『スロウ・ボート』を「トリビュート」の対象に選んだのは、そこにのちの村上作品の兆し、さらに自己の作品の兆しを感じ取ったからだろうか。村上の文章に「呼びかけ」られて生まれたような古川の『スロウ・ボート』の文章には、新たなる「呼びかける力」がある。そして『スロウ・ボート』に始まる古川のリミックスは、『源氏物語』の別バージョンや『平家物語』のスピンオフ、「宮沢賢治リミックス」へと対象を広げ、小説の可能性を更新し続けている。(35)

注

(1)「特集 古川日出男――雑種（ハイブリッド）の文学」「ユリイカ」二〇〇六年八月号、青土社

(2) 古川日出男「古川日出男のカタリカタ――「雑」の力を信じて」、同誌一六二―一六三ページ、古川日出男「ルーツなき作家の誕生と再生の記録」、「特集 古川日出男」「文芸」二〇〇七年七月号、河出書房新社、五七ページ、「作家の読書道 第四十六回：古川日出男さん」「WEB本の雑誌」(http://www.webdoku.jp/rensai/sakka/michi46.html)［二〇一八年十二月二十八日アクセス］

(3) 古川日出男『中国行きのスロウ・ボートRMX』（ダ・ヴィンチ・ブックス）、メディアファクトリー、二〇〇三年、同『二〇〇二年のスロウ・ボート』（文春文庫）、文藝春秋、二〇〇六年。最近英訳が出版された（Hideo Furukawa, *Slow boat: a slow boat to China RMX*, translated by David Boyd, London, Pushkin Press, 2017.）。村上春樹『中国行きのスロウ・ボート』は単行本と『村上春樹全作品1979―1989 3 短編集1』（講談社、一九九〇年）に収録時、二度書き直されているが、ここでは単行本の文庫版（村上春樹『中国行きのスロウ・ボート』〔中公文庫〕、中央公論社、一九八六年）を参照した。二作品の先行比較研究は Mikhail Sergeevich Ignatov, "Body in Motion: Furukawa Hideo, Writer for the Multimedia Age," master theses, The University of Arizona, 2011.

(4) 前掲『二〇〇二年のスロウ・ボート』一五四ページ

(5) 広義での「間テクスト性」または「相互テクスト性」は、ジュネットの用語では「超テクスト性（イペル）」。ジェラール・ジュネット『パランプセスト――第二次の文学』和泉涼一訳（叢書記号学的実践）、水声社、一九九五年

(6) Sophie Rabau, *L'intertextualité*, Flammarion, 2002, p. 20.

(7) 前掲『二〇〇二年のスロウ・ボート』一五三ページ

(8) 村上春樹「自作を語る」、前掲『村上春樹全作品1979―1989 3 短編集1』付録、四ページ

(9) Tiphaine Samoyault, *L'intertextualité: Mémoire de la littérature*, Armand Colin, 2001.

(10) 次の例は村上（前掲『中国行きのスロウ・ボート』）／古川（前掲『二〇〇二年のスロウ・ボート』）の順。①「僕のその記憶は日付を持たない」一一ページ／「僕の記憶は日付を持たない」七三ページ、②「彼女は僕と同じ十九歳で」二六ページ／「彼女も僕もおなじ十九歳だった」五八ページ、③「何にもまして僕たちは十九歳だった」三〇ページ／「なにしろ僕たちは十九歳であった」六四ページ

(11) 前掲『二〇〇二年のスロウ・ボート』四四ページ

(12) 前掲『中国行きのスロウ・ボート』五〇―五一ページ

(13) 前掲『二〇〇二年のスロウ・ボート』八ページ

(14)『デジタル大辞泉』（小学館）、『大辞林 第三版』（三省堂、二〇〇六年）、『日本大百科全書 ニッポニカ』（小学館、一九八四―九四版）などを参照。

(15) 前掲『二〇〇二年のスロウ・ボート』二一ページ、前掲『中国行きのスロウ・ボート』一五ページ

(16) 加藤典洋『村上春樹は、むずかしい』（岩波新書）、岩波書店、二〇一五年、二一二ページ

(17) 前掲『中国行きのスロウ・ボート』二七ページ

(18) 日本語文体の定義について、ここでは中村明を参照。「文体とは、表現主体によって開かれた文章が、受容主体の参加によって展開する過程で、異質性としての印象・効果をはたす時に、その動力となった作品形成上の言語的な性格の統合である」（中村明『日本語文体論』〔岩波現代文庫〕、岩波書店、二〇一六年、一九九―二〇〇ページ）

(19) 村上春樹『約束された場所で――underground 2』（初版：一九九八年）、（文春文庫）、文藝春秋、二〇〇一年、二九五―二九六ページ

（20）村上春樹／柴田元幸『翻訳夜話2 サリンジャー戦記』（文春新書）、文藝春秋、二〇〇三年、三三ページ
（21）内田樹『村上春樹にご用心』アルテスパブリッシング、二〇〇七年、九八、一一〇ページ
（22）牧野成一「村上春樹の日本語はなぜ面白いのか――文体を中心に」国際教養大学、特別講演、二〇一三年（https://www.google.fr/url?sa=t&rct=j&q=&esrc=s&source=web&cd=1&cad=rja&uact=8&ved=0ahUKEwjZ6_6L_bzYAhXSmLQKHXhcAucQFggoMAA&url=http%3A%2F%2Fcommons.emich.edu%2Fcgi%2Fviewcontent.cgi%3Ffilename%3D0%26article%3D1000%26context%3Dcatj%26type%3Dadditional&usg=AOvVaw345yXveacorqH8jGOspmw3）［二〇一八年十二月二十八日アクセス］
（23）例えば、「彼女を家まで送り届けたあと（略）中国人のことを、である」「しかしそうはしないだろう（略）それらに気づいていたとしても」「僕は数多くの中国に関する（略）「中国の赤い星」まで」などの文。前掲『中国行きのスロウ・ボート』二四、三二、五〇ページ
（24）前掲『二〇〇二年のスロウ・ボート』一三六ページ
（25）同書八三ページ
（26）同書二六ページ
（27）前掲『中国行きのスロウ・ボート』五〇ページ
（28）「何処にも行ける」については、係助詞「でも」を用いて「何処にでも行ける」のほうが自然である。
（29）前掲『二〇〇二年のスロウ・ボート』三三、三四、四六ページ
（30）同書八ページ
（31）同書一〇一ページ
（32）同書八四ページ
（33）村上春樹『1Q84 BOOK1――〈4月―6月〉前編』（初版：二〇〇九年）、（新潮文庫）、新潮社、二〇一二年、七二ページ
（34）Marielle Macé, *Façons de lire, manières d'être*, Gallimard, 2011, p. 216. 引用者が翻訳。
（35）古川日出男／管啓次郎／柴田元幸／小島ケイタニーラブ『ミグラード――朗読劇『銀河鉄道の夜』』勁草書房、二

〇一三年、古川日出男『女たち三百人の裏切りの書』新潮社、二〇一五年、同『平家物語犬王の巻』河出書房新社、二〇一七年、同『グスコーブドリの太陽系——宮沢賢治リサイタル&リミックス』新潮社、二〇一九年

第12章

『神の子どもたちはみな踊る』再読

——「あなたは誰？」意識の転換

石川隆男

はじめに

　村上文学の二十世紀を締めくくる作品である連作短篇『神の子どもたちはみな踊る』に、新たな構造的読みを試みるのが本章の主旨である。これまで第三話「神の子どもたちはみな踊る」の論評（例えば黒古一夫、[1]中野和典[2]）が多いのは、「地震」というモチーフ以外に六つの短篇を貫く直接的な関係性が見いだせないからだとよくいわれる。しかし、ここで忘れてはならないことは、出版は二〇〇〇年二月になされていて、作者は阪神・淡路大震災と地下鉄サリン事件の両方を知っているという事実である。そういう意味では、明らかに阪神・淡路大震災後に起こる地下鉄サリン事件からの影響を色濃く感じる。[3]さらに作者と同じ記憶を共有している読者の存在があることも忘れてはならない。こうした背景のなかで、登場人物たちは震災後の一九九五年二月を生かされているのである。この短篇の作者・語り手・読者は、未来のカタストロフィーを知りながら、主人公たちを見つめていることになる。まるで、繰り返される理不尽な暴力の前では、人々は無力だとでもいうかのように。こうした背景をもつこの作品は、読者に何を届けようとしているのだろうか。

1　構造へのマクロ的眼差し

まず、タイトルについて考えたい。連載「地震のあとで」から単行本『神の子どもたちはみな踊る』[4]へのタイトル変更には、どんな意味があるのだろうか。読後に二つの疑問が湧いた。

①「神の子どもたちはみな踊る」は、内容的に棄教したはずの善也がなぜ神へ問いかけるような表現「神様、と善也は口に出して言った」で終わっているのか。

②なぜ、単行本では最後に「蜂蜜パイ」を加える必要があったのか。

これらの疑問を解く鍵は「蜂蜜パイ」の最終部分にある。淳平が「漠然としたアイデアが彼の頭の中に芽を出し」「これまでとは違う小説を書こう」と思うも、「今はとりあえずここにいて、二人の女を護らなくてはならない」と決心する場面である。つまり、単行本で「蜂蜜パイ」が必要とされた理由は、疑問①「神様」から始まる一文（「神の子どもたちはみな踊る」）と疑問②「漠然としたアイデアが彼の頭の中に芽を出した」（「蜂蜜パイ」）という一文の関係に隠されている。この二文の関係は、①で神に問いかけ②で神の啓示を得たようにみえなくもない。つまり、この『神の子どもたちはみな踊る』は前半三話と後半三話に分割できるとも考えられるのではないだろうか。ということは、善也を含む非被害者への提言をするために前半三話の最後に読者への問いかけがあえて設けられたのである。そうした構造を設けることで、連載では描ききれなかったいまどきの無気力な人々の人生の生き方を示唆したのではないだろうか。「喪失感」から「安堵感」へという変化の軌跡、つまり、全体には、

「デタッチメント」から「コミットメント」への壁抜け構造が、「あちら側」から「こちら側」への主人公たちの視点と意識の移動がおこなわれた軌跡が、全編に通底しているように感じられる。こうした視点に立つと「蜂蜜パイ」の必要性が納得できる。千田洋幸は「蜂蜜パイ」を「主人公が世界を肯定するにいたる物語」「近い他者とともに生きていくことを決意する「モラル」の獲得を物語[5]」っていると指摘している。また、村上にインタビューした小山鉄郎は「作品はそれぞれは自立しているものだが[6]」、村上文学では対比や連続性を読み込むことを推奨している。

ここで、村上が自らに課した『神の子どもたちはみな踊る』執筆にあたってのルールを引いておこう。要約すると、次のようになる。

「一、物語時間は、一九九五年二月。
二、すべて三人称で描写。
三、いろんなタイプの人が登場。
四、神戸の地震はテーマだが、神戸を舞台には描かない[7]。」

これらは明らかに、こちら側にいる近くの他人について描くことを意識したものである。その点を野中潤は「傍観者と当事者」という言葉で「アメリカからテレヴァイズド・カタストロフィーとして目撃[8]」したため、自分を含め傍観者であった人々の今後の生き方の模索として書かれたと指摘している。このようにみると、この『神の子どもたちはみな踊る』は、作家村上自身の換骨奪胎を宣言した一つの長篇物語としてみえてくる。同時に人生へのコミットメントを読者にも促しているのである。

2　構造へのミクロ的眼差し

次に収録作品を前半と後半に分け、両者の関係性の構造を浮かび上がらせよう。まず前半の主人公たちの生き方に目を向けてみる。

前半三話のデタッチメント性

前半三話には、現代社会に存在するデタッチメントな人間の例として、三人の話が用意されている。「UFOが釧路に降りる」では、「地震の五日後」に妻に出ていかれた小村は、地震の「ディテイルは妙に平板で、奥行きを持たないものに映った」し、「全ての響きは遠く単調」に感じるし、出かけた北海道の釧路でも「コーヒーは実体としてではなく、記号としてそこにあった」と感じるほど、まるで「空気」のような存在になっていた。小村は魂が抜け落ち、人としての記憶も忘却もなく、まるで釧路に降り立った異世界の宇宙人だった。

「アイロンのある風景」では、「俺な。あっちとはもう関係ないねん。昔のことや」と、三宅の忘れたくも忘れられない記憶と心の葛藤が描かれている。家族を捨てたクールな三宅に内在するかなわぬ死への願望から、彼はおのれの人生の意味を見失っているのがわかる。そうした気持ちの理解者はジャック・ロンドンの『たき火』（一九〇八年）を知っている順子だった。主人公から「死を求めている」一方で「生き残ることを目的として」「圧倒的なるものを相手に闘わなくてはならない」という根本的な矛盾性を感じ取った順子には、「死に方から逆に導かれる生き方というものもある」という三宅の気持ちが伝わってきたのである。三宅が描いた絵画『アイロンのある風景』にアイロンがポツンと描かれていたのは、人生に冷めた気持ちを抱く彼の身代わりだったのである。

「神の子どもたちはみな踊る」では、実の父親を知らない善也が、ある日父親らしき人物を見かけて尾行するが見失う。尾行の末、野球場へ出たとき、善也は「あっち側」から「こっち側」に壁抜けし、自分を取り戻した。真に自分と向かい合うことができたのである。そのとき、死んだ知人の田端さんのことを思い出し、「息子である僕だっていまだにろくでもない妄想に追いかけられている」と知りながらも、妄想を追った自分を恥じるのだった。こうした複雑な思いが善也が最後に口にする「神様」には、込められている。彼のピッチャー・マウンドでの力強いステップは、『ねじまき鳥クロニクル』の岡田亨が、「向こう側」（あちら側）の綿谷ノボルをバットで倒したら、それまで治療しても消えることがなかった「あざ」が消えた場面をほうふつとさせる。

以上前半三話では、自分の世界にこもったままで、そこから抜け出すすべを意識的に模索することもない人々が描かれているのは明らかである。何もかもが受け身の人生を送っている彼らは人生に対して、流されたままで自己を見つめ直そうとする意識が芽生えていない、そうした人間を表象しているといえる。第三話の「神の子どもたちはみな踊る」の善也がラストシーンで踊るのは、意識の転換ができたからである。自分に意識的になれたからこそそのダンスのステップなのだ。最後の善也の「神様」には、神からの啓示を得た喜びが込められているといえる。それまでの様々な作品にみられたデタッチメントの姿勢は、一九九五年のカタストロフィーのあとで終焉したと解釈することもできる。人生に全く無関心な小村から無意識だが一歩踏み出せない三宅へ、そして有意識で一歩前へ踏み出せた善也へと、デタッチメントの質の変化が浮き彫りにされてきた。つまり前半三話は、デタッチメント性が徐々に改善されていくのがうかがえるのである。

後半三話のコミットメント性

次は後半三話の主人公たちに目を向けてみよう。これらではコミットメントにシフトした新しいステージが始まっている。三人の主人公たちは、しっかりと「こちら側」に立ち位置を変更しようと前向きな姿勢を取っているのがわかる。「こちら側」と「あちら側」との往還をしながらも「こちら側」へ向かってくる意志にブレがないのだ。

「タイランド」では、女医のさつきは運転手のニミットの紹介で占い師の老婆に会う。そこで、「身体の中には石が」あり、それを「どこかに捨てなくてはな」らない。「後日大きな蛇の夢を見る」から、自分の「命だと思ってしっかり摑む」ように告げられた。事実、彼女はかつて堕胎し、離婚し、ある男を三十年間憎み続けていた。憎しみを伴うような記憶は得てして消えないものだ。過去の未遂に終わった行為の記憶は、日常の世界に回帰してくるのが世の常だろう。さつきはそうした忘れえぬ記憶の呪縛に苦しんでいたのだった。そんな彼女も、占い師の老婆が言うように夢の予言を信じ「あちら側」の世界へは「こちら側」から立ち向かうことにしたのだった。「最高の善の悟性」でも得たかのようにさつきはしっかり夢の予言にコミットする決心をしたのだった。

「かえるくん、東京を救う」では、片桐が帰宅すると、巨大な「実物の蛙」が出迎えてくれた。そして、「地底に住んでいる巨大なみみず」が「先月の神戸の大地震よりさらに大きい」地震を「東京」で起こすので、それを阻止すると言う。そして、片桐の「勇気と正義が必要」なので、後ろから、「『かえるくん、がんばれ、大丈夫だ。君は勝てる。君は正しい』と声をかけてくれ」と頼まれた。戦いが終わり、帰ってきたかえるくんは、「地震を阻止することだけはどうにかでき」たと報告してくれた。すべて片桐が意識を失っているときに見た夢のなかの出来事だった。

病院で意識を取り戻した片桐は、かえるくんに「真の恐怖とは人間が自らの想像力に対して抱く恐怖」のことだと言われたことを思い出し、「迷うことなく想像力のスイッチを切」ってかえるくんと別れた。結局、かえるくんは片桐に内在する蓄積した思いが形象化されたものであったと考えられる。

最後の「蜂蜜パイ」では、淳平は小夜子の子「沙羅」に熊の「まさきち」と「とんきち」の話をする。最後、「とんきちは、まさきちの集めた蜂蜜をつかって、蜂蜜パイを焼」いて「町で人々に売った」と結んだ。この「蜂蜜パイ」の要諦は、沙羅が言った「地震のおじさんがやってきて、さらを起こして、ママに言いなさいって言ったの。みんなのために箱のふたを開けて待っているからって」に集約されているといっていい。先の「タイランド」「かえるくん、東京を救う」の二人は「こちら側」に座す決心はしたものの、まだ「あちら側」(自己のなかの非自己）と対峙したことはない。しかし、「蜂蜜パイ」の沙羅が言った「箱のふたを開けて待っている」とは、すでにいままでいた「あちら側」の世界を抜け出して、「こちら側」にいる状態にほかならないと考えられる。言い換えればこの第六話でやっと一連のコミットメント化が実を結んだといえる。

以上をまとめると、この『神の子どもたちはみな踊る』は、単なる自然災害である地震にまつわる物語ではなく、各主人公の周りで起こった内面的な葛藤の物語だった。生あるものはいつかは死すものである。したがって人生には意味をもたせるべきであり、どのように生きていくかが大切だという提言が聞こえてはこないだろうか。例えば、「神の子どもたちはみな踊る」の善也のマウンドでの踊りのステップや、「タイランド」のさつきが聞いた「北極熊がどれくらい孤独な生き物」なのかについての説明や、「かえるくん、東京を救う」の片桐の「何が夢で何が現実」かわからず「目に見えるものがほんものとは限らない」という言葉や、「蜂蜜パイ」の淳平の「今はとりあえずここにいて、二人の女を護らなくてはならない。相手が誰であろうと」という言葉から、みな、いまを生きることの大切さ、人生に意味をもたせる大切さを伝えているという読みが可能となる。善也のラストシーンに始まり、さつき、片桐、そして淳平は、実際人生の生き方に有意識になれた流れが読み取れる。

3　見え隠れする二つの装置

次にこの『神の子どもたちはみな踊る』を全編で一つの作品として読むことを可能にしている二つの装置を紹介しておこう。

「箱」の装置

この作品には、箱がイメージされるものが繰り返し登場しているのがわかる。まず「UFOが釧路に降りる」の小村が運んだ「小さな骨箱のような」「十センチくらいの立方体」の可視的な箱である。小村は自身の魂を箱に詰め、他人に渡してしまい抜け殻同然になった。次に「アイロンのある風景」の三宅は、部屋には存在しないはずの冷蔵庫（箱）の奥から死人の手が伸びてきて首筋をつかまえられる幻想に取りつかれ、死ねずにもがき苦しんでいる自分を絵画『アイロンのある風景』のアイロンに仮託して表現している。また「神の子どもたちはみな踊る」の善也は、母が信仰する宗教という見えない組織（不可視な箱）のなかに組み込まれ「神様（お方様）の子」という思想に精神的にかためられて成長してきた。これら三人は、「あちら側」（非自分）から抜け出せないままの閉塞感に満ちた人々として描かれている。その後自分を取り戻し、「こちら側」へ壁抜けした善也だけは、野球場のピッチャー・マウンドの上で、まるで箱を踏みつぶしているかのように踊るのである。その後、後半に入り「タイランド」のさつきは、プール（箱）に入るも「あちら側」から抜け出す勇気を得ることに成功し、「かえるくん、東京を救う」の片桐も「昼も夜もわからない」「窓がない」病室（箱）のなかでかえるくんと闇のみみずくんとの闘いに勝利したのだった。そして、最後の「蜂蜜パイ」では、「あちら側」の「地震男」によってパンドラの箱のふたが開けられ理不尽な暴力が牙をむくが、淳平は小村のようにおのれの魂を箱に入れず、冷蔵庫に引き込まれる三宅のように無力ではなかった。むしろ善也が意識転換したように「二人の女を護らなくてはならない。相手が誰であろうと、わけのわからない箱に入れさせたりはしない。たとえ空が落ちてきても、大地が音を立てて裂けても」と現実にコミットメントして、いまできる唯一のこととして想像力のスイッチを切ったのだった。この作品は、意識的な自閉から自分らしさを取り戻すよう読者に示唆した物語だといえるのではないだろうか。喪失感に満ちた若者たちには、自己啓発的なメッセージに受け取られたはずである。

『ソフィーの世界』の装置

この『神の子どもたちはみな躍る』と同時期にこの短篇集と共通した読者へのメッセージが込められた外国文学の邦文訳が出て、日本国内でベストセラーになったものがある。

二つ目の装置であるノルウェーの小説『ソフィーの世界』[9]が、本作の構造に影響を与えていると考えられる。物語構造を重要視する大塚英志は、小説における伏線構造では、作者がフィクションの世界と現実社会を「同時代的な現象として捉えられていたことを押さえておく必要がある」[10]と指摘している。村上のこの短篇集では、現実社会現象として村上の執筆姿勢が、従来のデタッチメントからコミットメントへと「転回」したことが重なるといえる。自由を奪われて決められたなかで生きる人形のような人生にさよならし、進んでコミットメントしようというものである。さてこの短篇集と時期を同じくして一九九五年六月に邦訳されたヨースタイン・ゴルデルの『ソフィーの世界』は、当時世界的なベストセラーになり、日本でも映画やラジオドラマにもなったほどである。あらすじを簡単に紹介すると、十五歳を迎えようとする少女ソフィーに差出人不明で、たった二文の手紙が届く。そこには「あなたはだれ?」「世界はどこからきたの?」[11]とだけ書かれてあった。その後ソフィーには不思議な出来事が起こるようになるが、その過程で哲学的な考え方を通してものの見方を学んでいく。そのうち、実は主人公ソフィーは、ヒルデという生身(「こちら側」)の少女が読んでいる小説(「あちら側」)の主人公で、すべてが作家の意思で動かされていたことに気づき、ハッとする。最後は作家の理不尽な悪意に満ちた拘束から逃れようとチャンスをみて姿を消すというストーリーである。ソフィーはそのテーゼ「あなたはだれ?」に答えを見いだしたのである。「私は私、作家の操り人形ではない」と言うかのように。ここに、村上の『神の子どもたちはみな踊る』の後半のコミットメントする主人公たちとゴルデルの「わたしはだれ?」という人生哲学の共通点があるといえる。ソフィーの行動は、自分らしく生きていくという意味で、善也のダンス、さつきの石、片桐のスイッチと淳平の二人の女を守る決意とに深く響き合っている。大塚が指摘した「共時的」であるという形容が意味するのもこうした点なのではないだろうか。要は内田樹も指摘するように[12]、いま自分には「何ができるか」というふうに前向きに流されることなく人生を捉えることが重要なのである。ゴルデルの「あなたはだれ？」という哲学的問いに対して、『神の子どもたちはみな踊る』の最後の「今はとりあえずここにいて、二人の女を護らなくてはならない。相手が誰であろうと、わけのわからない箱にいれさせたりしない」という淳平の思いを通して村上は答えているようにも思える。

いままで人生で当たり前だと思っていたこと、思ってもみなかったことが、不思議に思えてきて真剣に考えるようになり、人生に真剣にコミットメントしていくようになる。村上とゴルデルの二人は人生に対して、同じ時期に同じようなことを考えていたことになる。両作品とも、実に巧妙にこのテーマが織り込まれていると感心させられる。

例としては、『ソフィーの世界』の「わたしたちの時代」の章の「自分のことは自分で決めなければ、自由でもなければ独立してもいないのね」「とりあえずここにこうしていてはダメなんだって感じることが正しい場合がある」[13]という言葉などが、淳平の決意と重なり合っている。

さらに、この『ソフィーの世界』の冒頭部分の「三千年を解くすべを持たない者は闇の中、未熟のままにその日その日を生きる」というヨハン・ヴォルフガング・フォン・ゲーテの言葉に対置するかのように『神の子どもたちはみな踊る』にもエピグラフが二つある。一つは、フョードル・ドストエフスキー『悪霊』（一八七一年）からの引用である。

「リーザ、きのうはいったい何があったんだろう？」
「あったことがあったのよ」
「それはひどい。それは残酷だ！」

もう一つは、ジャン゠リュック・ゴダール『気狂いピエロ』（一九六五年）の一節である。

〈ラジオのニュース〉：米軍も多大の戦死者を出しましたが、ヴェトコン側も一一五人戦死しました。

女：「無名って恐ろしいわね。」

男：「なんだって？」

女：「ゲリラが一一五名戦死というだけでは何もわからないわ。一人ひとりのことは何もわからないままよ。妻や子供がいたのか？芝居より映画の方が好きだったか？まるでわからない。ただ一一五人戦死というだけ」

『神の子どもたちはみな踊る』の引用は「かえるくん、東京を救う」の看護師と片桐の会話をほうふつとさせる。二人の会話はかみ合っていないのである。まるで「あちら側」と「こちら側」の人同士との会話のように。人生に意味をもたせられる人ともたせられない人の差である。これはゲーテの「未熟のままにその日その日を生きる」者への警鐘と類似する。双方のエピグラフを比べると、どちらも教養小説としての立場を強調しているといえる。ソフィーが物語のなかで人生の生き方を学んだ点に注目すれば、この短篇集のタイトルが『神の子どもたちはみな踊る』であるのも納得がいくといえるのではないだろうか。

おわりに

以上にみてきたように、全編を一つの物語として読めば、『神の子どもたちはみな踊る』は明らかに一つの長篇作品として読み解くことができることがわかった。個々人の周りで起こった人生のカタストロフィーがそれぞれの人生を変えてしまった。ゴルデル文学の『ソフィーの世界』では「あなたはだれ？」という問いが発せられるが、村上の一九八〇年代の『ノルウェイの森』では主人公が最後に自分がいまどこにいるのかさえわからなくなった自己喪失状態に陥ったところで終わっていた。自己も他者も不在の状態だったのが、九〇年代に入り大きな二つのカタストロフィーを経験したあとの作品、九九年の『スプートニクの恋人』と二〇〇〇年の『神の子どもたちはみな踊る』では、他人との共生に関心が移り、意識的な自律を提言するようになった。七九年に始まった村上文学の二十世紀の作品の系譜について走馬灯でも見るかのように確認することで、「他者不在から他者との共生へ」「無意識的から意識的へ」「あちら側からこちら側」「デタッチメントからコミットメントへ」と大きく転換していく創作方法の展開として追うことができた。村上は個々人の人生の意味を他者不在の世界から他者との共生のなかに見いだそうとしているのがうかがえる。こうした変遷が一冊に収められているのが、この『神の子どもたちはみな踊る』だといえる。阪神・淡路大震災の被災者は、大切な家族や財産を突然に理不尽な出来事によって奪われ心（魂）を失い自己喪失を味わい、地下鉄サリン事件では、宗教に自らの心（魂）を預けた熱心な信者が突然に無関係な周りの人に牙をむいた。近代日本社会のシステムに潜む日本人の姿が浮き彫りにされた出来事だった。村上のコミットメントの特徴は、こうした普通の人々に向けられていたことが特徴である。一人ひとりに内在する人間としての可能性に無自覚であることに警鐘を鳴らしているのかもしれない。こうした読みが可能ならば、サブタイトル「震災のあとで」を「理不尽な暴力のあとで」と読み替えるべきだろう。村上文学の二十世紀最終章の黙示録といえるのかもしれない。繰り返しになるが、現実社会において一九九〇年代は作家村上春樹にとってもそれまでの殻を捨て社会へコミットメントしようと生まれ変わる過渡期にあたる。作家人生に新たな柱の構築に努めた時期だった。これからも村上は、物語構造のダイナミズムを柱に自分のグローバル化した世界観を小説化していくことだろう。

注

（1）「被害者や被害者そのものへ正面から向き合ってそこに生じている問題を表現化することなく、被害地でも被害者でもない人々の心的影響を取り上げるという「ズレ」の方法で地震がもたらした「暴力」を問題にした」（黒古一夫『村上春樹――「喪失」の物語から「転換」の物語へ』勉誠出版、二〇〇七年、二三二ページ）

（2）「「神の子どもたちはみな踊る」は最も直接に震災と信仰の関係を問うものになっている」として重要視している。あくまで震災と信仰の二つのテーマに固執している。中野和典「震災と信仰―村上春樹――「神の子どもたちはみな踊る」論」、日本近代文学会九州支部「近代文学論集」編集委員会編「近代文学論集」第四十号、日本近代文学会九州支部「近代文学論集」編集委員会、二〇一四年、六九ページ

（3）「一九九五年一月十七日に神戸の大震災があり、同じ年の三月には地下鉄サリン事件が起こった。（略）前者は言うまでもなく回避しようのない自然現象であるし、後者は人為的な犯罪行為である。原理的に言えば、その二つのあいだには大きな違いがある。しかしその両者は決して無縁なものではない。（略）そのふたつは間違いなく因果関係を有する出来事なのだ」（村上春樹「解題」『村上春樹全作品――１９９０―２０００ ３ 短編集２』講談社、二〇〇三年、二六八―二七〇ページ）

（4）村上春樹『神の子どもたちはみな踊る』（新潮文庫）、新潮社、二〇〇二年。そのほかの細かな引用もすべてこの二〇〇二年版から取った。

（5）千田洋幸「「蜂蜜パイ」・『輪るピングドラム』における分有への意志――あるいは、一九九五年以後の〝生存戦略〟」、宇佐美毅／千田洋幸編『村上春樹と一九九〇年代』所収、おうふう、二〇一二年、八〇ページ

（6）小山鉄郎『村上春樹を読みつくす』（講談社現代新書）、講談社、二〇一〇年、五ページ

（7）村上春樹「言葉という激しい武器」（「総特集 村上春樹を読む」「ユリイカ」二〇〇〇年三月臨時増刊号、青土社）一四ページから要約した。

（8）野中潤「〈悲観的な希望〉を生きる――連作短編集『神の子どもたちはみな踊る』論」、前掲『村上春樹と一九九〇年代』所収、七一ページ

(9) ヨースタイン・ゴルデル『ソフィーの世界――哲学者からの不思議な手紙』(初版：一九九一年)、須田朗監修、池田香代子訳、日本放送出版協会、一九九五年。邦訳はドイツ語訳を底本にしている。

(10) 大塚英志『物語論で読む村上春樹と宮崎駿――構造しかない日本』(角川 one テーマ21)、角川書店、二〇〇九年、五五ページ

(11) 前掲『ソフィーの世界』一〇、一四ページ

(12)「「何をして欲しいか」という問いを立てる人間は自分がどれくらい傷ついたか、どれくらい失ったかを数え上げなければなりません。でも、「何ができるか」という人間は、自分には何が残されたか、自分にはまだどんな能力があるかについてのリストを作ることになります」(内田樹『村上春樹にご用心』アルテスパブリッシング、二〇〇七年、二二五ページ)

(13) 前掲『ソフィーの世界』五八六―五八七ページ

第13章

サバイバーズ・ギルトとパラレルワールド
——国語教科書と村上春樹

野中 潤

はじめに

村上春樹の文学について日本文化表象という側面から考えたときに、サバイバーズ・ギルト（生き残った者が抱く罪悪感）という観点が有効である。それはおそらく、キリスト教やイスラム教の「ギルト（罪）」とは異なるものである。サバイバーズ・ギルトという負の心理をモチーフとする小説が、長期にわたって、しかも数多く国語教科書に採録され続けているという現象と、同様のモチーフをもつ小説を書いた村上が「国民作家」として人気を得ているという現象には、一体どのような相関があるのか。それを考えることを通して、村上の小説世界や国語教育での受容のあり方を考える手がかりを提示したい。

1　サバイバーズ・ギルトとは何か

原爆の子『はだしのゲン』

戦後のマンガを代表する傑作の一つである中沢啓治の『はだしのゲン』（一九七三―八七年）の第一巻に、きわめて痛切な印象を与える場面がある。一九四五年八月六日の朝、空襲警報が解除され、姉よりも一足先に家を出たゲンは、小学校の正門前で女性に呼び止められ、その瞬間、広島市上空で原子爆弾が炸裂する。立ち止まった場所はたまたま学校の敷地を囲む塀のすぐ近くであり、そのおかげでゲンは熱線の直撃を免れて生き延びることになる。一方、ゲンを呼び止めた女性は、目の前で全身に熱線を浴びて死んでしまっている。信じがたい事態に気づいたゲンは、焼けただれた被爆者たちの姿に衝撃を受けながら、あちこちに火災が広がる市街地を駆け抜けて自宅に戻る。そしてそこに、倒壊した家の前で座り込んでいる妊娠中の母の姿を見いだすのだ。

「とうちゃんとねえちゃんと進次は…？」とゲンが尋ねると、「家の下じきになっとるよ」という答えが返ってくる。見れば、助けを求める父と姉、泣き叫ぶ弟の進次の体の上に、屋根が覆いかぶさって身動きが取れない状態になっている。太い柱を使って屋根を持ち上げようとするが、小学生のゲンと妊婦の母の力では助けることができない。そうこうしているうちに、目の前で父と姉と弟が炎に包まれていく。ゲンはその姿を、母とともに傍観するしかないのだ。読者を待ち受けているのは、助けを求める家族が目の前で炎に包まれていく姿と、その姿を目の当たりにして衝撃を受けるゲン、また狂乱状態で笑い続ける母親の姿である(1)。

このような惨事に見舞われたとき、生き残ったゲンの側に心理的な負い目として残されるものがサバイバーズ・ギルトである。一九九五年の阪神・淡路大震災のときにも、地下鉄サリン事件のときにも、もちろん二〇一一年に起きた東日本大震災のときにも、多くの日本人の心にサバイバーズ・ギルトが残された。おそらくそれは、ゲンのように惨事のただなかに身を置いて悲劇を間近で目撃した人々だけではなく、マスメディアなどを通じて悲劇を目撃した人々の心にも影を落としている。

シリアの子どもたちの叫び

例えば、二〇一八年三月のある日曜日の朝、テレビの報道番組がシリアで起きている地獄のような惨状を伝えていた。スマートフォンで撮影された映像には、「みなさんの沈黙が私たちを殺すのです」などと訴える子どもたちの姿が次々に現れては消えた。それぞれ別々の場所で、別々のスマホで、それぞれの思いを込めて撮影されたと思われる映像と声に対して、翻訳された日本語字幕の文字を見つめている私は、炎に包まれる家族を前にしているゲンと同じように、なすすべもなく「傍観」するしかなかった。「みなさんの沈黙」と名指された一人である私に一体何ができたのだろうか。もちろん声を上げることは不可能ではないが、少し耳をすませば命がけの声はウェブ空間にあふれていて、それらの声を聞き取ろうとネットサーフィンを続ければ、おそらく自分の人生の大半がこうした声を聞き取り、それに呼応して何らかの行動に移すということに捧げられることになる。仮に徹底的に呼びかけに応えようとすれば自分の能力の限界に向き合うことになり、何事もなしえないという無力感にさいなまれ、大きな負い目を感じることになるにちがいない。そういうことが予見できてしまうからこそ、身近な存在の「声」に反応したり、偶発的に遠くから聞こえてきた「声」に反応したりすることはあっても、耳をすませば聞こえるはずの大半の「声」には「沈黙」で応えるしかないのだ。こうして、一生かかっても視聴しきれないほどの動画がウェブ上にあふれる情報化社会で生きている視聴者の心の中には、シリアの子どもたちの声を聞いてしまったことによるぼんやりとした負い目が、サバイバーズ・ギルトとよく似た心理的な濁りとしてうっすらと蓄積する。もちろん、テレビ画面で「目撃」してしまったことがきっかけで具体的な行動を起こす者もいるのかもしれないが、おそらくそれはごく限られた人たちにすぎない。多くの人は、テレビ画面が映し出す数々の悲劇を前にたじろぐだけで、救いを求める「声」をやり過ごし、コマーシャルを挟んで次のコーナーに切り替われば、それが映し出す別の何かに気持ちを移していくにちがいない。このようにして黙殺された「声」を前に何事もなく生きている自分、生き残り続けている者、すなわちサバイバーとしての自分を見いだすというのが、テレビやスマホの画面を通じて世界中の様々な惨事に日常的にふれている私たちの現実なのだ。戦国時代にも、幕末維新期にも、日清戦争や日露戦争の際にも、あるいは三陸大津波や関東大震災のときにもサバイバーズ・ギルトはあったのかもしれないが、惨事を「目撃」し、「傍観」するという体験が日常的なものになってしまっているという点で、私たちの生の基本条件は、情報化社会以前とは全く異なる位相に置かれてしまっているのである。

サバイバーズ・ギルトとダイエー

もちろん戦争や災害などの惨事をメディアを通して体験した者よりも、兵士として戦場で体験した者や家族が惨事に巻き込まれるのを目撃した被災者のほうが、より痛切なサバイバーズ・ギルトを抱え込むことになることは確かだろう。例えばダイエー創業者の中内㓛は、一つの集落に肉屋や八百屋や魚屋などの個人商店が点在して人々の生活を支えていた日本に、「スーパーマーケット」という商業形態を大胆に導入して大成功を収めた。[2]彼は戦友の死を目撃して生き残った復員兵なのだが、戦場への物資の補給を軽視した大日本帝国陸軍の無謀な作戦によって命を落とした戦友の無念を晴らすかのように、戦後日本に物流革命を引き起こした。彼が抱え込んでいたサバイバーズ・ギルトが、食料品や日常生活用品を全国津々浦々に届ける物流システムの構築へと結実して、敗戦後の日本で高度経済成長を支える原動力になったわけである。中内はサバイバーズ・ギルトに突き動かされて生きた一人の典型的な戦後日本人であり、同様のケースを各界で顕著な活躍をした日本人のなかから見つけ出すことは容易である。また、サバイバーズ・ギルトをモチーフとした文化表象も、枚挙にいとまがない。そして、敗戦後から今日に至る国語教科書が持ち続けているきわめてユニークな特徴も、こうした観点から考えることができる。

2　国語教科書とサバイバーズ・ギルト

定番教材と「ノルウェイの森」

新美南吉の『ごんぎつね』(「赤い鳥」一九三二年二月号、赤い鳥社)や夏目漱石の『こころ』(「朝日新聞」一九一四年四月二十日—八月十一日付)など、サバイバーズ・ギルトを主要なモチーフとしている文学教材が小学校から高等学校に至る国語教科書に多数採録されるようになったのは、戦争が終わってからだ。そして、マスメディアが発達し続けた高度経済成長期から、多チャンネル化が進んだバブル経済期、インターネットが急速に普及したバブル崩壊後を経て二十一世紀の今日に至るまで、どの出版社の教科書も掲載している定番教材として、半世紀以上にわたり教室で読み継がれてきた。

代表的な例を一つだけ挙げておこう。夏目漱石の小説や随筆は、現在の中学校・高等学校に相当する戦前の中等学校の国語教科書に実にたくさん採録されている。しかし、現在に至るまで半世紀以上にわたって教科書で読み継がれている『こころ』は、戦前は全く採録されていないのだ。「友人を裏切り自殺に追い込んだ男の遺書」が、教材としてふさわしいと考える教科書の作り手はいなかったわけである。ところが、敗戦後になってから漱石の『こころ』は、教科書ににわかに採録されるようになる。そして「友人を裏切り自殺に追い込んだ男の遺書」の一部が、やがて定番教材としての地位を確立していくことになるのである[3]。

興味深いのは、教科書の定番教材として読み継がれることでその地位を不動のものにしていった漱石と同じように、「国民作家」と呼ばれることもある村上が、漱石の『こころ』ときわめてよく似たモチーフによって成り立っている『ノルウェイの森』で人気作家としての地位を確立したことである。

漱石の『こころ』に登場する「先生」と「K」は、心ならずも一人の少女を奪い合うことになった親友同士である。同じ大学に通いながら同じ家に下宿するくらいの親しい間柄だ。ところが「先生」はKに自分の本心を伝えないまま、Kを出し抜く形で婚約してしまう。衝撃を受けたKは、「先生」が寝ているすぐ隣の部屋で自殺する。生の世界に取り残された「先生」と少女は結ばれるが、Kの死が「先生」の心に残した罪の意識は解消されず、ときを経て先生は、青年の「私」に遺書を託して自殺する。

村上の『ノルウェイの森』に登場する直子とキズキは恋人同士である。視点人物のワタナベからすると、直子とキズキのあいだに自分が割って入ることなど不可能にみえる。しかし、どういうわけかキズキは突然自殺してしまい、ワタナベと直子が生の世界に取り残される。二人は予定調和的な物語の力学のなかで結ばれるかにみえるのだが、幸福なペアとして結ばれるときは訪れない。直子は自殺し、ワタナベは緑とともに生の世界に取り残される。

三角関係が自殺者を媒介として連鎖し新たな自殺を生み出していくという構図が、二つの小説の共通点である。自殺によるサバイバーズ・ギルトが新たな自殺を招き寄せるという罪悪感と死別の負の連鎖が、二つの小説を共通して特徴づけているのだ。漱石の『こころ』を高等学校国語の定番教材の地位に押し上げたと思われる基本条件と、村上の『ノルウェイの森』をベストセラーに導いた基本条件が、物語論的な枠組みで一致しているのである。

自殺の方法を具体的に描写している『こころ』のような過激さはないが、小学生用の国語教科書にも、サバイバーズ・ギルトをモチーフにした文学教材が掲載され続けている。擬人化されたキツネを鉄砲で撃ち殺してしまう男の罪悪感が、銃口から立ち上る青い煙の描写を通じて強い印象を残す新美南吉の『ごんぎつね』などが、その代表的な例である。兵十の母親が死んだことに罪悪感を抱いたキツネのごんが罪滅ぼしのために食べ物を送り届け続ける行為と、その真意を受け取り損ねてごんを撃ち殺してしまう兵十の罪悪感を接続させる『ごんぎつね』には、『こころ』や『ノルウェイの森』のような罪悪感と死別の負の連鎖が明瞭に読み取れる。

生き延びていく者のインチキ性

村上春樹は『ノルウェイの森』の自作解説のなかで次のように述べている。

　この小説の中では沢山の登場人物が次から次へと死んで消えていく。そういうのはあまりにも都合の良い話ではないかという批判も多く頂いた。でも弁解するのではないけれど、正直に言って物語がそれを僕に求めていたのである。本当に僕としてはそうする以外に方法を持たなかったのだ。そしてこの話は基本的にカジュアルティーズ（うまい訳語を持たない。戦闘員の減損とでも言うのか）についての話なのだ。それは僕のまわりで死んでいった、あるいは失われていったすくなからざるカジュアルティーズについての話であり、あるいは僕自身の中で死んで失われていったすくなからざるカジュアルティーズについての話である。僕がここで本当に描きたかったのは恋愛の姿ではなく、むしろそのカジュアルティーズの姿であり、そのカジュアルティーズのあとに残って存続していかなくてはならない人々の、あるいは物事の姿である。成長というのはまさにそういうことなのだ。それは人々が孤独に戦い、傷つき、失い、そしてにもかかわらず生き延びていくことなのだ。[4]

村上の小説は、しばしば「喪失感」という言葉で論じられてきた。しかしそこにあるのは、他者がもたらした欠落を被害として受け止める心理ではなく、むしろ自らの加害者性を意識し続ける心理である。だとすれば、被害者性をにじませる「喪失感」という言葉をそこにあてはめるのは適切ではない。[5] そこにあるのは、何かしら超越的な理念に殉じて命を落とした者、あるいは図らずも社会から脱落していった者たちに対して、成長した者、生き延びた者が抱える心理的な負い目である。だから『ノルウェイの森』の緑の次のような言葉は、生き延びることの「インチキ」性を告発しながら、告発することを通じて「インチキ」として告発される場所から自らの立ち位置を後退させ、糾弾を免れようとするものだと考えることができる。

「そのとき思ったわ、私。こいつらみんなインチキだって。適当に偉そうな言葉ふりまわしていい気分になって、新入生の女の子を感心させて、スカートの中に手をつっこむことしか考えてないのよ、あの人たち。そして四年生になったら髪の毛短くして三菱商事だのＴＢＳだのＩＢＭだの富士銀行だのにさっさと就職して、マルクスなんて読んだこともないかわいい奥さんもらって子供にいやみったらしい凝った名前つけるのよ。何が産学協同体粉砕よ。おかしくって涙が出てくるわよ。[6]」

この緑の言葉を『ノルウェイの森』の冒頭場面のワタナベが想起しているのだとすれば、そのことを通じて自らの「インチキ」性に向き合っていることになる。また、告発することで告発を免れるという巧妙な戦略をとっているのは、あくまでも作中人物としての緑だという構造があることによって、小説の書き手が告発の矢面に立たされることを回避しているとも考えられる。いずれにせよ、作中人物としてのワタナベが頭を抱え込んだのは、直子に対するサバイバーズ・ギルトのためだけではなく、成長し、生き延びて、ドイツに飛行機で繰り返し降り立つことが求められるような現在を生きていること、おそらくは緑の批判を受けかねないポジションにいることとも無関係ではない。

3　サバイバーズ・ギルトとパラレルワールド

現代社会とパラレルワールド

阪神・淡路大震災や地下鉄サリン事件、あるいは東日本大震災などの大きな災厄の体験が、様々な場所で語られている。その際の特徴的な話法の一つは「もし…」である。「もし、母が寝ている場所に私が寝て、私の寝ている場所に母が寝ていたら、母は死なずにすんだのに」とか「もし、あの時、家にスマホを取りに行くことを許さず、一緒に高台に避難していたら、息子を津波で失うことはなかったのに」といった構文である。

現実世界を生きる私たちの「もし」は、フィクションを生み出す。また、フィクションの世界を生きる人物の「もし」は、パラレルワールドを生み出す。さらにいえば、フィクションの世界を生きる人物の「もし」に共感する読者は、パラレルワールドを往還するフィクションを期待する。

例えば村上の『１Ｑ８４』ＢＯＯＫ３の結末部分で青豆は、月が二つある世界から月が一つだけの元の世界に戻ってきたかにみえるのだが、右側の顔をこちらに向けているはずの「エッソの虎」が左側の顔をこちらに向けてほほ笑んでいることに気づく。そのようにして、青豆が元の場所に戻ったわけではないことを示唆して、『１Ｑ８４』は終わっている。

『１Ｑ８４』ＢＯＯＫ３が刊行された二〇一〇年十一月に「次の千年の文学」というタイトルの講演[7]をした作家の高橋源一郎は、パラレルワールドを描いた小説が頻出している状況について、おおよそ次のように語っていた。「私たちはもしかすると、『１Ｑ８４』のなかの月が二つある世界のように、ほとんど同じに見えるけれど決定的な差異をはらんだ世界を生きていて、お互いにそのことに全く気づかないまま日々をやり過ごしているのではないか」と。そのような世界を生きている私たちの感性がパラレルワールドを描いた小説を欲望し、流通させているというのが、高橋の見立てであった。

例えば、二〇一八年を「Netflix」の『13の理由』（二〇一七年―）に夢中になった年として記憶している人がいる一方で、「Netflix」を知らず、『刀剣乱舞』（二〇一六年―）がパリ公演を実現して刀剣男士が『ＮＨＫ紅白歌合戦』出場を果たした年として記憶している人もいるかもしれない。私たちが生きる世界は、多チャンネル化し多メディア化したことでバラバラな世界を生成するシステムになってしまっているのだ。パラレルワールドを描いた文学は、そういう世界を表象する文化装置として量産されている。

先鋭なサブカルチャー論を展開している千田洋幸は、だらだら続く現実世界への忌避感が、「偽史」「時間ループ」「パラレルワールド」など、「ここにはない・もう一つの世界」を描いた物語を流通させたと指摘している。一九八〇年代から九〇年代にかけての日本のサブカルチャーのこうしたありようの先駆けになったのが、村上の『世界の終りとハードボイルド・ワンダーランド』である。そのうえで、コンテンツ創造のあり方が大きく変容しているゼロ年代以降、創作の側と受容の側の双方でアニメ世界とシンクロする新しい身体概念が創造され、「いまここにはない・もう一つの世界」ではなく、「いまここにある・もう一つの世界」が出現し始めているというのである。(8)

かえるくん、ジョニー・ウォーカー、カーネル・サンダース、リトル・ピープルなど、イコンやらイデアやらメタファーやらが、まるで実写映像に現れるアニメキャラとか、コンサートの舞台上に出現する3D映像のアイドルのように登場する村上の文学には、こうした事態との相関があると考えていい。いわば、かえるくんやカーネル・サンダースは、小説世界のAR(拡張現実)なのである。

メディアを通じて繰り返し大きな災厄を目撃し、傍観し、自らは相対的にはきわめて豊かな社会で生き延び続けている日本人は、サバイバーズ・ギルトやぼんやりした負い目によって一つの安定した世界を生きることができず、現実とは異なる世界を追い求めている。そして、生み出されたフィクションのなかにも安住できる世界を見いだせないまま、まるでロールプレイングゲームのようにリセットとリプレーを繰り返すことで、「もし……」の世界を生きるパラレルワールドの物語を欲望し、消費し続ける。そのことで負い目のガス抜きをしているのだ。

二〇一一年の東日本大震災を重要なモチーフとして作られたアニメ映画『君の名は。』(二〇一六年)の監督である新海誠が、村上の文学に影響を受けていることはよく知られている。新海は『君の名は。』について、例えば次のように語っている。

二〇一一年以降、僕たち日本人は「もしも自分があなただったら…」と常に考えるようになったと思うんです。言い換えれば、今の自分とは違う自分があったかもしれないという感覚です。「もしも自分があのとき、あの場所にいたら」とか、「もしも明日、東京に大きな災害が起きたら…」とか。それは、思いやりが深くなったというよりは、常にそうなる可能性があるということを突きつけられて、意識下に染みついてしまったという印象です。[9]

いまここにある自分とは違う自分を想像し、自分が別の世界を生きる可能性に開かれているという感覚。CG（コンピューター・グラフィックス）やドローンやボーカロイドやプロジェクションマッピング、AR（拡張現実）やVR（疑似現実）などが生み出す「いまここにある・もう一つの世界」、そして拡張された身体感覚や複数のキャラのあいだを行き来し続ける分人的な自己意識[10]は、隣人の惨事を傍観し、他者の犠牲のうえに生を紡いでいる「インチキ」なサバイバーの救いや癒やしとなりうるのだろうか。その答えをここで性急に出すことは控えなければならないが、教科書でサバイバーズ・ギルトをモチーフとする文学が受容され続け、サブカルチャーがパラレルワールドを描き続けているなかで、村上の複数の小説が教科書に採録され続けていることには注目しておかなければならない。

教科書のなかの村上春樹

一九九〇年代以降、村上の小説は、高等学校を中心とする国語教科書に数多く採録されるようになった。[11]例えば、『鏡』『青が消える』『とんがり焼の盛衰』『カンガルー日和』『七番目の男』『沈黙』などといった小説である。そのなかにあって『七番目の男』には、『こころ』を想起させる「K」という人物が登場し、波にさらわれていくのを見殺しにせざるをえなかったという体験から生じるサバイバーズ・ギルトが色濃くにじみ出ている。また『沈黙』では、大沢さんが「僕」に語る青木との心理的暗闘の背景に、クラスメートの自殺という出来事の責任を大沢さんに押し付けようとするスクール・カースト的なメカニズムや、共同体の秩序を維持する抑圧装置になっている学校教育の影が見え隠れしている。『鏡』では、下駄箱の横の壁に鏡がある世界とない世界のあいだの亀裂を提示することのなかに、パラレルワールドのモチーフを読み取ることができる。あるいは『青が消える』では、「一九九九年」が終わるとともに青という色が消滅する世界と、相変わらず青が存在し続ける世界を、パラレルワールドのようなズレをはらんだ世界として、電話の向こう側とこちら側に配置している。『1Q84』の月が二つある世界のように、リアルであるにもかかわらず、何かが決定的に異なるものとしての「もう一つの世界」を小説世界のなかに描き出すのである。だとすれば、中学校の夜警をしている「僕」と、鏡のなかに映っている「僕以外の僕」も、「いまここにある・もう一つの世界」のメタファーだと見なすことができるだろう。

おわりに

『鏡』や『青が消える』のような小説は、「いまここにある・もう一つの世界」を入れ子型のようにして体験するという点で、単純なリアリズム小説とは異なる特質をもっている。しかもそれは、原初的な文学がしばしば描いてきた「いまここにはない・もう一つの世界」をめぐる単純なファンタジーでもない。例えば「いまここにある世界」として「戦争がない平成時代」があったとすれば、湾岸戦争、アフガニスタン戦争、イラク戦争などの「戦争」が常態化していた「戦争だらけの平成時代」が「いまここにある・もう一つの世界」である。二つの世界は、どちらも現実のものであるにもかかわらず鏡のこちら側とあちら側に隔てられていて、すぐそこに見えていても往還することができないパラレルワールドだった。それはまた、成長して生き延びた者の世界のすぐそばに、社会から脱落した「カジュアルティーズ」の世界が配置されているようなものでもある。こうした構造が変わらないかぎり、サバイバーズ・ギルトとパラレルワールドという問題系は、これからも村上の文学とこの国のカルチャーを理解するうえで有効な視座を提供し続けるにちがいない。

注

(1) 中沢啓治『はだしのゲン』第一巻(初版：一九七五年)、(中公文庫コミック)、中央公論社、一九九八年、二七八ページ
(2) 佐野眞一『カリスマ——中内功とダイエーの「戦後」』日経BP社、一九九八年
(3) 野中潤『横光利一と敗戦後文学』笠間書院、二〇〇五年、二七八ページ
(4) 村上春樹「自作を語る——100パーセント・リアリズムへの挑戦」『村上春樹全作品1979—1989 6 ノルウェイの森』付録、講談社、一九九一年、九ページ
(5) 野中潤「『ノルウェイの森』と生き残りの罪障感」、宇佐美毅／千田洋幸編『村上春樹と一九八〇年代』所収、おうふう、二〇〇八年、九〇ページ
(6) 村上春樹『ノルウェイの森』下、講談社、一九八七年、五九ページ
(7) 高橋源一郎「次の千年の文学」(講演)、昭和文学会二〇一〇年秋季大会、法政大学市ヶ谷キャンパス
(8) 千田洋幸『危機と表象——ポップカルチャーが災厄に遭遇するとき』おうふう、二〇一八年
(9) 安藤健二「【3・11】『君の名は。』新海誠監督が語る「2011年以前とは、みんなが求めるものが変わってきた」」「ハフポスト日本版」二〇一七年一月一日付(https://www.huffingtonpost.jp/2016/12/20/makoto-shinkai_n_13739354.html)［二〇一九年五月十三日アクセス］
(10) 平野啓一郎『私とは何か——「個人」から「分人」へ』(講談社現代新書)、講談社、二〇一二年
(11) 阿武泉監修『読んでおきたい名著案内——教科書掲載作品13000』日外アソシエーツ、二〇〇八年

第3部　映像との親和性と乖離

第14章　村上春樹は、なぜ映画脚本家にならなかったか

助川幸逸郎

1　父との葛藤と日本文学ぎらい

一九六八年、映画の脚本家になる望みを抱いて、村上春樹は早稲田大学第一文学部演劇専修に入学した。後述するとおり、当時の村上はすでに欧米の古典やアメリカのジャンル小説[1]を豊富に読んでいた。早稲田大学と同時に関西学院大学の英文科を受験し、合格を果たしてもいる。にもかかわらず、作家や文学研究者になることより映画の道に進むことを若き村上は優先させた。

その理由はどこにあったのか。そして村上は、どうして映画人にならず、小説家になったのか。

村上の父親は京都大学を卒業後、同じ京都大学の大学院に進み、そののち甲陽学院の国語科教員になった。甲陽学院は中高一貫の私立校で、西日本屈指の名門である。

春樹の父親——村上千秋——に、甲陽学院で教えを受けた何人かから話を聞く機会があった[2]。彼らは「千秋先生はすばらしい先生だった」と口をそろえる。

甲陽学院は毎年、東京大学や京都大学をはじめとする名門国公立大学に多くの入学者を送り出す。生徒たちはそれだけ、勉強に対して必死である。甲陽の門をくぐったら、在学中ずっと受験で結果を出す期待を背負わなければならない。そんな環境にあって、「千秋先生」は救いの神のような存在だったという。どんな生徒に対しても親切で、「いい大学に合格すること」よりもっと尊いものを見すえて授業をしていたからだ。

村上の父親と同世代で京都大学で修士の学位を取得した者は、多くが大学か短大の教員になった。中等教育に携わることがあったとしても、大抵は一時的である。この世代が働き盛りの頃、若年人口と大学進学率がともに上昇し、「大学生」の数は急増した。大学教員になることが今日とは比較にならないほど容易だった時代。その状況で村上千秋は、「生涯、一教師」を全うした。[3]「日本文学研究者」となるに十分な学識をもちながらあえて中等教育に身を捧げ、教え子からも慕われた男――「千秋先生」をプロファイリングしていくと、そうした尊敬すべき人物像が浮かび上がってくる。

以下にみるとおり、この「立派な父親」と村上春樹のあいだには葛藤があったという。そこにはどんな事情があったのか。一九八一年、三十代だった村上春樹は、村上龍との対談でこう語っている。

うちはおやじとおふくろが国語の教師だったんで、で、おやじがね、とくにぼくが小さいころね、『枕草子』とか『平家物語』とかやらせるのね。でね、もう、やだ、やだと思ったわけ。それで外国の小説ばっかり読みはじめたんですよね。でも、いまでも覚えてるんだね、『徒然草』とか『枕草子』とかね、全部頭の中に暗記してるのね、『平家物語』とか、食卓の話題に万葉集だもの。おふくろはね、僕を生んでからは先生やっていなかったけどね。絶対に日本の小説読みたくないと思ったんですよ。小さいころ、まして日本語で小説書くなんて思いもよらなかったな。[4]

村上春樹は父親に古典の勉強を強いられた反発から、学生時代には「外国の小説ばっかり」読んでいたという。

若き村上が読んだ「外国の小説」は多岐にわたっていた。そのジャンル横断ぶりは、彼の世代の青年としては類を見ないほどだった。このことは彼の創作にも少なからず影響している。二〇〇三年におこなわれたインタビューには、次のようなやりとりがみえる。

――あなたは、ラブ・ストーリーの図式（『ノルウェイの森』）や、ハードボイルドやSFの図式（『世界の終りとハードボイルド・ワンダーランド』）を使ってみせるようなことを好んでなさいます。またときには、こうした図式を混ぜあわせることもあります（『スプートニクの恋人』、『ねじまき鳥クロニクル』）。なぜでしょうか。

村上　それは僕の読書歴に由来します。とても奇妙で混沌とした読書歴です。十八歳の頃、僕は十九世紀ヨーロッパの古典を読んでいました。主にトルストイ、ドストエフスキー、チェーホフ、バルザック、フローベール、ディケンズです。彼らは僕のヒーローでした。彼らの小説にひたりながらほとんどの時間を過ごしていましたが、文学に関して、彼ら以上にうまくやることなんて不可能だった。それと並行して、高校生のときから英語で本を読むようになりました。そしてハードボイルドとかサイエンス・フィクションの世界を発見し、レイモンド・チャンドラー、カート・ヴォネガット、リチャード・ブローディガン、そしてスコット・フィッツジェラルドを発見したんです。すべて英語で読みました。これはまったくあたらしい経験で、僕を大きく変えることになりました。つまり、僕の教養の基礎は、古典と、大衆文化（ポップカルチャー）につながる文学との混淆なんですよね。ミステリーやSFなんかの図式と構造をつかうのが好きなのは、それが僕にとってとても使い勝手がいいからです。もしお望みなら、ちょうど脱構築の作業のようなものだと言ってもいい。ただし、そうしたミステリーやSFにつながる小説から、僕は内容ではなく、容器を借りうけているんです。(5)

高校時代の村上は、欧米の古典とアメリカのジャンル小説の双方を乱読していた。その背景に、親への反発があったことはすでに述べた。

ただし、当時の一ドルは三百六十円。ティーンエイジャーの財力で英語の本を気軽に購入することは難しい。村上は港町である神戸の高校に通っていたため、外国船員が古書店に売ったペーパーバックを入手できたようだ。[6]村上が英語で読んだ小説に「ハードボイルドとかサイエンス・フィクション」が多かった[7]のは、こうした事情もあずかっているだろう。

村上の小説は、シリアスな問題を「ミステリーやSFなんかの図式や構図」を借りて表現する。このようなタイプの作品は、英語圏では「スリップストリーム[8]」と呼ばれる。家庭環境と、港町に育ったという二つの要因が、村上を「スリップストリーム」の書き手にする下地を作った。

すでに村上の高校時代、カート・ヴォネガットをはじめ、ミステリーやSFの図式に寄りながら深刻なテーマを扱う作家は英語圏にはいた。それでも当時の村上は、「日本語で小説書くなんて思いもよらなかった」。そういう若き村上が、志を向けた先は映画だった。

なぜ村上にとって、そこまで映画が重要だったのか。

2　少年期の春樹と映画

村上は少年時代、日曜日に父親とたびたび映画に出かけていたという。

日曜日の朝が来ると父親は新聞の映画欄を開いて、「映画にでもいくか」と言った。回数としては月に二回くらいのものではなかったかと思う。つまり映画にいく日曜日もあればいかない日曜日もあったということだ。映画に行く日曜日は僕にとって楽しい日曜日だった。映画に行かない日曜日がどんな日曜日であったのか、僕はあまりよく覚えていない。たぶんそれはただの日曜日だったのだろう。

日曜日の朝になると僕はいつも父親が、「今日は映画でも見にいくか」と言いだすのを心待ちにしていたものである。我々は神戸か西宮の映画館にでかけ、だいたいそのあとで食事をした。[9]

右に語られているのは、完全に「好ましい思い出」だ。先のインタビューにみえた父親に対する反発はうかがえない。

村上の父は、西部劇や戦争映画を好んでいたという。『黄色いリボン』(一九四九年)や『シェーン』(一九五三年)を幼い頃に親子で見たとも証言している。[10]

村上千秋は、もっぱら娯楽としての映画を息子と楽しむタイプだったようだ。ジュリアン・デュヴィヴィエやロベルト・ロッセリーニといったヨーロッパの「巨匠」の作品は、時代劇やアクション映画より「高級」と見なされやすいが、そうした「ハイブロウ」寄りのフィルムは息子と見に行かなかった。

村上の父は「日本文学」の価値を信奉し、幼い息子に古文の特訓を課した。そういうかたくなさは、映画に対する構えからはうかがえない。

映画に向かっているかぎり、村上は父との葛藤を回避できた。少年時代の村上にとって、映画は外国小説以上に安全な「日本文学からの逃亡先」だった。このことと、村上が大学での専攻に映画を選んだことは無縁ではないはずだ。

ここで、問いを反転させてみる。それほど映画に引き付けられていた村上が、どうして映画人になることを断念したのか。

3　若き村上の「文化的階級」

大学時代の村上は、多くの時間を、演劇博物館で映画のシナリオを読むことに費やした。[11] 卒業論文の評価も高かったという。[12] にもかかわらず、大学を出たあとの村上は、映画と職業的に関わることを断念してしまう。

僕は学生時代にはたしかに何かを書きたいという風に思っていた。具体的にいえば、映画の脚本を書きたかった。脚本がダメなら小説でもいいかなと思ったけれど、まず映画に興味があった。だから早稲田の映画演劇科というところに行ったわけだが、途中でこれは自分には向いていないと思って、書く希望を捨ててしまった。とにかく何を書けばいいのかもわからないし、どういう風に書けばいいのかもわからなかった。これを書きたいという材料もテーマもなかった。そんな人間に映画の脚本なんて（あるいは脚本に限らずなんだって）書けるわけがない。[13]

映画の脚本を書けなかったことに対する村上自身の弁明である。ここでは、「書くことがなかったから書けなかった」という以上のことを語っていない。

すでにふれたとおり、若き村上はアメリカ製ジャンル小説に親しみ、日本文学の王道をいく作品を避けていた。このような「正統に反旗を掲げる構え」はしかし、村上一人だけのものではない。彼と同世代の若者の多くが、クラシック音楽や純文学を否定し、ロックやモダンジャズ、ＳＦ小説などに目を向けた。[14] 学生運動の嵐が吹きあれ、「対抗文化（カウンターカルチャー）」が勢いを得ていた時代だった。

日本では、日米安全保障条約をめぐる闘争が、一九六〇年と七〇年に繰り広げられた。どちらの運動も、核になったのは大学生である。二つの戦いの担い手たちにはしかし、無視できない違いがあった。橋爪大三郎はいう。

六〇年安保のフィルムをみるとわかるが、デモ隊の学生はみな学生服を着ている。ほかの服を買うゆとりがなかった。そして、もっと大事なことだが、エリートとしての誇りをもっていた。七〇年代になると、デモ隊はジーパンにアノラック。大衆消費社会が浸透し、日常のなかで学生であることが視えなくなっていく。[15]

一九六〇年の大学生たちは特権的な立場を自覚し、ノブレス・オブリージュを引き受ける覚悟をもっていた。彼らの自己イメージは、戦前に高等教育を受けた人々と変わらない。七〇年代安保の頃、近代日本の歴史上初めて、学士号が「一般庶民が取得できるもの」になった。村上千秋の閲歴にふれた折に述べたように大学進学率上昇の結果である。こうした「高等教育の大衆化」は、六〇年代に世界各地で始まった。

「親より子が高学歴になること」に由来する悲喜劇が、後発近代国家では繰り返される。[16]この現象が本格的に広まっていったのが、村上の大学時代である。そんななか「じぶんより高学歴の父」をもっていた点で、彼はやや特異といえる。

村上は、県立神戸高校を卒業後、一年の浪人ののちに早稲田に入学した。神戸高校は旧制神戸一中の流れをくみ、兵庫県の公立ではトップクラスに位置する。普通に考えれば村上は、立派な「学校秀才」である。ところが村上自身にはそういう意識は希薄なようだ。

それでどうして早稲田に入れたかというと、理由は実に簡単で、その当時の早稲田は、とりわけ文学部は、今と違って入学するのはそれほど難しくなかったからだ。こういっちゃなんだけれど、僕の高校から早稲田にいった連中を見ていても、頭脳明晰、学業優秀な人間なんてひとりもいなかった。[17]

この発言には、おそらく韜晦が交じっている。また、関西圏の成績上位層が、関東圏と比べて国立大学志向が強いことも影響しているだろう。[18]それにしても、「僕の高校から早稲田にいった連中を見ていても、頭脳明晰、学業優秀な人間なんてひとりもいなかった」という発言は極端だ。

村上の父は、自身が真正の「学校秀才」であり、息子にも特訓を施して「学歴エリート」に仕立てようとしていた。[19]父が自分に望んだ方向の尺度では測られたくない――そうした思いから、「勉強ができなかったじぶん」を村上は誇張ぎみに語るのだろう。

近代日本では村上が学生だった頃まで、傑出した文学者の大半が東京大学の出身だった。夏目漱石、森鷗外、芥川龍之介、谷崎潤一郎、川端康成、小林秀雄、太宰治、安部公房、三島由紀夫、そして大江健三郎。菊池寛や井上靖、大岡昇平など、京都大学の卒業生にも大物作家がいる。早稲田大学も少なからぬ数の文人を輩出しているが、私小説作家の比率が高い。

プロとして虚構作品を生み出し続けるには、広い範囲から題材を集める必要がある。そのためには、外国語や古文の読解力も欠かせない。早稲田を卒業した作家には、そうした才覚を欠くものが交じっていた。その種の書き手は、私生活に素材を求めるほかに道がなかったわけだ。[20]

今日では様々な経路をたどって、魅力的な作家たちが世に現れてくる。村上自身のほか、津島佑子、中上健次、小川洋子、多和田葉子などは、海外での評価も高い。これらの作家はみな、東京大学や京都大学を出ていない。[21]名門国立大学を卒業しないと、知的エリートになるのは難しい。村上の学生時代には、そういう空気が残っていた。ましてや村上は、「関西の進学校で教師をしている、京都大学出身の父」に育てられた。同世代の一般的な早大生に比べて、自らの知的資質への疑いはさらに強かったろう。

一方で村上は、英語で書かれた書物を高校時代から大量に読んでいる。この点は、外国語に疎い傾向がある私小説作家たちとは異なる。

父親のような「知的エリート」になることはできない。かといって、「落伍者であるじぶん」を売りにする私小説作家とは懸隔がある。[22] 村上は、文壇の二大潮流のどちらにも身を寄せられない境遇にあった。

4 「スリップストリーム」の作家として

デビュー作を書くに際して、彼が英語で書き始めたことはよく知られている。[23] 既存の日本文学のなかに、村上は「創作のモデル」を見つけられなかった。高級文化をストレートに志向することも、そこから目を背けることもままならない。そういう村上が、「スリップストリーム」の書き手になったのは必然であった。[24]「宙づりにされたアイディンティティ」が、村上をユニークな小説家にした。そしておそらくそれと同じ資質が、映画人となるうえではつまずきの石になった。

ジョン・カサヴェテスの『ラヴ・ストリームス』（一九八四年）は、『ターミネーター』（一九八四年）よりハイブロウである。例えばそういう感じ方が、ある程度共有されていることは確かである。だが映画というジャンルそれ自体が、長らく文学に比べ「通俗的な娯楽」と見なされてきた。村上の父は映画を通して息子に「芸術教育」をしなかったと先に述べた。スクリーンを前に、教養を高めることを期待するなど「お門違い」だと感じていたからだろう。[25]

日本の出版社では、純文学と大衆小説の編集部はそれぞれ独立している。映画には、このような「高尚」と「通俗」を分ける制度は存在しない。

旧来型の高級文化と対抗文化のはざまで揺れ動く。そうした精神のありようを独自の作品製作へと昇華させることは、映画の分野では難しい。村上にとって映像はポップに寄りすぎていたのである。[26]

村上は、宮崎駿について興味深い発言をしている。

――あなたにもっとも近いところにいる日本のアーティストは、私には宮崎駿のように思えます。彼の（いくぶんキュートな）登場人物たちは、悲劇や孤独や喪失を相手に葛藤しなければなりません。芸術家として、あなたがたはどちらも喪失というものを知り、同じようなやり方でそれにあたろうとしています。宮崎さんに似ているという意見についてはいかがですか？

村上　宮崎氏の映画を見たことはありません。僕は、とくにこれという理由はないのですが、アニメーション映画にあまり興味が持てないのです。人生の限られた時間を節約して使うために、自分に興味のないことを、はっきり分別する傾向が僕には強くあります。あくまでたまたま今のところは、ということですが、アニメーションは僕にとって、「あまり興味がないこと」の方に分類されています。[27]

村上は、宮崎駿の映画を見たことがないという。熱心な映画ファンであり、たいへんな勉強家でもある村上が、すべての宮崎映画を未見であるとは信じがたい。

宮崎駿との共通性を認めてしまったら、彼自身の作品は現状より大衆文化寄りにマッピングされることになる。また、宮崎は今日では国民的巨匠だ。そういう存在との同一化は、別の意味で村上を「主流化」させる。どのジャンルにも安住できない矛盾から創作の力をくみ上げる村上には、宮崎と比較されてもデメリットしかない。そのため「宮崎アニメは見たことがない」という嘘を、あえて口にしたのではないか。

映画作家にはなれず、宮崎駿との共通性を語られることを拒む。そんな人物だからこそ村上は、「スリップストリーム」の書き手として大成したのである。

注

(1)「ジャンル小説」とは、SFやハードボイルドなど、ジャンル名を冠して呼ばれる小説を指す。それらは純文学に比べてロウブロウな存在と見なされることが多い。

(2)教師としての村上千秋について公になっている情報としては、甲陽学院出身の元警視総監である池田克彦が、二〇一八年七月十一日付の「日本経済新聞」に寄稿した「村上先生の思い出」がある。この記事は、インターネット上にもアップされている。池田克彦「村上先生の思い出」「日本経済新聞」二〇一八年七月十一日付(https://r.nikkei.com/article/DGXMZO31482680X00C18A6MM0000?unlock=1)[二〇一九年十一月十七日アクセス]

(3)甲陽学院は進学校だけに、教員の学歴は一般的な高校より高い。五代目校長の芥川潤は、甲陽学院の同窓会の会報「甲陽だより」第四十二号によると、甲陽学院に赴任する以前、関西学院大学教授の職に就いていた。ただし芥川は、甲陽学院を退職後、芦屋大学教授に迎えられている。なお、「甲陽だより」第四十二号はインターネット上でも見ることができる。鈴木博信「芥川潤先生帰天さる」「甲陽だより」第四十二号、甲陽学院同窓会、一九八五年(http://www.koyogakuin-oba.jp/report/pdf/koyo42.pdf)[二〇一九年十一月十七日アクセス]

(4)村上龍/村上春樹『ウォーク・ドント・ラン――村上龍vs村上春樹』講談社、一九八一年、一二三―一二四ページ

(5)村上春樹「書くことは、目覚めながら夢を見るようなもの」『夢を見るために毎朝僕は目覚めるのです――村上春樹インタビュー集1997―2011』(文春文庫)、文藝春秋、二〇一二年、一六一―一六二ページ。ただし、矛盾している箇所を、英語版(Haruki Murakami, *"écrire, c'est comme rêver éveillé,"* interview by Minh Tran Huy, *Le Magazine Littéraire*, 421, June, 2003.)によって改めた。

(6)「当時の神戸には外国人が多く住んでいたし、大きな港があるので船員もたくさんやってきたし、そういう人たちが、まとめて売っていく洋書が古本屋にいけばいっぱいありました」(村上春樹「学校について」『職業としての小説家』〔新潮文庫〕、新潮社、二〇一六年、二一六ページ)。それらの洋書は「十円、二十円」という値段だった。「村上春樹ロングインタビュー」「考える人――知を楽しむ」二〇一〇年八月号、新潮社、七三ページ

(7)前掲「学校について」によると、高校時代の村上でも読める平易な英語で書かれていたことがSFやミステリーを

好んだ理由でもあったらしい。

（8）クリストファー・プリースト「アンナ・カヴァン『氷』序文」（アンナ・カヴァン『氷』山田和子訳〔ちくま文庫〕所収、二〇一五年）には、「スリップストリームを書く小説家」の名前が列挙されているが、そのなかに村上春樹の名前もある。

（9）村上春樹「まえがき――遥か暗闇を離れて」、川本三郎／村上春樹『映画をめぐる冒険』所収、講談社、一九八五年、三―四ページ

（10）村上春樹「幻想のアメリカ少年は中産階級の友が好きだった」「宝島」一九八一年十一月号、宝島社

（11）村上春樹「大疑問105 小説は頭の中で映像化して読む？」『「そうだ、村上さんに聞いてみよう」と世間の人々が村上春樹にとりあえずぶっつける282の大疑問にはたして村上さんはちゃんと答えられるのか？』朝日新聞社、二〇〇〇年

（12）村上春樹「夢の中から責任が始まる」（前掲『夢を見るために毎朝僕は目覚めるのです』）での発言（三四二―三四三ページ）によると、村上の卒論の評価はAプラスで、これを審査した指導教官は村上に物書きになることを勧めたという。

（13）村上春樹「ロールキャベツを遠く離れて」『やがて哀しき外国語』（講談社文庫）、講談社、一九九七年、二―七ページ

（14）大野万紀「60年代ニュー・ウェーヴ」（『SFと変流文学』〔週刊朝日百科 世界の文学――名作への招待〕第四十八巻所収、朝日新聞社、二〇〇〇年）によると、一九五〇年代の「SF黄金期」の作品を否定し、乗り越えようとした六〇年代ニュー・ウェーブSFには「六〇年代後半に世界的に広がっていた反体制運動の高揚感を、SF界という狭い世界の中で再現した」という性格が認められるという。この論文は、インターネット上でも見ることができる。大野万紀「60年代ニュー・ウェーヴ」（http://www.asahi-net.or.jp/~li7m-oon/doc/article/AsahiHyakka.htm）［二〇一九年十一月十七日アクセス］

（15）橋爪大三郎「吉本隆明が残した宿題」『永遠の吉本隆明 増補版』（新書y）、洋泉社、二〇一二年、xviii―xixページ

(16) この問題に焦点を当てた論としては、江藤淳「成熟と喪失――〝母〟の崩壊について」(「文芸」一九六六年八月号―六七年三月号、河出書房新社)などがある。

(17) 村上春樹「ヒエラルキーの風景」、前掲『やがて哀しき外国語』二四五ページ

(18) 一九七〇年(村上の大学入学の翌年)の甲陽学院の大学合格者数は、「甲陽だより」第十四号によると「東京大学二十三人・京都大学七十一人・慶応大学十九人・早稲田大学三十六人・同志社大学二十一人・関西学院大学二十六人」である。林連一「甲陽学院便り」「甲陽だより」第十四号、甲陽学院同窓会、一九七一年(http://www.koyogakuin-oba.jp/report/pdf/koyo14.pdf)[二〇一九年十一月十七日アクセス]

東大と京大の合格者数の合計が九十四人で、慶應義塾・早稲田・同志社・関西学院の四校の合格者百二人と拮抗している(こうした傾向は近年でも変わらない。例えば二〇一九年の甲陽学院の大学合格者数は、東京大学三十四人、京都大学四十九人であるのに対し、慶應義塾大学二十人、早稲田大学十六人、同志社大学三十一人〔関西学院大学は不明〕で、東大・京大合格者数と主要私立大学のそれの比率は、四十年前と大きく違っていない)(http://www.koyo.ac.jp/h_singaku.html)[二〇一九年十二月十五日アクセス]。これに対して、関東を代表する受験校である開成高校の二〇一八年の大学合格者数は「東京大学百七十五人・京都大学十人・慶応大学百七十七人・早稲田大学二百三十人」である。開成学園「二〇一八(平成三十)年 大学入試結果」(https://kaiseigakuen.jp/wp/wp-content/uploads/2017/07/shinro30_5.pdf)[二〇一九年三月二十八日アクセス]

慶応・早稲田の合格者合計四百七人は、東大と京大の合格者を合わせた百八十五人の二倍を超える。ただし、開成から実際に進学した人数をみると、慶応三十八人・早稲田二十八人にすぎない。これらの数値から、国公立は難関に挑戦し、私立を滑り止めにする関東と、あくまで国公立に入学しようとする関西の「受験風土の違い」がうかがえる。

(19) 前掲「ヒエラルキーの風景」に「僕はそれでも、なんとか国立大学に入ってくれないかと親に言われて、一年浪人して嫌な数学と生物とを詰めこもうとこれ努めたわけだが、案の定うまくいかず」(二五〇ページ)とある。村上は親から国立大学にいくことを期待されていたが、それを裏切って関東の私大に進学した。注(18)で言及した「関西の受験風土」を考え合わせると、村上の大学選択に「造反」の要素があったことが浮かび上がる。

(20) 粟津則雄『ことばへの凝視――粟津則雄対談集』(〔転換期を読む〕)、未来社、二〇一三年)に付された三浦雅士の

「解説」によると、粟津が小林秀雄に、志賀直哉をどう思うか尋ねたところ、小林は即座に「無知蒙昧」と応じたという。小林は志賀の才能は認めていたが、勉強して作品世界を広げることができず、作家寿命を縮めたと考えていた。志賀は東大の出身者だが、古文や外国語を積極的に読むタイプではない。その「弱点」と、自らの生理や感覚を前面に押し立てる志賀の「独自性」は表裏一体といえる。ある種の「私小説作家」にとって、「無知蒙昧」であることは「書くための必然」だった。

(21) これにはおそらく、「フィクションの元ネタ」を得る方法が多様化したことが影響している（翻訳出版点数の増加、ゲームや映像ソフトの普及など）。「作品世界を広げるための勉強」は、古文や外国語が読めなくても現代では可能になった。一方、アカデミズムの世界もグローバル化が進み、「東大と京大を頂点とするヒエラルキー」も相対化されつつある。例えば多和田葉子は、海外で博士号を取得し、ドイツに在住しながら日本語作品を発表し続けている。

(22) 伊藤整が私小説作家を「逃亡奴隷」と評したのが一九四八年（伊藤整「逃亡奴隷と仮面紳士」「新文学」一九四八年九月号、全国書房）。また伊藤は、五五年に「今日の多くの風俗小説または中間小説は、質的に言って現世拒否または逃避的な私小説と発想法においてほとんど同質である」と書いている（伊藤整「中間小説の近代性」。初出は「中央公論」一九五〇年三月号、中央公論社。のちに『小説の認識――評論』〔河出書房、一九五五年〕に所収）。日本の私小説は内向の世代以降大きく変質し、多様化した（重里徹也／助川幸逸郎『平成文学とはなんだったのか』はるかぜ書房、二〇一九年）。しかし村上が学生だった六〇年代には、伊藤整が語るような「私小説のイメージ」がまだ強かったはずである。

(23) 村上春樹「小説家になった頃」、前掲『職業としての小説家』五一ページ

(24) 村上は「エンターテイメント的なものを書く作家たちも僕の書くものを気に入らないし、文学系の作家たちも僕の書くものを気に入らない。どちら側にも僕は属することができない」といっている。村上春樹「アウトサイダー」、前掲『夢を見るために毎朝僕は目覚めるのです』一八ページ

(25) 一九六〇年代に、フランスのヌーベルバーグが「作家主義」を掲げ、「偉大な映画監督は、偉大な画家と同等の芸術家である」と主張して、日本でも話題になった。その頃まで、映画を「単なる娯楽」と捉え、純文学やクラシック音楽より低くみる傾向は残っていた。

（26）前掲「アンナ・カヴァン『氷』序文」でクリストファー・プリーストは、「本屋のどの棚に置いていいかわからない小説」に「スリップストリーム」のレッテルを貼り、販売を促進しようとする動向を批判し、見慣れているはずのものを異化するところに「スリップストリーム」の本質をみるべきだと主張する。この立場からプリーストは、映画にも「スリップストリーム的作品」はあると見なし、『マルコヴィッチの穴』（一九九九年）などを例として挙げる。

このプリーストの提言は、文学と映画の違いを浮き彫りにする。映画は小説ほど、ジャンル分けが明確ではない。映画研究でも、ヌーベルバーグが台頭した一九六〇年代以降、「娯楽映画」と「芸術映画」を区別せずに論じるのが普通になっている（一方、村上春樹の父の世代にとって、映画というジャンル全体が、文学に比べて娯楽的＝通俗的ジャンルだった）。映画はもともと小説よりスリップストリーム的なジャンルなのである。

例えば、一九五〇年代にダグラス・サークが監督した「女性向けメロドラマ映画」は、当時は「時代の道徳意識に媚びた通俗作品」と考えられていた。これらは現在、ジェンダーに対する高度な批評性を備えていると評価される。「俗悪」から「高尚」へ、ここまで「見られ方」が反転するケースは文学作品ではありえない（「駄作」と「傑作」へ、ならあるかもしれないが）。このことからも映画では文学ほど、「ジャンルの区分」やそれに伴う「ロウブロウとハイブロウの対比」は、「越えがたい壁」ではないことがわかる。

（27）「小説家にとって必要なものは個別の意見ではなく、その意見がしっかり拠って立つことのできる、個人的な作話システムなのです」（前掲『夢を見るために毎朝僕は目覚めるのです』三八七―三八八ページ）

［付記］村上春樹の映画に関する発言を探るうえで、明里千章『村上春樹の映画記号学』（［MURAKAMI Haruki Study Books］、若草書房、二〇〇八年）から多大な学恩を受けた。

第15章　〈見果てぬ〉『ノルウェイの森』

中村三春

1　輻輳する過去

二重の過去

本章では、映画『ノルウェイの森』（二〇一〇年）を小説原作（一九八七年）との関係で論じてみよう。

『ノルウェイの森』という小説は、二重の意味での過去への眼差し、あるいは出来事に対する二重の事後性に覆われている。まず容易に認められる過去としては、回想形式の過去がある。映画『ノルウェイの森』の小説原作との最も大きな相違として、特に原作にあった、冒頭の一節にみられる回想の枠（額縁構造）を映画では取り入れなかったことが一見して明らかである。このことについては、トラン・アン・ユン監督自身が、原作の「ノスタルジックな視点」に対して、「でも、僕は傷口がまだ開いたばかりの、生々しく痛々しい感覚を再現したかった。それで、現在形の物語に脚色したのです。最も困難だったのは、その選択でした」[1]と述べていて、また同じことは複数の論者もすでに指摘している（例えば中森明夫[2]、宮脇俊文[3]、平野葵[4]）。小説は、三十七歳になった

「僕」がハンブルク空港着陸時のルフトハンザ機に乗っているところから始まり、以後は回想手記形式である。また木股知史によれば、結末の「僕は今どこにいるのだ？」という地の文の問いかけにおいて、十八年後の語り手「僕」は、物語のなかに入り込み、人物の「僕」と一体化しているという。[5] すなわち、小説は冒頭と結末とで回想の枠を作っている。これに対して、映画『ノルウェイの森』の冒頭は機内ではなく高校時代にキズキと行ったビリヤード場であり、そのあとはすぐに排気ガスによるキズキの自殺のエピソードへと移る。以後、キズキ、直子、「僕」の高校時代のショットがたびたび差し挟まれるものの、基本的には物語は現在進行の形で描かれる。また映画の結末も、「僕」がレイコとアパートの玄関で別れ、すぐにそこから緑に電話をかけるシーンであって、一見回想の枠は設定されていない。

しかしこの映画では、この現在と回想の物語に対して、松山ケンイチの声によるナレーション、またはヴォイスオーヴァーが頻繁に介入する。その声はどこから聞こえてくるのか。作中人物の内心の声ともいえるが、一貫して過去形で語られるこのヴォイスオーヴァーは、顕著な回想構造が存在しない映画『ノルウェイの森』が、小説の回想形式から受け継いだ設定にほかならない。なるほど、映画には三十七歳の「僕」もルフトハンザ機も登場しない。だが、映画の現実世界外から聞こえる「僕」の声が、この物語を第一に過去の物語にしている。したがって通説とは異なり、『ノルウェイの森』の回想形式は、映画でも別の形で維持されているのである。

もう一つの過去とは何だろうか。先に述べたように、大学生活と療養所の生活を描く現在の物語の外に、この映画は高校時代のショットを何度もモンタージュしている。大学生である「僕」、直子、緑の問題は、いずれもさらに過去へとさかのぼる。小説は、これにレイコも加えて、主としてこの四人の過去を詳細に語っているが、映画では、その過去は「僕」、直子、キズキの高校時代にほぼ限られ、それ以前の出来事や、それ以外の人物の過去についてはほとんどふれていない。この映画は原作の多くのエピソードを省略しているが、製作者からは現在の物語に直接関係がないようにみえたためか、過去を説明するそのような細部が省略され、そのことによっていろいろな物事のあいだの因果関係がわからなくなっている。その典型はレイコであり、彼女の過去のピアノの生徒とのあいだのレズビアン的関係にまつわるエピソードは、公開された映画ではほぼ全く現れない[6]。そのことは、レイコが阿美寮に入っている理由を不明にし、また結末近くで「僕」がレイコと性交したのち、彼女が「七年前に失ったものを取り戻した」と言う言葉の意味を曖昧にしてしまう。ちなみに、レイコから性交することを誘われた「僕」は、そこで「ほんとにするんですか」と躊躇し、まるでいやいやながらに服を脱ぎ始めるのだが、この演出も「僕も同じこと考えてたんです」と言う原作とは大きく違い、原作の性交の、いわゆる象徴的な直子葬送としての意味を減殺させるものである。

回想手記形式

整理すると、語り論的にみた場合、回想手記形式は基本的に、①「語り手の現在」、②「語り手の過去＝人物の現在」、③「人物の過去」のように、語り手の二重の時間と人物の二重の時間が一部重なる形で重層構造となる。つとに『ノルウェイの森』との類似性が指摘されてきた漱石の『こころ』の場合、「上」「中」の手記と「下」の遺書という二つの回想形式が合体していることによって、複雑な時間の多層構造が実現されている。また小説『ノルウェイの森』の場合には、おおむね四つの時間的な複合がみられる。⑴語り手「僕」三十七歳の現在、⑵語り手「僕」十八年前の過去＝人物「僕」十九歳の現在、⑶人物「僕」高校生の過去の三つの時間のほかに、⑷先ほど述べた人物群のさらにさかのぼる過去があり、この第四層の時間が重要である。注目されるのは、直子と緑のこの第四層の過去だろう。

2　愛されない人物たち

愛着障害

直子の姉は勉強もスポーツも一番だったが、キズキと同じく十七歳のときに突然首つりによって自殺を遂げ、それを小学校六年生の直子は誰よりも先に発見した。そのときの衝撃もさることながら、直子の父の弟も二十一歳で自殺しており、父が、自死による早世は自分の血筋かもしれないというのを聞いている。姉とキズキという最も愛する二人をそのようにして失い、特にキズキとは肉体関係がうまくいかなかったことを長く苦にしてきた直子にとって、愛することは死、特に自殺と隣り合わせであり、うまく愛することができないことがそのまま自らの死を呼び寄せる。そのことに気づいている直子は、「僕」と誕生日に性交したのち、その性交を誤りと捉え、あたかも彼から離れるように自ら療養所に入る。一方、緑は母にも父にも先立たれ、またそれ以前にも生まれてから一度もわがままを聞いてもらったことがないと言い、そのためか、恋人がいると言いながら「僕」に対して極端な、露骨なまでの愛情を求めようとする。キズキを失った直子が「僕」と関わりを結びながらその関わりから逃れようとするようにみえるのに対し、緑のほうは関わりに対しておそらく躊躇を抱きながらも表面では節度なく関わりを求めてくる。対照的な人物とされる直子と緑は、いずれもうまく相手を愛することができない点で共通する。

愛着障害（attachment disorder）と呼ばれる症状の分析を、精神科医の岡田尊志が展開している。(7) 愛着障害の理論によれば、愛することは学ばなければならず、そのためには愛されなければならない。愛することは生得的なものではなく、獲得され形成されるものである。ところが幼年期に生別・死別や育児放棄など何らかの理由で両親から愛されなかった者は、この愛着形成がうまくいかず、愛着障害に陥ることがある。愛着障害は、相手に愛着を極端に求める「不安型」、逆に愛着を求めなくなる「回避型」、それらの「混合型」などに分類され、夏目漱石、川端康成、太宰治、ジャン・ジュネ、チャールズ・チャップリンや、ビル・クリントン、バラク・オバマ、スティーブ・ジョブズほか多数の症例が挙げられている。おそらく、直子は「回避型」、緑は「不安型」の愛着障害といえる。村上の作品は、「品川猿」のみずき、『1Q84』の牛河をはじめとして、この愛着障害の宝庫であり、村上文学は愛着障害の文学といっても過言ではない。映画が捨象した第四層の過去とは、この問題に関わる重要なポイントであり、それなしには学生時代の現在の物語の実存的な意味が理解不能になる情報である。その結果として、直子はまるで性交不全を苦にした精神病の女としかみえず、緑は単に恋人よりも好きになった「僕」に乗り換えようとする女でしかない。もともと『ノルウェイの森』は、基本的には徹底的に過去の物語であり、後ろ向きの物語である。冒頭と結末の回想形式の枠がそれを語りの現在へと回付する糸口を与えるはずだが、それは次に挙げるようなこれまでの様々な解釈にもかかわらず、必ずしも明確にはならない。この物語には、ビートルズの曲としては「ノルウェーの森」(一九六五年)よりも、「イエスタデイ」(一九六五年)のほうがはるかにふさわしい。映画のエンディングのテーマ曲も、いっそのこと「イエスタデイ」にしたほうがしっくりきたかもしれない。

〈傷つきやすさ〉の悪循環

しかしこれは障害(disorder)なのだろうか。愛すること、愛着に、こうすればいいという本来的な秩序(order)などあるのだろうか。そして、いうまでもなく、愛することができない典型的な人物は、直子や緑よりもむしろ「僕」のほうである。初期の優れた『ノルウェイの森』論として、千石英世[8]と、加藤弘一[9]のものがある。千石によれば、「僕」をはじめ登場人物の愛なるものはすべて自慰の代償行為であり、行為も言語もアメリカニズムの模倣にほかならない。それは、愛ではなく、愛の愛玩にすぎない。加藤によれば、人物たちはいずれも性において、ジュリア・クリステヴァの「おぞましきもの」(abject)、すなわち異象として描かれ、それが行為と言語に現れている。[10]そのなかで「僕」は、すでに緑を愛しているのに直子を「責任」の名の下に追い詰め、結局残酷な攻撃を与えて死に追いやってしまうという。この「僕」の心が緑に向かったことが直子に決定的なダメージを与え、彼女の自殺の決定的な契機となったとする見方は、山根由美恵の秀逸な論[11]でも踏襲されている。筆者の解釈では、これは「傷つきやすさ」(vulnerability) の悪循環にほかならない。[12]直子は「僕」に対して「傷つきやすい」(vulnerable) 人物であり、「僕」は直子に対応すればするほど、なおさら直子は傷ついてしまう。そしてそのことによって「僕」の側もまた傷ついていく。この繰り返しである。

しかし、人はなぜ恋愛を語るとき、あるいは恋愛小説を論じるときに、対象の唯一性と人間的な誠実性にがっちりと支えられた、いわば〈正しい恋愛〉の規範を尺度にしようとするのだろうか。公序良俗というような漠然とした社会的通念以外に、〈正しい恋愛〉などというものがはたしてあるのだろうか。

3 〈正しい恋愛〉のコード

〈正しい恋愛〉とは？

愛は、どこまでも未完成で不確定な現象である。誰も、愛するまでは何が愛であるか知らず、愛したあとでもそれが真実の愛か否かはわからない。仮に愛着障害とされるような、愛に意識・無意識のコンプレックスを抱く者の場合にはなおさらである。愛と呼ばれる関係で彼らが他者と結び付こうとするとき、それは果てしない試行と問いかけの連続になる。このような状態において、自閉・自慰・模倣などを障害として取り扱うことは、すでに〈正しい恋愛〉なる仮想の規範をあてはめていることになる。例えば独我論 (solipsism) を基本にするならば、[13]逆に自閉こそが秩序であり、自閉でない状態こそが特異な現象といわれるべきではないか。だが愛において、人はかくも容易に他者との相互理解を前提としがちである。

芳川泰久[14]に代表されるように、多くの論者が村上の小説を精神分析のコードで読もうとし、また村上の小説自体を精神分析的な構造をもつものと見なしている。ジークムント・フロイトは、自我リビドーから対象リビドーへ、つまり自己愛から異性愛への変化を発達として捉え、この変化を経ない、異性愛と性器性交でないような関係をすべて倒錯と見なした。[15]エディプス・コンプレックスの消滅が、このような発達の契機とされる。自我リビドーへの固着やいわゆる倒錯を障害と見なすフロイトの理論は、自慰・自閉・模倣を問題視する論者たちの傾向と合致する。しかし、自慰・自閉・模倣を忌避するのは、異性愛・性器性愛のイデオロギーにすぎず、フロイトのイデオロギーにすぎない。「正しい恋愛」を求めるのはファロセントリズムだというべきである。例えば『ノルウェイの森』が自慰・自閉・模倣を根幹とする人物たちの物語であるならば、それは結果的にフロイトへの挑戦になり、言い換えれば「正しい恋愛」コードの無根拠性を暴いている。村上の小説が精神分析と近いようにみえるのは、このような理由による。

相対的な関係

しかも、ある者がほかの者に対する反転または代理として表象されるならば、特定の者を固定的に特権化することはできない。[16]直子／緑の対照がその典型だが、結局のところ、「僕」（でも誰でも）が選ぶべき相手は、本来誰でもいいのである。それが直子や緑でなければならない理由はどこにもない、というよりも、仮にその理由が見いだされたとしても、その反転や代理についての理由もまた、同じだけ有効になるだろう。同様に、石原千秋が、直子は「僕」のところに「誤配」されてきた[17]と述べるのも違和感がある。この構造のなかでは、誰も誰かに対する愛を本質的と呼ぶことはできず、「誤配」か否かはこの場合相対的である。「僕」と緑との関係が正しい配達だとも到底いえない。あらゆる前提が崩れ、本質的とはどのようなことか、という問いかけこそが主となっているからだ。

登場人物たちの由来は、第四層の過去の物語で示唆されていた。小説において、このような過去の物語は必ずしも逐一明確にされているわけではないが、とにかく物語られてはいる。それがほぼ完全に捨象された映画版では、高校時代の過去（第三層）が時折挿入されるものの、関係の描写は学生時代の現在（第二層）に集中している。またナレーションの声が語りの現在（第一層）を示唆してはいても、それはいつどこともはっきりせず、つまり三十七歳の現在であることは告げられない。それは脚本も書いたトラン監督が、「現在形の」恋愛物語に特化し、それ以外を夾雑物として排除した結果だった。その意味でそれは監督の思惑どおりになっているといえる。

4　移動、遮蔽、自己拘束

映像の特徴

トラン監督の映像は、移動撮影とパンを駆使し、盛んに動き回るのを特徴とする。寮のなかで「僕」も永沢も動き回り、東京で「僕」が直子のあとについて延々と歩き続けるシーンも、緑が約束をすっぽかした際も、アルバイト先のレコード店でも、要するにそこかしこに移動とパンがあふれ、映像は動き、また揺れる。典型的には、兵庫県の砥峰高原で撮影された、直子が「僕」にキズキとの関係やこれまでの内心を告白的に吐露するショットで、上空からヘリコプターが吹き付ける風を浴びながら、高原に敷いた百二十メートルのレールを行き来して、カメラは高速の移動撮影で二人を執拗に追い続ける。(18)また室内ではカメラと人物との間に遮蔽物（壁、カーテン、ガラス、簾など）を介在させ、それが窃視的・遮蔽的な効果をもたらす。「僕」の寮でもホテルでも、直子のアパート、「僕」のアパート、さらに阿美寮でもそうである。これらの運動と障害のイメージは何か。それはおそらく、可視的な現実が現実のすべてではなく、見えるものから見えないものへと見る者の思念を誘う映像なのだろう。これらが単純な意匠でないとすれば、この映像は映像それ自体の不可視的な残余へと、観客の注意を引き寄せる。表現が自らを限界づけることによって、人物の思考や行為と、人物間のコミュニケーションに未完成性が刻印されるのである。それは、いわゆる〈正しい恋愛〉の観念にとっては致命的となるものである。

トラン監督は、子役リュ・マン・サンとその成長後の女中役にトラン・ヌー・イェン・ケーを起用し、サイゴンを舞台に女性の生き方を描いて話題となった第一作の『青いパパイヤの香り』（一九九三年）、ホーチミン市の裏面としてのヤクザの世界を描いてベネチア映画祭でグランプリを獲得した『シクロ』（一九九五年）、ハノイの三姉妹のしたたかな日常をユーモアなしにでなく扱った『夏至』（二〇〇〇年）、木村拓哉とイ・ビョンホンを登用し、現代でのイエス・キリストの再来を暗示する『I Come With The Rain』（二〇〇九年）など、いずれも異色の映画を撮っている。それらでも、このような移動と揺れ、あるいは遮蔽と窃視を演じる映像は顕著に認められる。

映画『ノルウェイの森』を論じた宮脇俊文は、原作での印象深い「蛍」の場面にかわり、映画では草原の場面こそが監督の求めた「愛と喪失」のテーマに合致すると捉え、それを「風景画」と呼んでいる[19]。しかし、自らをあえてがんじがらめにする精神を抱えた人物を描き込む風景画などあるものではない。この映画のいわゆる甘美なショットは、どれも決して甘美ではない。その草原の場面の、先にふれた移動撮影のシークエンスで、直子は高原の強風によって寒いためか、両腕で自分の体を抱え込むような姿勢で歩き続けている。その姿態のありようは、あたかも暴れる精神病患者を押さえ込むための拘束衣で自分を包むかのようである。またそれと同じ体勢は、直子を失って旅に出た「僕」が、海岸の岩場に屹立し、海と空に向かって泣き叫ぶショットでも再び現れる。直子は特異な不感症、キズキの死、「僕」との関係という過去を苦にして自らを禁止のおきてによって拘束し、「僕」は直子との関わりを体験して同じく自らを拘束する。彼らは、コミュニケーションの不全に常時付きまとわれ、自らの過去から決して自由になることができない。自慰・自閉・模倣の愛は、このような表象のあり方と強度を同じくしている。移動と遮蔽、そして自己拘束。それは多くの細部を原作から捨て去ったこの映画が、新たに付加した独自の表象にほかならない。

キャスティングの問題

映画批評の四方田犬彦はこの映画を酷評した。[20] 四方田によれば、ほとんど作品の映画化を許諾しないできた村上がトラン監督に対して映画化を承諾したのは、この監督がベトナムの現実とは無縁の「距離感の意識」をスタイルの本質とするからであり、それが村上の作風における「クールな隔たりの眼差し」と対応したためだとする。また四方田は、菊地凛子と水原希子の二人は明らかなキャスティングの失敗であり、脚本も書いたトラン監督は日本女性の表情やセリフ回しの特性を理解せず、ハツミ役の初音映莉子を例外としてすべてミスキャストだとして、この映画を「無残な結果に終った」と切り捨てた。この四方田の批評は、小説『ノルウェイの森』に思い入れが深い村上読者であれば、おおむね同意できる見方かもしれない。

アダプテーションの功罪

たしかにここまでの論旨のように、映画はいわば脱色された『ノルウェイの森』であり、原作には特に第四層の過去をどのように見つめるかという形で埋め込まれている実存的な契機（たとえそれが読者の大幅な想像力の介入なしには、容易に契機以上のものとして展開しない性質のものであるにせよ）が抜け落ちている。しかし、むしろそれだけに、映画は根底的な分裂としてしかありえないような関係を、ことさらに〈正しい恋愛〉を志向するかのように巧みに（あるいは、無理に）描き出した。そしてそのような、極言すれば破壊とも同義のアダプテーションによって、映画は原作のなかにあった最も核心的な問い、すなわち人は人を愛せないのが常態であり、そのような人が人を愛するというのは一体どのような事態なのか、という問いの輪郭を逆説的にも明瞭にしてしまったのではないか。すなわち、はたして、直子は病気（精神病）であり、病気でなかったならあのまま「僕」とむつまじく過ごすことができたのだろうか。あるいは、緑と「僕」は相思相愛であり、唯一の障害だった直子が死んだいま、二人は晴れて結ばれることができるのだろうか。そのような疑問を見る者の心に喚起し、そしてむろんその答えはどちらも否でしかない。それらの現象は、彼らが伝統的な意味ではもはや誰も愛せなくなった人間だということの現れにすぎない。これを何らかの成長物語として捉える見方は、すぐにその限界に突き当たる。松山ケンイチのヴォイスオーヴァーによって示唆される十八年後の「僕」の語りは、決してそのような成長を額縁構造の外枠に明記しはしない。

これは要するに、恋愛を擬態的な媒介として、他者との関わりにおける自己という存在のあり方を、「僕」を中心に複数の人物群で繰り返し検証する物語なのである。その存在は他者を求めるが、その同じ身ぶりで他者を拒絶する。原作によれば過去にさかのぼるその由来の追跡を映画はほとんど排除し、現在の行為だけを突出させて、この実存的な問いかけを希薄化した。だが、新たな移動・遮蔽・自己拘束などの独自の表象によって、それは存在が根拠をもたないことの様態を明確にし、結果的には、原作の特異点を新たに描き直したのではないだろうか。〈原作の忠実な映画化〉の追求に意味はない。第二次テクストとしての映画が原作に変異を与えて生み出される解釈の線から、いつまでも飽和しないテクストのこのような強度へと接近することができるのである。

愛すること・愛されないこと・愛することができないことについて悩み抜く人物を徹底的に描いた『ノルウェイの森』は、決して村上小説の異端ではなく、むしろ典型的な正系に位置するテクストである。『ノルウェイの森』とは、どこまでいってもくみ尽くしえない、見果てぬ夢にほかならない。

注

（1）「トラン・アン・ユンインタビュー」『ノルウェイの森』映画パンフレット、東宝、二〇一〇年、六ページ

（2）中森明夫「神話への回答として」「SWITCH」二〇一〇年十二月号、スイッチ・パブリッシング

（3）宮脇俊文「村上春樹『ノルウェイの森』――言葉の感性を映像化する手法」、宮脇俊文編『映画は文学をあきらめない――ひとつの物語からもうひとつの物語へ』所収、水曜社、二〇一七年

（4）平野葵「映画『ノルウェイの森』」、中村三春編『映画と文学 交響する想像力』所収、森話社、二〇一六年

（5）木股知史「手記としての『ノルウェイの森』」『イメージの図像学——反転する視線』（叢書 l'esprit nouveau）、白地社、一九九二年

（6）ただし、発行された映画ディスク（コンプリート・エディション三枚組『ノルウェイの森』、アスミック・エースエンタテインメント、二〇一一年）の劇場未公開ショットでは、阿美寮の夜のたき火のシーンで、レイコが「僕」に対して言葉でそのことを告白している。ただし、それも言葉による要約であり、映像的には描かれない。

（7）岡田尊司『愛着障害——子ども時代を引きずる人々』（光文社新書）、光文社、二〇一一年、同『回避性愛着障害——絆が希薄な人たち』（光文社新書）、光文社、二〇一三年、中村三春「〈愛されない〉ということ——村上春樹「品川猿」など」、北海道大学大学院文学研究科映像・表現文化論講座編「層——映像と表現」第十号、ゆまに書房、二〇一八年

（8）千石英世「アイロンをかける青年——「ノルウェイの森」のなかで」（初出：一九八八年）、『アイロンをかける青年——村上春樹とアメリカ』彩流社、一九九一年

（9）加藤弘一「異象の森を歩く——村上春樹論」（初出：一九八九年）、栗坪良樹／柘植光彦編『村上春樹スタディーズ』第三巻所収、若草書房、一九九九年

（10）ジュリア・クリステヴァ『恐怖の権力——〈アブジェクシオン〉試論』枝川昌雄訳（叢書・ウニベルシタス）、法政大学出版局、一九八四年、Julia Kristeva, *Pouvoirs de l'horreur: Essai sur l'abjection*, Éditions du Seuil, 1980.

（11）山根由美恵「『緑』への手記——『ノルウェイの森』」『村上春樹〈物語〉の認識システム』（MURAKAMI Haruki Study Books）所収、若草書房、二〇〇七年

（12）中村三春「〈傷つきやすさ〉の変奏——村上春樹の短編小説におけるヴァルネラビリティ」、北海道大学映像・表現文化論講座編「層——映像と表現」第四号、ゆまに書房、二〇一一年

（13）永井均『〈魂〉に対する態度』勁草書房、一九九一年

（14）芳川泰久『村上春樹とハルキムラカミ——精神分析する作家』ミネルヴァ書房、二〇一〇年

（15）ジグムント・フロイト「性欲論三篇」懸田克躬／吉村博次訳、『性欲論・症例研究』懸田克躬ほか訳（「フロイト著

作集」第五巻）、人文書院、一九六九年、Sigmund Freud, *Drei Abhandlungen zur Sexualtheorie*, Franz Deuticke, 1905.

（16）大澤真幸『恋愛の不可能性について』春秋社、一九九八年

（17）石原千秋『謎とき 村上春樹』（光文社新書）、光文社、二〇〇七年

（18）アミューズメント出版部編『ノルウェイの森公式ガイドブック』（1週間ＭＯＯＫ）、講談社、二〇一〇年

（19）前掲「村上春樹『ノルウェイの森』」

（20）四方田犬彦「韓流ノルウェイのできるまで」、「総特集 村上春樹――『１Ｑ８４』へ至るまで、そしてこれから…」「ユリイカ」二〇一一年一月臨時増刊号、青土社、同「村上春樹と映画」『日本映画と戦後の神話』岩波書店、二〇〇七年

第16章　短篇という時間性
——村上春樹と映画

アーロン・ジェロー

1　村上と映画の謎

　周知のことだが、小説家・村上春樹は、ある時期に映画館で年間二百本以上の映画を見ていたという熱狂的な映画ファンであるばかりか、大学で映画学を専攻していた過去がある。早稲田大学第一文学部演劇専修に七年間在籍したのち、「アメリカ映画における旅の系譜」を卒論のテーマにして一九七五年に卒業した。本書の第14章「村上春樹は、なぜ映画脚本家にならなかったか」（助川幸逸郎）にあるように、村上は当初脚本家志望で、当時の多くの学生同様、授業にはあまり顔を出さず、早稲田大学坪内博士記念演劇博物館で古いシナリオを読みあさる日々を過ごしていたようだ。やがてシナリオライターは自分の道ではないことを悟り、同じ物書きでありながらもほかの方向に進んだ。

　しかしながら、この頃の映画とのつながりは、村上文学と映画の関係性についての研究、例えば個別の映画作品から影響を受けている小説の解明分析など（本書の第17章「本のなかのスクリーン——村上春樹作品における映画こう述べている。

に関する言及の考察」〔ジョルジョ・アミトラーノ〕を参照）といった研究を量産する契機になった。そのようななか、関係性についてのより根本的な考察もみられる。その一例として、明里千章は著書『村上春樹の映画記号学』の冒頭で、「村上春樹は小説で映画を作ろうとしたのではないか[1]」という大胆なテーゼまでも提示する。『風の歌を聴け』の執筆プロセスを参考に、その「「自動筆記」した「無意識的」断片[2]」を指摘したうえで、明里はこう述べている。

シナリオライター村上が指示したシーンの絵をカメラマン村上が撮り、そのフィルムをエディター村上が編集し、そのすべてをディレクター村上が統括しているのである。村上春樹は独りで小説で映画を作っているのである。[3]

明里は次に、大森一樹監督が映画化した『風の歌を聴け』（一九八一年）の劇場パンフレットに寄稿した四方田犬彦の文章を引用する。

村上春樹は彼の手持ちの映像に応じて小説を書いた。読者は読者の映像に応じて、それを読み解いた。心のなかで、それぞれの映画を上映した、と言ってもいいだろう。[4]

村上の小説を読む体験はまるで映画体験そのものである。
だが、ここから一つの謎が生じる。これほど「映画的」である村上小説は、なぜあまり映画化されてこなかったのだろうか。熱狂的な映画ファンだったはずの村上は、なぜ多くはベストセラーである自作の映画化を拒んできたのか。その理由をめぐる憶測が多く残されている。例えば明里は、『風の歌を聴け』の大森監督と、中学校だけではなく担任の先生までも同じだった村上は、そのような「相似性」から映画化をＯＫしたにもかかわらず、できあがった作品の不評が、「デタッチメント」を好むこの作家の「神経を想像以上に擦り減らせ」て、その後の自作の映画化になかなか応じなくなった、と推測している（ただし、一九九五年の阪神・淡路大震災後の村上の「デタッチメントからコミットメントへ」の転換が映画化を許諾する傾向にもつながったのではないか、と明里は付言する）[5]。また四方田は、村上の映画体験はアメリカやヨーロッパの映画に集中していて、「ハリウッドを好んで口にはしても、同時代の日本映画に言及することは皆無であり、一貫した無関心を示している」のは、「同時代の日本映画界と接触することに忌避を続ける」[6]ことに関係していると示唆している。

このようなアメリカ・ヨーロッパ映画への村上の注目は、日本の映画製作者による自作の映画化を困難にしたかもしれない。もし、村上自身が述べているように、『風の歌を聴け』が最初に英語で書かれ、あとで日本語に書き直されたのならば、「あの会話は字幕言葉なんじゃないでしょうか」[7]という大森一樹の印象に説明がつく。大森は劇場パンフレットで「アメリカ西海岸のどこかの街を舞台にして、アメリカの俳優を使って、セリフが全部字幕になるようにすれば、ちょうどいい」[8]と書いている（面白いことに、できあがった映画作品のなかには、主人公の男女が字幕だけで会話しているシーンが、大森の印象を映像化したかのように実際に登場する）。村上は大げさに発言しているのかもしれないが、「僕は日本語の小説というのはほぼ読んでない人だから、どうしても翻訳の言葉になっちゃうのね。だから映画にしにくかったんじゃない」[9]と述べている。このような発言から考えると、村上が許可して映画化された作品に、外国の製作者による映画が多いこともうなずける。

とはいえ、映画化に対する村上春樹の反感についての憶測をさらにめぐらすことは、本章の目的ではない。その憶測の実証にはそもそも無理があるだろう。実際、前述の憶測に対して多くの反証がある。例えば、自作の小説の映画化を断ることに決めたのは『風の歌を聴け』の映画化より前だったことを、村上は記述している。[10]さらに、日本人監督による映画化を許諾したこともちろんある。市川準監督の『トニー滝谷』（二〇〇五年）はその好例である。

ここで考察したいのは、村上がなぜ映画化を拒絶し続けてきたかということよりも、映画化に対するその姿勢が村上の映画観や映画論の明確化にどうつながっているか、ということである。

二〇一六年五月に村上が私の所属しているイェール大学から名誉博士号を授与された際、授与式後の晩餐会で隣同士になり、映画について話す機会があった。自作の映画化に関して、やはり映画というメディアでは自分の小説を把握しきれないところがあるというようなことを述べていたが、短篇という言葉が出たら、彼の様子が変わった。短篇なら映画化はおおむね大丈夫と彼は語った。そこにはおそらく、『トニー滝谷』やイ・チャンドン監督の『バーニング 劇場版』（二〇一八年）といった村上短篇の映画化の例のほかに、例えば山川直人監督による『パン屋襲撃』（一九八二年）と『100％の女の子』（一九八三年）といった短篇映画も含めているのだろう。明らかに村上は、自作の映画化そのものに反対しているわけではなく、短篇なら基本的に前向きである。なぜだろうか。

肝心なのは、映画というメディア自体にある問題よりも、短篇という言葉が示しているある種の映画、とりわけ時間的な「短さ」をめぐる映画と小説の関係である、とここで主張したい。映画が村上文学を表現できるかどうかといういままでの問いは、もしかして的外れかもしれない。その問いの前に、まずどういう定義のもとに「映画」と「文学」の関係を問いかけるのか、を考えなければならないのではないだろうか。村上文学の映画化をめぐる議論のこれまでの混乱は、おそらくその前提である定義に対しての問いの不在が原因だといえる。「文学」の定義も重要だが、ここでは「映画」の定義に焦点を当てたい。短篇という言葉をキーワードに、より正確な「映画」の定義を抽出して、それが村上文学と映画の関係について新しい視点を与えてくれる可能性を探りたい。

2　「映画」の定義の前提

明里千章の『村上春樹の映画記号学』が秀作であることに異論はない。村上の小説などの作品内の映画作品からの引喩や引用を徹底的に集め、映画に関する言及のほとんどを探り出している。また、村上が若い頃に見ただろうすべての映画のリスト化という労力も惜しまない。この研究はたしかに生産的である。だが、映画とは何かに対する答えを明里が所与のものとしているという印象が否めない。例えば、村上作品の映画性をめぐる解説には、編集についての記述が多く、まるで映画が編集を中心にできているかのような前提になっている。それはモンタージュ理論の主張なのだが、アンドレ・バザンや杉山平一のように長回しを重視してモンタージュを批判する評論家もこれまでに多く存在した。対立が著しい映画理論史がすでに証明しているように、映画の定義を所与のものとして取り扱うことには無理があるはずだ。

私は以前に著した川端康成と映画に関する論文[11]で、この問題を取り上げたことがある。『狂った一頁』（一九二六年）の製作にも携わった川端[12]に対して、彼の文学、とりわけ初期のモダニズム時代の小説に映画からの影響を特定する研究は盛んであり、十重田裕一などによる多くの研究が功績を残している。だがそのなかには、まずは映画についてのある定義を前提にし、そしてそれを川端文学に発見すること、つまり一種の循環論法の傾向がみられる。それに対して私が提示したのは、川端が考えた映画の特徴――要するに川端の一種の映画理論――をまず著作などから抽出し、そしてそれをもとに川端文学の映画性を分析する、という方法論である。

それは村上の場合には可能だろうか。重要なのは、村上がどの映画のスタイルを好んでいるかというよりは、映画そのものについてどう考えているか、である。そもそも、村上が好きな映画スタイルを特定することは簡単ではない。例えば、前述の山川監督の短篇作品は一見すると様式的にポストモダンだが、そのような印象にみえるのはその軽やかで人工的な映像だけでなく、カメラや説話による意図的かつ自己照射的な戯れであふれているからだ。村上文学にみられるジャン・ボードリヤール的なシミュラークルに、それとの類似性を見て取る人もいるだろう。だが、四方田が示唆するように、『風の歌を聴け』の映画化が失敗にみえるのは、もしかして村上の白人ジャズよりもフリージャズ、村上の「クールな距離感」よりも深い感情に満ちている「アンダーグラウンド文化へのレミニッセンス」、さらには村上が好むビーチ・ボーイズよりもジャン＝リュック・ゴダールを、大森が好んでいるという理由によるのではないだろうか。[13] 山川の表層的な戯れと比べると、大森の『風の歌を聴け』は物質的かつリアルすぎるかもしれない。だが、これは映画化作品が反映しなければならない村上春樹固有の映画的スタイルを示しているのだろうか。明里は、もし村上が映画編集者だったなら、セルゲイ・エイゼンシュテインの弁証法的なモンタージュよりも、むしろダイエジェティックの物語世界に亀裂を与えるゴダール的なジャンプカットを多用しただろう、と主張した。栗坪良樹の分析によると、村上による映画批評は、映像様式よりも言葉のあり方、とりわけその現れとしてのセリフや、原作と映画化の関係といった具体的な問題に注目していた。[14]

3　稲垣とある種の映画

村上文学において一貫している映画スタイルが提示されていない事実をみると、映画的スタイルに村上はそれほどこだわっていないようである。村上が重視したのは、むしろ映画そのものの存在論的な可能性の複数性とそのはざまの対立ではないだろうか、という仮説をここで立ててみたい。それを解き明かすために、村上と同様、初期の頃映画と深い関係をもったにもかかわらずのちに映画から遠ざかってしまったもう一人の近代小説家と比較してみたい。四方田犬彦は、当初は自作の映画化を承諾しながらものちに断固としてそれを拒絶し続けた点で、ノーベル賞受賞者の大江健三郎と村上を同列に並べた。[15] 大江は映画監督の伊丹万作と伊丹十三と親戚でありながらも、若い頃の村上ほどには映画と密接な関係をもっていなかった。谷崎潤一郎も若い頃、一時期は大正活映という映画スタジオの顧問になるほど映画の世界に熱心だったが、映画熱が冷めてもことさら自作の映画化を断ることはなかった[16]。

ここで例に挙げたいのは稲垣足穂である。稲垣は一九二〇年代、当初の新感覚派と関わりがあったモダニストとして知られている。未来派として、機械、とりわけ自動車、飛行機、そして映画に夢中だった。映画を何編ものエッセーのなかで考察したり、また村上同様、ずっとあとでもモチーフとして利用し続けた。初期の映画論では、彼は「映画」と「活動写真」に区別をつけ、それを「代数性」と「幾何性」の違いに重ね合わせた[17]。その違いを詳説することはなかったが、おそらく一方ではリプレゼンテーション(表象、代理)、ナラティブや慣習であり、後者は機械性、人工性や分裂性であるというような違いと解釈していいだろう。映画に関する稲垣の二〇年代と三〇年代の文章では、ますます「映画」が「活動写真」を凌駕しつつある事態を憂えていた。つまり、モンタージュや、映像による語りと意味生成といった、世界の多くのモダニストが称賛した二〇年代以降の映画よりも、稲垣はその発展前の初期映画、とりわけジョルジュ・メリエスやパテ・フレールの映画を支持した、数少ないモダニストだった。やがて四〇年代になると、一〇年代に日本で初めて美学・哲学の視座から映画を分析した中川四明の立場に寄り添い、映画は永遠に芸術になれない運命を抱えていることを宣言した[18]。

だが、稲垣は映画そのものを拒絶したわけではなかったことを強調する必要がある。彼が拒絶したのは、一種の映画だった。映画史的にドミナントな映画の種類となったこの一種の映画は、稲垣が自らの文学に取り入れるほど愛した以前に存在した映画――活動写真――の種類ではなかったことを、彼は痛感した。稲垣の存在論的な映画論の根本には、映画の存在の複数性についての認識があるとともに、その存在しえたオルタナティブな映画の喪失に対する悲しみとノスタルジアがある。したがって稲垣足穂と映画の関係を考える際、どの映画を指しているかをまず確認する必要がある。

4　儀式としての映画の時間

村上と映画の関係を考える際、同じ問いをするべきであることをここで強調したい。稲垣ほど抽象的かつ一風変わった映画の概念化を村上は進めることはなかったが、それでもある種の映画の喪失に対する同様な悲しみを示唆していると考えられる。それはどういう映画なのかを推測することができるだろう。周知のことだが、自分にとっての失われた映画について、村上が『映画をめぐる冒険』という一冊の本の「まえがき——遥か暗闇を離れて」に書き記したことがある。その本に収録されている二百五十本以上の短い映画解説の執筆は、映画評論家の川本三郎と分けてなされた。

その「まえがき」で村上は、子どもの頃、家族と映画を見にいくことを「祝祭的儀式[19]」だったと言い表し、毎年何百本の映画を見る大学生になっても、映画的な体験をまだ「儀式[20]」と呼んでいた。この「儀式」としての映画は、明らかに内容次第で成立するかが決まるものではなく、映画を見る環境と方法、つまりは映画メディアとの時空的な関わり方によって成立する体験である。一方で、村上はこれを青春と結び付け、時間の流れとともに去っていく人生のいち段階として考えている。だが他方では、去っていくのは歴史の時代でもある。ビデオなどの新しい技術の発展で、もはや映画館に行く人が少なくなってしまった。村上にとって、ビデオで映画を見ることとは「あらゆる点では儀式ではない。ただ映画を観る——それだけのことだ[21]」。「儀式」の「非便宜性」が、結局技術的な便宜性の犠牲となってしまい、そしてビデオは「いつか信仰告白の場所としての映画館の暗闇を音もなく侵食し変質させていくことだろう[22]」。これに対して抵抗するすべはおそらくないと村上はいうが、それでもビデオをめぐって「新しい儀式と伝説を作り上げていく[23]」可能性を示唆している。

これだけで村上の映画の概念化の説明が果たされるわけではないだろうが、少なくともその概念化にとって何が必要不可欠なのかについて、ある側面を前面化しているといえるのではないか。まず映画の存在論はその機械の構造だけで決定されているものではなく、それを構成する全体的なあり方、つまり使い方、環境・場所などを含むアパラタス（措置）の全体で決定されている。その空間的な側面も重要だが、肝心なのは時間の媒体としての映画の概念化ではないかと思われる。彼がいう「儀式」は時間の特殊化に特徴づけられていて、つまりは日常から時間を乖離させると同時に、映画を観賞する時間（映画を見にいく体験）が映画テクストの時間（上映時間）と深い関係をもつ（DVDの場合では、止めたりすることができるからその関係が弱い）。その乖離され特殊化された時間が映画をまるで物神のように存在させ、再び繰り返すことができない時間となるからこそ、そしてそれははかなければはかないほど価値が増す。その点で、このある種の映画の喪失は同時にその存在と価値の確認である。なぜなら、村上の一種の映画は喪失に基づいているからだ。映画の存在がなくなればなくなるほど映画への愛があふれるという、この特別なシネフィリア（映画愛）こそが、村上が稲垣と共有しているものである。

明里の主張の一つは、「映像の記憶を文学の世界で活かそうとする試みが村上春樹文学の特徴のひとつである[24]」ではあるが、その点で、村上のこの試みは、自身が映画を勉強していた頃、早稲田大学の映画学的な権威である飯島正の映像の記憶に関する姿勢を継承していると私は考えている。特に日本の一九三〇年代に、映画のはかなさについての議論が映画知識人のあいだに多くなされていた。当時、DVDどころか映画の回顧上映さえなければ、一度見た映画を再び見ることができる保証は何もなかった。ただし、映画図書館の設立を主張する谷川徹三や瀧口修造と違い、飯島は広義の意味での映画文化を映画の保存が継続される場として考えていた。要するに、映画は図書館にあるのではなく、観客のディスカッションや、批評家の文章に保存されるべきで、それを見聞きした次の世代の映画作家などがその記憶を生かしていく[25]。村上の文学は、飯島が提示した言葉による映像の記憶と、映画の時間的なはかなさに対するあらがいを共有している。

5　オルタナティブとしての短篇

　ここで強調すべきなのは、稲垣の場合と同様に、村上のある種の映画が機能するためには、そうではない他種の映画が存在しなければならないということだ。村上の場合、それは時間性との異なる関係を抱えていて、喪失してしまったこのある種の映画と違い、まだ存在している、おそらくドミナントになっているほかの映画形態であるだろう。村上のある種の映画は、おそらく儀式的な時間、特殊な時間性を有していない映画に対するオルタナティブとして機能している。問題は、すでになくなってしまったこの映画形態をどう表現するのか、どのようにしてその内容や形態、とりわけその時間性の映像的な記録を生かせるのだろうかということだ。村上春樹の場合、その方法のひとつは短篇なのではないか、というテーゼをここで提示したい。

　短篇映画の場合、それはよりわかりやすい。風丸良彦の主張では、短篇映画『１００％の女の子』が特別である理由が、原作の「四月のある晴れた朝に１００パーセントの女の子に出会うことについて」を音読する時間と、映画を見る時間とがおおよそ一致しているということであり、つまり原作の「時間感覚をそのまま再現する」[26]ことにある。私はその時間の一致をめぐる主張に対して疑問を抱いてはいるが、「時間感覚」の「再現」という点では短篇に注目する風丸の試みには賛同する。短篇映画は時間によってだけ定義されているユニークな映画ジャンルであり、その時間の短さは内容とストーリーを制限しながら、市場の中心である長篇映画の経済から切り離されているために、多少なりとも創作上の自由を誇る映画形態だ。長篇映画ではおこなえない時間に対する考察や、見るものの時間体験への実験が、この時間の制限によって可能になる。要するに、短篇映画はマイナーなジャンルだから、「儀式」になるほどの特殊性がなくても、映画を観賞する時間と映画テクストの時間のあいだに結ばれる時間の特殊化がかなり形成される。さらに、一九五〇年代まで映画劇場のプログラムに欠かせなかった短篇映画がいま、その地位を失ったことで、ノスタルジーの対象にもなりうる。その点では、短篇映画は村上の想像した映画論にふさわしい媒体にみえる。

だがその同じ映画論からみると、短篇の小説と長篇映画は相反しているのではないか。そもそも現在の長篇映画とそれを囲む映画体験は、村上が訴えた儀式としての映画の対極にあるはずだ。短篇映画が多少保持してきたその特殊な時間は、先にみたようにいまの長篇映画の多くから失われてきているのではないか。これらについて考える際の手がかりはもしかすると短篇小説の時間性にあるのかもしれない。短篇映画と同様、短篇小説は長さで定義される。短篇映画のように（少なくともＤＶＤの出現の前に）、読み始めたらやめることができないというわけでもないが、その短さゆえに、時間の余裕がない読者に選ばれやすいし、読み始めると大体の場合は一気に読める媒体である。さらに村上の場合は、短篇小説の執筆方法も時間で特徴づけられている。神山睦夫は『短編で読み解く村上春樹』で次のように説明する。

村上によると短編は「一筆書き」だという。頭であれこれ考えるものではなく、ふと頭に浮かんだ一つのアイデア、一つの言葉やイメージから、物語を立ち上げて一気に書き上げてしまう。（略）基本的には一発勝負だという。（略）短い時間であっという間に仕上げているから、作品もその程度の出来だろうなどと思ってはいけない。短編は鋭い集中力と豊かなイマジネーションを使って書くものであり、時間をかければいいというものではないからだ。[27]

言い換えれば、村上にとって短篇小説を書くこと自体が、「儀式」かどうかはともかく、時間の特別な経験であり、特殊な時間の体験である。その点では、村上のある種の映画を見ることと共通性があるといえなくもない。このように短篇小説が映画の時間性の記録を生かす方法になりうるかどうかについては、さらなる研究が必要だろうと思うが、仮にその方法だとすれば、村上の短篇小説の長篇映画化は、儀式としての映画の対極にある映画形態に対して、その特殊な時間性の記憶をアダプテーションの形で生かそうとするチャンスになるのではないかと思われる。

ここで肝心なのは、村上が自作の映画化を許諾した理由よりも、その背景にある映画の扱い方、また映画に関する言説に潜んでいる村上の映画に対する概念化、ある種の映画理論である。その映画存在論が物語っているのは、「映画」が「村上文学」には合わないというストーリーではなく、あるドミナントな種類の映画が村上の文学に合わなくなったことから、その文学に合わせられるようなほかの映画の記憶を探る必要が出てきた。そのほかの映画の記憶は多数あるだろうが、その記憶の底にあるものは、ある特殊な時間性であり、それは短篇という様々に生み出されてきた存在によって生かされている。村上と映画の関係はまず時間から始まるだろう。

注

（1）明里千章『村上春樹の映画記号学』（MURAKAMI Haruki Study Books）、若草書房、二〇〇八年、五ページ
（2）同書七ページ
（3）同書九ページ
（4）四方田犬彦「額縁のなかの追憶」「アートシアター」第百四十七号、日本アート・シアター・ギルド、一九八一年、二二ページ
（5）前掲『村上春樹の映画記号学』五七―五九ページ
（6）四方田犬彦「村上春樹と映画」、柴田元幸／沼野充義／藤井省三／四方田犬彦編『世界は村上春樹をどう読むか――a wild Haruki chase』所収、文藝春秋、二〇〇六年、一三九、一五一ページ
（7）大森一樹「完成した小説・これから完成する映画」、「総特集 村上春樹の世界」「ユリイカ」一九八九年六月臨時増刊号、青土社、五三ページ
（8）大森一樹「風の歌を聴くまで――あるいは原作者への手紙」、前掲「アートシアター」第百四十七号、八ページ

（9）「HUMAN HOT INTERVIEW SPECIAL「風の歌を聴け」原作者村上春樹VS監督大森一樹」「Hot-Dog PRESS」一九八一年十二月号、講談社（前掲『村上春樹の映画記号学』一九ページに引用）

（10）村上春樹「「風の歌を聴け」の映画化によせて」「キネマ旬報」一九八一年八月下旬号、キネマ旬報社、四七ページ

（11）アーロン・ジェロー「川端と映画――〝文学的〟と〝映画的〟の近代」、坂井セシル／紅野謙介／十重田裕一／マイケル・ボーダッシュ／和田博文編『川端康成スタディーズ――21世紀に読み継ぐために』所収、笠間書院、二〇一七年。この論文の長篇は Aaron Gerow, "Kawabata and Cinema: The Ambivalence of Knowledge, Medium, and Influence," *Japan Forum*, 30(1), 2018, pp.26-41.

（12）Aaron Gerow, *A Page of Madness: Cinema and Modernity in 1920s Japan*, University of Michigan Press, 2008.

（13）前掲、四方田「村上春樹と映画」一四四ページ

（14）栗坪良樹「村上春樹と映画」「青山学院女子短期大学紀要」第五十三号、青山学院女子短期大学、一九九九年、二一―四〇ページ

（15）前掲、四方田「村上春樹と映画」一三九ページ

（16）谷崎と映画の関係について、以下を参照。千葉伸夫『映画と谷崎』青蛙房、一九八九年、Aaron Gerow, "Celluloid Masks: The Cinematic Image and the Image of Japan," *Iris*, 16, Spring 1993, pp. 23-36, Thomas LaMarre, *Shadows on the Screen: Tanizaki Jun'ichirō on Cinema and "Oriental"*, Center for Japanese Studies, University of Michigan, 2005.

（17）稲垣が発表した「形式及び内容としての活動写真」（「新潮」一九二七年六月号、新潮社）を参照。稲垣足穂『足穂映画論――フィルモメモリア・タルホニア』フィルムアート社、一九九五年、九〇―九七ページ

（18）稲垣足穂「触背美学について」、同書一一四―一一七ページ

（19）村上春樹「まえがき――遥か暗闇を離れて」、村上春樹／川本三郎『映画をめぐる冒険』所収、講談社、一九八五年、三ページ

（20）同論文八ページ

（21）同論文九ページ

（22）同論文一〇ページ

(23) 同論文一一ページ
(24) 前掲『村上春樹の映画記号学』六四ページ
(25) 飯島正『映画文化の研究』新潮社、一九三九年、二八―四一ページ
(26) 風丸良彦『村上春樹短編再読』みすず書房、二〇〇七年、一四五―一四六ページ
(27) 村上春樹を読み解く会、神山睦美監修『短編で読み解く村上春樹』マガジンランド、二〇一七年、九ページ

第17章 本のなかのスクリーン
――村上春樹作品における映画に関する言及の考察

ジョルジョ・アミトラーノ

1 村上作品におけるインターテクスチュアリティー

批評家、そして読者のあいだに、村上春樹の想像力を形作った文化のなかで映画が重要な役割を果たしていることに反論を唱えるものはほとんどいないだろう。それは、エッセーやインタビューでの彼の個人的な陳述からだけでなく、彼の小説にみられる映画への複数の参照から、そして映画の影響を見て取れる彼の本の一節からも推測できる。しかし、これらの事例は、文学や音楽への言及と引用、その量と範囲に匹敵するものではない。それはなぜか。映画は村上にとってそれほど重要ではないのだろうか。いや、そうではないようである。彼は子どもの頃からよく家族と映画を見にいったりしていたし、東京の早稲田大学第一文学部演劇科に入学してからも、映画館通いは続いた。そのうえ、卒業論文はアメリカ映画の旅についてだったのである。一九八五年に、彼は川本三郎と共著で映画に関する短いエッセーを集めた書籍『映画をめぐる冒険』を出版している。

当時はアメリカン・ニューシネマとヤクザ映画の全盛時代で、僕もそのあたりはほとんど欠かさず観た。映画館にいく金がなくなると、早稲田の演劇博物館に行って古い映画雑誌のシナリオを読んで頭の中で自分勝手に映像をつけては楽しんだものである。(1)

そしてより最近の本からでさえも、彼がまだ最新の映画を詳しく知っていて、依然として「映画愛好家」であり続けていることは明らかである。しかし、映画に対する彼の興味がそれほど強いのならば、なぜ映画は彼の小説の背景にとどまっているのだろうか。おそらく彼は、自分の小説のなかで人物を造形したり、テーマを設定したりするための手段として、映画は文学や音楽ほどは役に立たないと思っているからだろう。この質問に答えるためには、彼の作品についてもう少し深く掘り下げる必要があると考えている。

村上の小説のインターテクスチュアリティーの程度は、たしかに非常に高いにちがいない。文学作品への暗示が豊富である『1Q84』はこの傾向の顕著な例である。BOOK1とBOOK2では主人公である青豆と天吾の異なる物語が交互に展開されていく。青豆はスポーツ・インストラクターという表向きの顔をもちながら、ひそかに、女性をDVや性的虐待で苦しめる男たちを狙う殺し屋でもある。一方の天吾は予備校で数学の教師をしながら、出版社でパートタイムの編集者をしている。作家になることを熱望している彼は、同時に小説を書く。BOOK3では、小説の構造はトリプルになり、青豆の行方を追い求める探偵の牛河という人物の物語が加わる。天吾の章は、作家志望である彼が作家になるための闘いについて、とりわけ多くのページが割かれている。このテーマを発展させるため、村上は文章にほかの文学作品から一連の引用をちりばめ、本文に様々なレイヤーを追加し、物語の強度を深めている。

これらの引用は『平家物語』（鎌倉時代頃）に始まり、アントン・チェーホフの『サハリン島』（一八九三年）、アイザック・ディネーセンの『アフリカの日々』（一九三七年）などまである。その半面、映画の参考といえるものは、この小説に完全に欠けているわけではないが少ない。その理由は、文学的な参照のほうが、映画の暗示よりも天吾の探求へのメタフィクション的なアプローチに適しているためかもしれない。実際、この複雑で多層的な小説は、とりわけ作家になる過程を描く物語だといえる。つまり『1Q84』は、特に天吾の章で教養小説の形をとっているのだ。

2 佐々木マキとゴダール――スタイルの発見

村上は青年時代に天吾と同じような闘争を経験したと、彼が好きなイラストレーターの一人である佐々木マキへのオマージュとして書いた短いエッセーで語っている。このエッセーで村上は、作家になることが彼にとって何を意味するのかについてのヒントを私たちに与え、同時に彼の作家という職業に対する執着が、曖昧で混乱したものでありながらも、間違いなく強かったと述べている。彼が高校生のとき、彼と彼のクラスメートは、雑誌「ガロ」(青林堂)で佐々木の絵を発見した。彼らは佐々木マキについて何も知らなかった。彼らは佐々木の年齢や出身地を知らなかったし、男性なのか女性なのかさえもわからなかった。「天井の高い、こぢんまりとした古い部屋、小さな窓から入りこんでくる陽の光、きちんと整理された机――そんなひっそりとした空間に、佐々木マキという人はいつも存在しているような気がした[2]」。村上にとっての佐々木はそういう神秘的なイメージだったのだ。

佐々木マキのマンガをじっとみつめていると、その中に何かしらの鍵がひそんでいるような気がした。「このマンガはいったい何を表現しようとしているのか?」と僕は考えてみた。もちろんそれは何も表現してはいなかった。しかしそれにもかかわらず、佐々木マキのマンガは明確な意図とインパクトを持った作品として成立していた。問題はスタイルであるという気がした。佐々木マキは彼独自の強固なスタイルを所有しており、そのスタイル＝文体こそが全てを統轄しているのだ。そしてそのスタイルは佐々木マキ自身さえをものみこんでいて、そこにこそリアリティが、表現のためには不可欠なリアリティというものが生じるのだと僕は漠然と——極めて漠然と——認識した。初めてジャン＝リュック・ゴダールの映画を観たときにも僕は同じようなことを感じた。(3)

あまり知られていないエッセーの一節に含まれているこの文章は、佐々木のマンガとゴダールの映画が村上に与えた影響を理解するための有用な手がかりを与えてくれる。ひと口でいえば、彼らは村上が彼自身の個人的なスタイルを確立する一助となったのである。その段階では、村上にとって、スタイルは内容よりも重要だったと思われる。佐々木やゴダールの作品にはもちろん内容もあったけれども、彼らのスタイルは内容よりも際立って目を引いていた。繰り返しになるが、ちょうどそのときの村上にとって、彼自身のスタイルを見つけることは、何を表現するかを知ることよりも重要だったのだ。きっと内容の模索はそのあとからくるものだったのだろう。このようにして、村上は佐々木やゴダールの例にならって、『風の歌を聴け』や『1973年のピンボール』を書いたのだと思う。

私たちは、これら初期の作品から、スタイルというものがどのようにプロットと物語の構造を飲み込んでいるのかを、はっきりと感じることができる。スタイル以外はすべて消えてしまっているかのようだ。こうして、彼は次のステップへの準備を整えた。『羊をめぐる冒険』のような小説では、もうスタイルがほかの要素を飲み込むようなことはなくなっていて、双方のバランスがうまく保たれている。それは彼のキャリアのなかでの、新しいより成熟した段階の始まりであった。

私が前述した『映画をめぐる冒険』のなかで、村上はゴダールの映画『女と男のいる舗道』（一九六二年）の短いレビューを書いた。

あらゆる時代を通して最も刺激的な映画の一つである。原題は『彼女の生を生きる』だが、邦題も悪くない。彼女は宿命的に舗道にひきつけられ、当然の帰結として舗道の上で死んでいく。カメラは常に舗道をうつしつづける。はっきり言ってしまえば映画の内容はそれだけで、あとはほとんどがはったり。しかしそのハッタリが素晴しくヒップなのである。僕がゴダールで他に好きなのは『恋人のいる時間』と『アルファヴィル[4]』。

ずいぶんあとになって、彼が『神の子どもたちはみな踊る』のためのエピグラフをゴダールから引用した際、その参照の内容はそれまでとは異なる性質のものだった。このとき問題になっていたのはスタイルではなかったのだ。映画『気狂いピエロ』（一九六五年）からの彼の引用文は、ゴダールの政治的側面と人道的側面の両方を捉えていて、神戸に影響を与えた一九九五年の阪神・淡路大震災の余波について村上が伝えたいことを、正確に表している。

〈ラジオのニュース〉米軍も多大の戦死者を出しましたが、ヴェトコン側も百十五人戦死しました。
女「無名って恐ろしいわね。」
男「なんだって？」
女「ゲリラが百十五名戦死というだけでは何もわからないわ。一人ひとりのことは何もわからないままよ。妻や子供がいたのか？　芝居より映画の方が好きだったか？　まるでわからない。ただ百十五人戦死というだけ[5]。」

3　青豆 vs フェイ・ダナウェイ

『1Q84』に戻ると、作中で際立っている映画の参照は、数ページのスペースを割いて繰り返される、スティーブ・マックイーンとフェイ・ダナウェイが主演した一九六八年の映画『華麗なる賭け』（監督：ノーマン・ジュイソン）について、BOOK2の終わりになされた引用である。「さきがけ」のリーダーを殺害した青豆は、その宗教団体の復讐から逃げるためにアパートに隠れたのち、おそらく自分の運命に立ち向かうためにそこを出るところである。

青豆は玄関にかかった等身大の鏡の前に立ち、その服装に隙のないことを確認した。彼女は鏡に向かって片方の肩を軽く上にあげ、『華麗なる賭け』に出ていたフェイ・ダナウェイみたいに見えないものだろうかと思った。彼女はその映画のなかで、冷たいナイフのように冷徹な保険会社の調査員になる。クールでセクシーで、ビジネス・スーツがとてもよく似合う。もちろん青豆はフェイ・ダナウェイには見えなかったが、それにいくらか近い雰囲気はあった。少なくとも、なくはなかった。一流のプロフェショナルだけが漂わせることのできる特別な雰囲気だ。おまけにショルダーバッグの中には硬く冷たい自動拳銃が収められている。(6)

彼女はようやく準備をすませ、自分の隠れ場所をあとにし、最寄りの大きな通りに出てタクシーを拾う。しばらくして、彼女の醸し出す雰囲気と異常に権威を感じさせる所作に感銘を受けたとみられる運転手は、彼女が「何か特殊なお仕事」をしているのではないかと尋ねる。青豆は、迷うことなく、「保険会社の調査員」と答える。そして、運転手は「まるであの映画みたいですね」と言う。

「どの映画？」

「ずっと昔の映画です。スティーブ・マックイーンの出てくるやつ。ええと、題名は忘れました。」

「『華麗なる賭け』」と青豆は言った。

「そうそう、それです。フェイ・ダナウェイが保険会社の調査員してるんですよ。盗難保険のスペシャリストです。それでマックイーンが大金持ちで、趣味で犯罪をやっている。面白い映画だった。高校生のときに見ましたよ。あの音楽が好きだったな。しゃれていて。」

「ミシェル・ルグラン。」

運転手は最初の四小節を小さくハミングした。それから彼はミラーに目をやって、そこに映っている青豆の顔をもう一度じっくり点検した。

「お客さん、そう言えばどことなく、その頃のフェイ・ダナウェイに雰囲気が似てるんじゃないですか。」

「どうもありがとう。」と青豆は言った。微笑みが口元に浮かんでくるのを隠すために、努力がいくらか必要だった。[7]

小説の冒頭と同じように、自動車が高速道路で渋滞に巻き込まれると、彼女は車から降りる。彼女は小説のオープニングシーンで行った非常口に戻りたいと思う。そこから、パラレルワールド1Q84での冒険が始まったからだ。しかし非常口はどこにも見つからない。それで、青豆は行き詰まってしまう。

フェイ・ダナウェイならおそらく、ここで細身の煙草をとり出して、その先端にライターでクールに火をつけることだろう。優雅に目を細めて。しかし青豆は煙草を吸わないし、煙草もライターも持ち合わせていなかった。彼女のバッグの中にあるのはレモン味の咳止めドロップくらいだ。それにプラス、鋼鉄製の九ミリ自動拳銃と、これまで何人かの男たちの首の後ろに打ち込まれてきた特製のアイスピック。どちらも煙草よりいくぶん致死的かもしれない。[8]

これらの引用は、いくつかの理由で注目に値する。まず、村上春樹や村上龍など一九七〇年代後半に登場した日本の作家のあいだにみられる、際立った特徴をもつ新しい潮流の一つの好例になっている。それはつまり、西洋のポピュラーカルチャーへの言及である。彼らによるポピュラーカルチャーの作品（映画やポップソングなど）やコマーシャルブランドへの気楽な言及の仕方は、日本のより古い世代の作家との違いを表す要素の一つだ。それは純文学と大衆文学との区別論争に、ある意味で一石を投じることになった。村上春樹が『1Q84』の非常に重要でドラマチックな部分に芸術的野心に欠けるハリウッド映画への言及を使用したことは、彼のポップな感受性を表している。大江健三郎や安部公房のような作家がそのようなことをするのは想像しがたい。

映画の引用を多く含んだ小説のこの大事なシーンは、『1Q84』の最初の二巻セットの最後の青豆の章にある。青豆がバッグから拳銃を取り出し、口の中に突っ込んで、引き金にあてた指に力を入れ始めた場面だ。ここでわれわれは、当時、村上が『1Q84』の続篇を書くかどうかは誰にもわからなかったことを思い出さなくてはならない。物語がクライマックスを迎えるとき、村上は『華麗なる賭け』に言及することで、悲劇的な状態にアイロニーを取り入れ、意外な雰囲気を作り出すことに成功しているのである。青豆が自殺を試みようとしている非常に劇的な状況だったとしても、村上は故意に『華麗なる賭け』からヒントを得た彼女の服装に関する描写によって、物語のこの部分の展開を魅力的あるいはスタイリッシュに仕上げることに成功している。青豆が着ている服の詳細をみてみよう。

ジュンコ・シマダのスーツにシャルル・ジョルダンのハイヒール。ストッキングに、ワイヤーの入った白いブラ。[9]

そして、彼女が高速道路を歩いているミニスカート姿を、村上は「パリ・コレクションのステージに立ったファションモデル[10]」と比較さえしている。しかし、村上が読者の注意を衣服に向けたのち、彼はカメラを彼女の銃に向けて動かし、その重さや弾丸の数にさえ細心の注意を払う。その時点で読者は、青豆がその銃で何をしようとしているのかまだわからない。

『華麗なる賭け』への言及は、映画を知らない読者にとっては部分的にその効果を失っているかもしれないが、それでも十分、ディテールの描写を通して村上が設定したトーンが保たれたなかでサスペンスは構築され、壮観な終焉を迎え、本を閉じることができる。もちろん、村上なのでオープンエンドだ。拳銃を口の中に突っ込んでいる青豆の姿がBOOK2の最後のイメージなのだから、読者は崖っぷちに立たされていて、続篇があることを必死に願ってやまない状況に陥らされる。

『1Q84』のもう一つの興味深い映画の参照は、スタンリー・クレイマーの一九五九年の映画『渚にて』だ。この映画はかなり風変わりな文脈で言及されている。きっかけは青豆と知り合いの男との会話で、その会話の意外なテーマは蹴られる睾丸の痛みだ。女である青豆は、どうして男たちはその痛みを非常にひどいものだと思っているのか具体的にわからない。そして、その男は睾丸を蹴られる痛さがどのようなものかを説明しようとして、それは世界の終わりが近づいていると感じるような、とてもひどい痛みだと言う。のちに、青豆が『渚にて』をテレビの深夜放送で見るとき、彼女はその会話を思い出す。『渚にて』は「救いのない暗い映画だった[11]」。

映画のなかでは第三次世界大戦が勃発し、核兵器の使用のために北半球はすでに全滅、戦火を逃れた南半球のオーストラリアだけにはまだ死の灰が到達していないが、そこにも近づきつつある。生き残った人々は、その死の灰は避けられないということをよく知っている。映画はきたるべき終末を待っている人々それぞれの時間を描く。不思議なことに、それを見て青豆は、睾丸を蹴られるのが世界の終わりのようだとその男が言った意味を、やっと理解できた気がするのである。蹴られた睾丸と世界の終わりを連想するのは不適当に思えるかもしれないが、ジョージ・オーウェルの『１９８４年』（一九四九年）と村上の『１Ｑ８４』と同じように、『渚にて』はディストピアだから、むしろこの映画への言及は、この小説にぴったり合っている。そして、「誰もが心の奥底では世の終末の到来を待ち受けてもいるのだと、青豆はその映画を見ながらあらためて確信した[12]」。

この連想のように、一見不適当に思える言及でさえも、実は偶然に選ばれたわけではなく、青豆のパーソナリティーの一面を明らかにすることができる計算された連想の記述なのである。この青豆の描写は、どこか彼女の悲観的、いや、むしろニヒリスティックな傾向を表している。そしてその傾向は、彼女の殺人犯としての活動を育んできたのかもしれない。

しかし、これら二つ以外には、映画に関するほかの重要な言及はない（サム・ペキンパーの映画『ゲッタウェイ』〔一九七二年〕に関するものは、あまりにアンパサンで言及されているので、注意を向ける価値はない）。にもかかわらず、映画はこの小説でほかの小説よりも効果的に物語に取り込まれていると思う。映画のスクリーンは文章に統合されている。青豆が高速道路の渋滞に巻き込まれ、非常階段を下りて別の次元に入ってしまうオープニングシーンは、文学よりも映画的だといっていい。読者は、カメラの動き、映画のスタッフ、そして撮影を見に集まっている人々までをも思い浮かべることができるかのようだ。しかしその後、青豆がレオシュ・ヤナーチェクの『シンフォニエッタ』（一九二六年）に耳を傾けると、彼女はヨーロッパの歴史を振り返り、フランツ・カフカの死とアドルフ・ヒトラーの台頭を思い出し、そこから昭和天皇に、そしてそこからさらに自分の私的な生活について考えるという長い描写がある。これらの描写に導かれながら、この私たちの経験は実は映画を見るのとは異なっているのだということに、あらためて気づかされる。そして小説は最も洗練されたカメラでさえ届かない場所へ私たちを連れていくことができるということも、あらためて確認させられるのである。こういったことから、文学と映画は別の言語のまま存在することもできるが、それらはお互いを形作ることもできるということを私たちは理解するに至る。それは村上によって巧みに構成された相互の浸透によるものなのだ。

4　高松でトリュフォーに出会う

ゴダールだけではなく、フランスのヌーベルバーグの代表的な映画監督がもう一人、村上の作品に登場する。それはフランソワ・トリュフォーだ。しかし、トリュフォーは村上にゴダールと同じ衝撃を与えたようにはみえない。おそらく村上がインスピレーションを求めていた当時は、ゴダールの実験的な映画のほうが、トリュフォーによるそれほど前衛的ではない映画よりも彼の創造力を刺激したのだろう。村上のトリュフォーへのオマージュは『海辺のカフカ』という小説に見つけられる。この小説でも『1Q84』のように、二つのストーリーがパラレルに進行していく。一つのストーリーは家出をして四国にある図書館に隠れている十五歳の田村カフカについてで、一人称で語られている。もう一つのストーリーは認知障害をもっているが超能力があり、洗練されているナカタさんという老人についてで、三人称で書かれている。若いトラック運転手の星野は、ナカタさんと仲よくなり、老人の四国への旅に同行する。四国で最初は独立していた二つの物語がついに一つに合流する。以下のシーンは、星野が高松の町を歩いているとき、駅の近くの映画館でトリュフォーの回顧上映が開催されているのを見かけたときの様子である。

フランソワ・トリュフォーがどういう人なのかまったく知らなかったが、(だいたい男か女かもわからない)、二本立てだったし、夕方までの時間が潰せそうなので、見に行くことにした。上映されていたのは『大人は判ってくれない』と『ピアニストを撃て』だった。観客は数えるほどしかいなかった。星野さんは熱心な映画愛好家とはとても言えなかった。たまには映画館に足を運んだが、見るのはカンフー映画とアクション映画に限られていた。だからフランソワ・トリュフォーの初期の作品にはいささか理解しにくい部分や局面が多々あったし、古い映画だからテンポもずいぶんのろかった。しかしそれでもその独特の雰囲気や、画面のトーンや、暗示的な心理描写を楽しむことができた。少なくとも退屈して時間を持て余すようなことはなかった。見終わったとき、この監督の作った別の映画を見てもいいと思ったくらいだった。[13]

映画のあと、星野が喫茶店に行くと、スピーカーからはフランツ・ヨーゼフ・ハイドンの「チェロ協奏曲第一番」が流れている。星野は音楽に感銘を受け、店主にハイドンについて尋ねる。店主は喜んでハイドンをめぐっていろいろな説明をし、そして二人が聞いている協奏曲についてコメントする。

「たとえばこの和音をお聞きください。ほらね、静かでありますが、少年のような柔軟な好奇心に満ちた、そして求心的かつ執拗な精神がそこにはあります」
「フランソワ・トリュフォーの映画みたいに」
「そのとおりです」と店主は言って、思わず星野青年の肩を叩いた。「実にそのとおりです。それはフランソワ・トリュフォーの作品にも通底するものです。柔軟な好奇心に満ちた、求心的かつ執拗な精神[14]」

また、星野は高松の図書館で大島という司書に会ったとき、「フランソワ・トリュフォーの白黒映画に出てきそうなタイプだ[15]」と思う。『海辺のカフカ』では、村上のトリュフォーへのオマージュはさらに続く。トリュフォーは、今度は並行して展開される田村カフカのストーリーにも登場する。しかしここで、トリュフォーへの言及は、『サウンド・オブ・ミュージック』（一九六五年）への予期せぬ言及から導入されている。このシーンでは、森のなかの町から遠く離れたコテージに滞在しているカフカが、テレビで『サウンド・オブ・ミュージック』を「引き込まれるように」見る。その映画を小学生のとき、学校の先生に連れられて映画館で見て、彼に強い影響を与えたことを思い出す。

もし僕の少年時代にマリアのような人がそばにいてくれたら、僕の人生はもっと違ったものになっていたことだろう（はじめてその映画を見たときにもそう思った。）。でも言うまでもないことだけど、そんな人は僕の前には現れなかった。[16]

それから彼は喉が渇いたのでミルクを飲もうと台所に行き、それを飲みながら、今度はフラッシュバックによって、子どものときに『大人は判ってくれない』（一九五九年）を見たことを思い出す。

その牛乳をグラスに何杯もたてつづけに飲んでいるうちに、僕はふとフランソワ・トリュフォーの映画『大人は判ってくれない』を思い出す。映画の中にアントワン少年が家出をしておなかを減らせ、早朝にどこかの家に配達されたばかりの牛乳を盗み、こそこそと歩いて逃げながら飲むシーンがあった。大きな牛乳瓶で、飲みきってしまうのにずいぶん時間がかかる。哀しくせつないシーンだ。ものを食べたり飲んだりするのが、それほど哀しくせつないことになりうるなんて、信じられないぐらいだ。それも僕が子どものころに見た数少ない映画のひとつだった。小学校五年生のとき、題に引かれてひとりで名画座にその映画を見に行ったのだ。電車に乗って池袋まで行き、映画を見て、また電車に乗って戻ってきた。映画館を出ると、すぐに牛乳を買って飲んだ。飲まずにはいられなかったのだ。[17]

5　『ミス・ブロディの青春』とある歌の記憶

『サウンド・オブ・ミュージック』から『大人は判ってくれない』へのすばやい移行は、ポピュラーなハリウッド映画とアートシアターの白黒映画をあえて区別することなく引用するという、やはり村上独特の気楽な参照の仕方のもう一つの例だといえる。無関係のようなこの二つの映画は、実は田村カフカが幼少期に経験した孤独について、読者に効果的に訴えているのである。家出をしたアントワン・ドワネルが牛乳を飲むシーンと温かさにあふれるマリアのイメージ。これらはいずれも、カフカ自身の過去の孤独の経験を反映しているのだ。

アメリカ文学との関係がよく知られている村上は、もちろんアメリカ映画にも強い興味をもっている。彼のいくつかの小説に現れているハードボイルドな雰囲気は、たしかにレイモンド・チャンドラーやダシール・ハメットなどの小説の影響を受けているのだが、多くの引用や参照が証明するように、アメリカ映画の影響も重要である。例えば『世界の終りとハードボイルド・ワンダーランド』では、「ハードボイルド・ワンダーランド」の章の「私」（いうまでもなくこの小説も二つの異なる物語が交互に展開されていく）は、ビデオテープでジョン・ヒューストンの『キー・ラーゴ』（一九四八年）やジョン・フォードの『静かなる男』（一九五二年）のようなアメリカ映画の名作を見る。『三つ数えろ』（一九四六年）へも言及されていて、俳優ハンフリー・ボガートの存在も漂っている。村上の小説の主人公たちにとって、ハンフリー・ボガートの外面的にタフで内面的にロマンチックなパーソナリティーは、ひそかなモデルだといえるだろう。『ノルウェイの森』の「僕」はハンフリー・ボガートのような話し方をしていることを意識していない。初めて緑と言葉を交わすとき、彼女がそれに気がつく。

「ねえ、あなたってなんだかハンフリー・ボガートみたいなしゃべり方するのね。クールでタフで[18]」

村上の映画との関係については参考や言及がいくらでも挙げられるが、最後に言及したいのは、映画とは直接関係がない作品だが、彼の記憶が映画とどのように密接に関連しているかを示している本についてだ。それは『村上ソングズ』という和田誠との協力から生まれた本で、ポピュラーソングの英語からの訳詞やエッセーで構成されたものだ。彼が選んだ曲の一つに、「ジーン」という、ミュリエル・スパークの原作をもとにした一九六九年のロナルド・ニームの映画『ミス・ブロディの青春』の挿入歌がある。ロッド・マッケンが作詞・作曲したバラードだ。村上は小説と映画の両方を楽しんだが、彼は歌の重要性についてこのようにコメントしている。

「でもこの「ジーン」という曲をどこかで耳にするたびに、僕はふとミス・ブロディの辿った（辿らなくてはならなかった）気の毒な運命を思い出して、いつも少し胸が熱くなる。もう四十年も近く前に見た映画なのに、そのような心情がついこのあいだ味わったもののように、僕の心に鮮やかに蘇ってくる。[19]」

彼にそういった感情を引き起こさせたのは、文学・音楽・映画という、様々な要素の組み合わせなのだ。つまり、この感情はジャンルや時間の境界を超えて移動したり、交流したりする要素に起因しているのである。そしてそれは、村上の小説が世界中の数えきれない読者に誘発しているものと似たような感情なのである。

注

（1）村上春樹／川本三郎『映画をめぐる冒険』講談社、一九八五年、七ページ

（2）村上春樹「佐々木マキ・ショック・1967」、竹内オサム／村上知彦編『アトム・影丸・サザエさん』（「マンガ批評大系」第一巻）所収、平凡社、一九八九年、二七二ページ

（3）同論文二七四ページ

（4）前掲『映画をめぐる冒険』八三ページ

（5）村上春樹『神の子どもたちはみな踊る』新潮社、二〇〇〇年、五ページ

（6）村上春樹『1Q84 BOOK2――〈7月―9月〉』新潮社、二〇〇九年、四六〇ページ

（7）同書四六三―四六四ページ

(8) 同書四七〇―四七一ページ
(9) 同書四六八―四六九ページ
(10) 同書四六八ページ
(11) 村上春樹『1Q84 BOOK1――〈4月―6月〉』新潮社、二〇〇九年、二三三ページ
(12) 同書二三三―二三四ページ
(13) 村上春樹『海辺のカフカ』下、新潮社、二〇〇二年、一七三―一七四ページ
(14) 同書一七六ページ
(15) 同書二五八ページ
(16) 同書三四二ページ
(17) 同書三四三ページ
(18) 村上春樹『ノルウェイの森』上、講談社、一九八七年、九五ページ
(19) 村上春樹／和田誠『村上ソングズ』中央公論新社、二〇〇七年、四八ページ

第18章

「やみくろ」はどのように表象されるのか
――『神の子どもたちはみな踊る』におけるフィルム・アダプテーション

米村みゆき

はじめに

ある作品が、別の言語や媒体に置き換えられたとき、それはもとの作品に対してどのような関係性をもちえているのだろうか。置き換えられた作品は、もとにした作品＝〈原作〉に対して何らかの痕跡や断片、関係性を継承しているだろうし、両者のあいだには広く流通している昔話のパターンのような共有した物語も含まれているだろう。アダプテーション作品は、時代的・文化的な文脈を踏まえて、交錯する織物として捉えることができるし、一方で様々な文化やメディアのなかでの横断的な展開のされ方に目を向けて、そのなかに文化的な適応、あるいは借用、順化、搾取などを認める場合もあるだろう。ここでは、アダプテーション作品を、インターテクスト的な響き合いのなかでのテクストの意味の可能性を開くものとして捉えるが、そこでは、制作者のフィルターを通してではあれ、読み手やオーディエンスも、テクストにはたらきかけ、意味を創造する解釈的行為に参加している立場をとる。リンダ・ハッチオンが芝居の観客を例に挙げ、視聴している時点で身体的・感情的反応をもち、同時に演劇の約束事を念頭に置きながら、その解釈行為について積極的次元を形成していることを言及しているように、アダプテーション作品の受容のプロセスには、受容者を様々に巻き込むことを含んでいる。[1]

本章では、村上春樹の短篇小説『神の子どもたちはみな踊る』が、メディアを横断して新たな文化的環境のなかで参照されることで、同作の脚色が原作小説にとって新たな相貌を見せる契機になっていることを検討する。同作は映画に脚色されたのだが、手法としては、両作品の主人公の subjectivity[2] に着目して考察する。主人公が主体を形成していく過程を検証していくと、両作品では、主人公の不安の根源がくっきりとした差異となって現れていて、それがあるものへの心的なとらわれ、いわば従属化となっている事態が認められるからである。[3] 小説版と映画版には興味深い差異が現れているが、本章では日本の文化圏で生み出された村上の同作が、別の言語、別の媒体に置き換えられるときに、特有の諸問題が立ち現れる点に関心を寄せている。なぜなら同作は、〈震災後文学〉として評価されているものの、地震の表象は、自然災害としての地震だけでなく、主人公が抱える不安に還元され提示されているからである。本章は、手順として、第1節で、小説から映画へのアダプテーション、第2節では地震の表象、第3節では主人公の subjectivity を論じていく。

1 小説から映画へのアダプテーション

まずは、小説と映画の具体的な差異について検証してみたい。

小説「神の子どもたちはみな踊る」は、「地震のあとで」という副題で、「新潮」(新潮社)に連載された五編の短篇の一つである。標題作は一九九九年十月号に掲載された。その後、二〇〇〇年二月に新潮社から刊行。その際、「新潮」に連載された五編の短篇に加え、書き下ろしである「蜂蜜パイ」が収録された。短篇集のタイトルは同作からとられたが、「新潮」の副題だった「地震のあとで」は、英訳版(*After the Quake*)の書物タイトルに採用されている。これは、この連作の登場人物のいずれもが、阪神・淡路大震災をほうふつとさせる「神戸の震災」に間接的に関わっているからである。のちに言及するように登場人物はみな、心に何らかの傷を負っていて、小説では「地震」という素材が、ストーリー上の出来事だけでなく、登場人物が抱える心の「闇のようなもの」としても表象される。これがこの連作を解釈するうえで鍵となる点であり、本章で掘り下げる部分でもある。

小説のストーリーは以下のとおりである。東京・阿佐ヶ谷で、シングルマザーの母親とともに暮らしている二十五歳の主人公・善也が、勤め先の出版社からの帰宅途中、生物学的な父親と思われる男性を目撃し、彼の後をつけていく。その男性は霞ケ関から千代田線の我孫子行きの電車に乗り[4]、千葉県に近い駅（著者注：金町駅と推測される）で降りる。さらにタクシーで追いかけるものの、その途中で男性を見失い、善也はたどり着いた野球場で一人踊り続ける。善也の母親は宗教活動に情熱を注ぐ女性であり、「神の使い」として震災のボランティアに出かけた。善也との年齢差は十八歳にすぎず、母親としての自覚が希薄で無邪気に善也の布団に潜り込むこともあった。善也は母親と致命的な関係に陥ることを恐れていた。母親は、善也に小さい頃から自分の父親は神だと言い聞かせていた。母親を宗教活動に導き、善也の子ども時代の「導き役」を務めた田端さんは、三年前に亡くなっている。

一方、映画『All God's Children Can Dance』は、アメリカで二〇〇八年に公開された。ロバート・ログバル監督、スコット・コフィ脚本だが、ログバルにとっては初めて手がけた劇場用長篇映画作品だった[5]。日本では一〇年に公開されている。映画版のプロットは次のようなものである。

In Korea Town Los Angeles, a young man, Kengo, believes he's the son of God - that's what his mother told him since he was a young boy. He spends his days working his dead-end job and figuring out his complex feelings for his girlfriend until, one day, he sees a one-eared man who could be his father and decides to follow him around Los Angeles[6].

（米村訳）ロサンゼルスのコリアンタウンで、主人公のケンゴは、自分は神の子だと信じている。それは、彼が子どもの頃から母親が語ってきたことだった。彼は将来性がない仕事についており、ガールフレンドに対しても複雑な心情でいる。ある日、母親が自分の生物学上の父親だと語っていた片耳の男性を見かけ、ロサンゼルス周辺を追跡することになる。

同映画は村上作品で最初の「逆輸入映画」である点でも注目される。映画版の脚色を検証するため、まずは映画の Trailer（予告篇）に導入された tagline（作品全般を象徴する惹句）を引用したい。

all his life / he has searched for answers / when you don't know / who you are / how do you give yourself to others? / if your life is a dream / how do you wake? / when you can't find it / let it find you[7]

（米村訳）彼はずっと答えを探し続けてきた。自分が何者かわからないとき、どのようにして他人に自分をさらけ出したらいいのだろうか。人生が夢ならば、どんなふうに目覚めることができるのか。見つけられないときは、それに見つけてもらう。

Trailer はおよそ二分間で、主人公が自分は何者なのかという答えを探し続けている点にフォーカスが当てられている。「*The Japan Times*」に掲載された映画評も、『神の子どもたちはみな踊る』は、アイデンティティー探求の旅（a journey of identity-searching）だと述べている。[8] この点を踏まえて、両作品の差異を検証したい。

まず、この映画の脚色のうちで最も顕著な変更点は、舞台についてである。[9] 村上の小説では、舞台は東京の阿佐ヶ谷である。一方、映画ではアメリカのロサンゼルスで、ケンゴが地下鉄に乗車する場面はサンフェルナン

図1　ケンゴの家の周辺。ハングル文字で看板などが映し出される
（出典：『神の子どもたちはみな踊る』監督：ロバート・ログバル、配給：リベロ／日活、2010年）

ド・バレー[10]である。詳述すれば、ケンゴはコリアンタウン[11]に住み、中国系の出自をもつ。映画のなかで具体的に映し出されるものをみていこう。まずハングル文字の看板が登場している（図1）。一方、恋人との待ち合わせ場所は「トーフハウス」である。オリエンタルな要素の混交が見受けられるが、これは、単なるオリエンタリズム、すなわち、西欧が構築した一枚岩のイメージとしてのアジアが表象されているとは捉えられない。この点を端的に示しているのは、主人公が父らしい人物を追って乗車したバスでポーランド人女性と出会い、会話を交わす場面である。ケンゴは女性に自分がコリアンタウンに住む中国系アメリカ人であることを伝えるのだが、映画ではポーランド人の彼女に、「Oh, that's confusing!（ややこしいわね！）」と指摘されている。この場面は原作にはない。このことからわかるように、『神の子どもたちはみな踊る』の映画は主人公に対して「日本人の名前で、コリアンタウンに住んでいる、中国系アメリカ人である」という confusing な設定を故意におこなっているのである。同時にこの点は、主人公を単にマイノリティーとして扱っているのでもないことを示唆している。ポーランド人女性は、ケンゴに、リトルトーキョーやコリアンタウンやチャイナタウンがあることをうらやましそうに語っているためである。ポーランド人女性

は自分たちにはそのような「町」もないと述べるのだが、これらの場面は、同作のアイデンティティー探求の旅（a journey of identity-searching）のモチーフと関連し、自分たちのナショナリティーを象徴する場が身近にないことを示している。さらにはケンゴが父親を追って地下鉄を降りた地域は、サンフェルナンド・バレーである。San Fernando（Valley）の地名は映画中で、地下鉄の路線図のなかや看板に登場する（図2・3）。この地名が喚起するのは第一に「地震」である点を指摘しておきたい。一九七一年のサンフェルナンド地震、九四年にマグニチュード6・7を記録したノースリッジ地震は、北米の都市部で記録された過去最大級のものだった。そして第二として九〇年以降、民族的に多様化している地域である点であり、この点で映画版は、多民族国家のなかの登場人物という設定を示唆している。

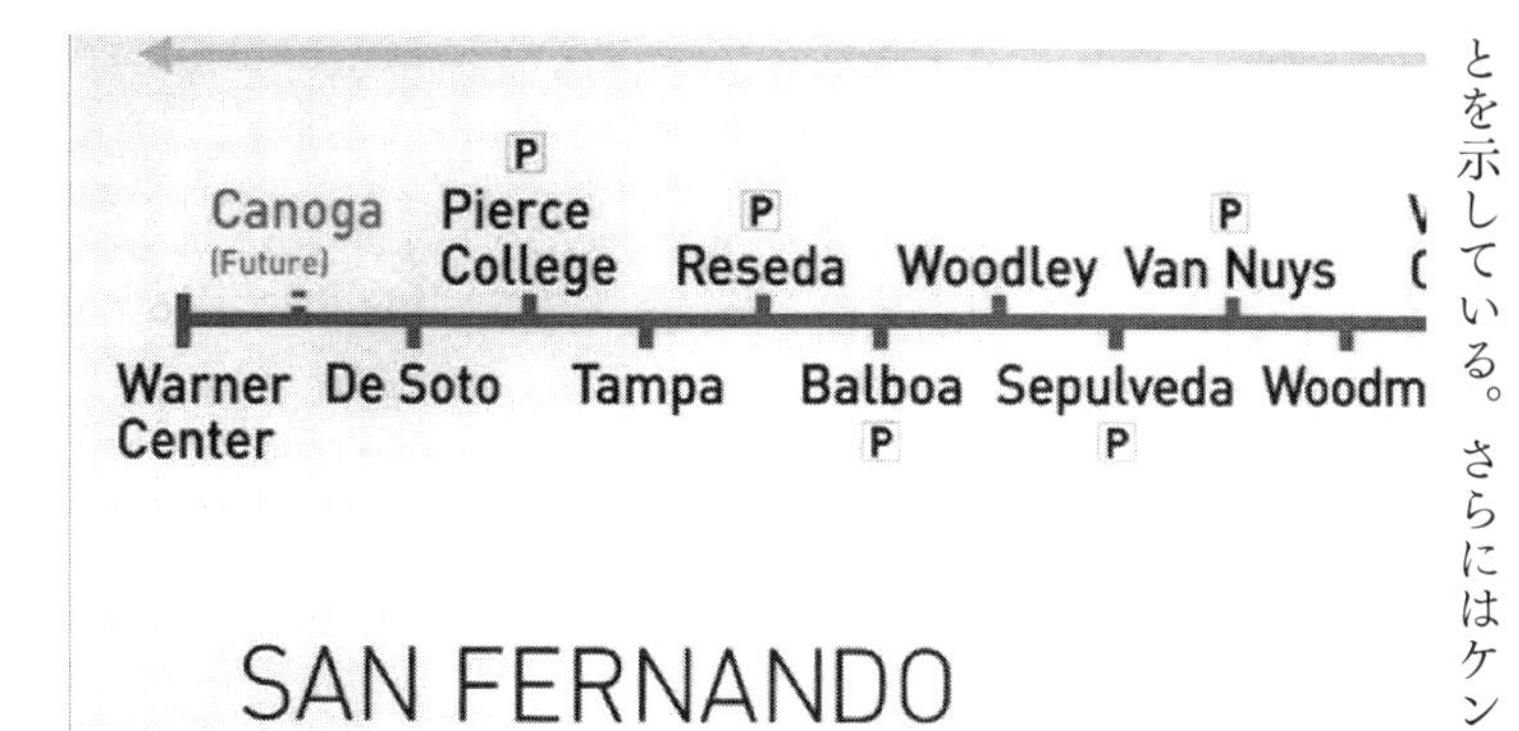

図2　ケンゴが父らしき人物を追跡する際に映し出される地下鉄路線図
（出典：前掲『神の子どもたちはみな踊る』）

次に、主人公の名前である。村上の小説では主人公の名前は善也である。一方、映画ではケンゴになっている。村上の小説のほうは、『旧約聖書』の『列王記』に登場するユダ王国の王の名前を喚起させていて、この名前は宗教の問題が物語の構成要素であることを示唆している。一方、映画のほうはケンゴであり、前述のポーランド人女性が認めているように、「日本人の名前」であることのわかりやすい表徴である。

最後に、〈代理の父〉についての設定の変更である。小説では主人公の回想のなかで言及される人物だが、映画版では現在進行形で登場して、登場場面も格段に増える。小説では田端さんにあたるが、

図3　サンフェルナンド・バレーの地名が入った道路標識。右側はケンゴの父らしき人物
（出典：前掲『神の子どもたちはみな踊る』）

映画版ではグレンという名になる。田端さんは、主人公の母親が妊娠して死のうとしたときに、神の教えを諭した人物、つまり母親の恩人として設定されている。そして善也の名づけ親であり「導き役」だった。小説では三年前に亡くなっていて、主人公は小さな出版社に勤めているが、田端さんが紹介してくれた就職先だということがほのめかされるだけである。一方、映画版では、ケンゴはグレンが経営するアパート管理事務所[12]に勤めていて、グレンは直接的な職場の上司である。あたかも自営業を営む父子の関係を描いているかのようになっている。冒頭では、グレンが薬を飲むショットが挿入され、彼の死の伏線が示される。また、二日酔いで朦朧としている主人公が登場する映画冒頭のシークエンスで、グレンからの電話が差し挟まれ、ケンゴと母親の親子にとって重要な人物らしきことをほのめかす場面があり、その存在感は強調されている。グレンはケンゴが仕事をさぼっていても、とがめることもしない。さらに、仕事中に、自分の生命が長くないことを告白する。そして映画ではケンゴに「You know, you are always father to me（あなたを父のように思っています）」というセリフまで語らせている。映画の終盤では、息を引き取るグレンをケンゴの母、ガールフレンド、そしてケンゴが見届ける。また映画では、ケンゴが子どもの頃にグレンと母親の三人で布教活動をしたことが回想場面として挿入されていて、画面は三人を一つの家族のようなイメージで印象づけている。この点は、映画版では主人公の〈父代わりの人物〉が強調され、〈父〉の死が主人公の不安の要素として大きく強調されていることを明確化する。実際、グレンの死が近いという告白を聞いた直後で、ケンゴは悲しみに暮れ、グレンと母親と三人で布教に出かけた子どもの頃を回想する場面が展開しているからである。この一連のエピソードは小説にはない。そして、ケンゴが父らしき人物を追いかけるのも、グレンを失う不安が要因として設定されていて、そのために〈父〉に取りすがるように一心不乱に追跡するかのように描かれている。この理由づけも映画の脚色であり、原作の小説にはない。小説では通勤の帰路に偶然見かけたという設定である。したがって第一の点の、主人公が父らしき人物を追いかける理由も、映画版では〈父を求める主人公〉というナラティブに位置づけられるものになる。すなわち、映画版では〈父〉の不在が、主人公の不安をかき立てるものとして機能していることがかなりの程度まで明瞭だ。

原作の小説から映画版への注目すべき脚色は以上の三点である。映画版の主人公の subjectivity については次のように解釈できる。主人公は、多民族国家での個人のアイデンティティーが、父なるものの不在によって不安定になっている、と。

2　地震の表象

一方、小説は、主人公の不安の要因を、映画版と明らかに異なるものとして表象している。本節では、英語版短篇集の標題が引用した「地震」という言葉に着目することから考察を始める。小説の主題を考察する重要な手がかりの一つはいうまでもなくタイトルなのだが、興味深いことに、英語版標題の「地震（Quake）」と日本語標題の『神の子どもたちはみな踊る』には密接な関連づけが認められる。次は、父らしき人物を追って見失ったあとの場面である。

どれくらいの時間踊り続けたのか、善也にはわからない。でも長い時間だ。わきの下が汗ばんでくるまで彼は踊った。それからふと、自分が踏みしめている大地の底に存在するもののことを思った。そこには深い闇の不吉な底鳴りがあり、欲望を運ぶ人知れぬ暗流があり、ぬるぬるとした虫たちの蠢きがあり、都市を瓦礫の山に変えてしまう**地震の巣**がある。それらもまた地球の律動を作り出しているものの一員なのだ。彼は踊るのをやめ、息を整えながら、底なしの穴をのぞき込むように、足もとの地面を見おろした。(13)

ここで、「地震の巣」という比喩に着目したい。前述のように、短篇集の登場人物は、いずれも阪神・淡路大震災に間接的に関わっている。そのためにこの小説は、従来「震災後文学」として解釈されてきた。大塚英志は「震災後文学」としてのこの小説集について、村上が震災を社会や全体でなく、個人がどのように受け止めるのかを描いているところに、ほかの作家との違いがあると述べる(14)。本節ではこの「地震の巣」という比喩に焦点を当て、村上春樹が言及する「やみくろ」を参照したい。「地震の巣」と「やみくろ」は、地表の下の闇であり、人間が抱える闇をほうふつとさせている点で共通点をもつためだ。「やみくろ」は、村上が地下鉄サリン事件の被害者にインタビューした証言集『アンダーグラウンド』の「目じるしのない悪夢」というあとがきで説明されている。村上は、地下鉄サリン事件が生じたときに、自らが小説(15)で描いた架空の生き物「やみくろ」を思い浮かべたというのだ。

村上によれば、「やみくろ」は東京の闇のなかに生息するおぞましく邪悪な生き物であり、目をもたず、死肉をかじる。東京の地下に地下道を縦横無尽に掘りめぐらし、あちこちに巣を作って集団で生きる。しかし一般の人々はその存在さえ知らない。村上は、きわめて個人的な恐怖(あるいは妄想)のレベルを前提としながら、地下鉄サリン事件が、東京の地下(アンダーグラウンド)の闇を通して、かつて自身が生み出した「やみくろ」という生き物とつながっているように感じられると述べる。

この点について、さらに考察を進めたい。村上は「やみくろ」を個人的な恐怖、妄想のレベルにあるものとして言及するが、日本に住む人が抱く根源的な不安の表象として考えられるのではないだろうか。『神の子どもたちはみな踊る』で、「地震の巣」として表象されているのは、人間の心に深く眠っている心の痛みや闇である。そして「地震」というイメージがもたらすのは、危機的な自然現象だ。それは主人公が抱く闇であると同時に、主人公を脅かす存在である。中村三春はこの主人公が踊る「大地」の底に存在するものを、物理的・精神的な危機の根源であり、人間を襲う不安の比喩形象（figure）だと述べている。[16]

つまり、『神の子どもたちはみな踊る』の映画版での主人公の不安は、多民族国家かつ父の不在という要因が強調されていたが、村上の小説では人間がもつ闇であり、人間を脅かすものとして現れていたのではないか。それは「地震の巣」であり、「やみくろ」とつながる側面をもつ。村上は「やみくろ」なるものにこだわり、描き続けている作家ではないだろうか。

その一方で、「地震の巣」＝人間が抱く闇については、村上文学全般に共通するモチーフとしてだけでなく、同作に固有に認められる問題意識にも目を向けていかなければならないだろう。次節では、この点を掘り下げてみたい。

3　主人公のsubjectivity——主人公はどのように救われうるのか

本節では、原作小説では、主人公が自分のなかの「やみくろ」を認識し直視することと、そのことがこの小説の主題として重要視すべき点であることを確認したい。

父らしき人物を追いかけて見失ったあと、善也は「一連の行為の重要性」が「とつぜん不明確」になる。「意味そのものが分解し、もうもとに戻らなくなってしまった」という。そして、父を求める行為について次のように自問する。

僕はいったいこのことで何を求めていたのだろう？（略）僕は自分が今ここにあることの繫がりのようなものを確かめようとしていたのだろうか？　自分が新しい筋書きの中に組み込まれて、より整った新しい役割を与えられることを望んでいたのだろうか？　違うな、と善也は思う。そういうんじゃない。僕が追い回していたのはたぶん、僕自身が抱えている暗闇の尻尾のようなものだったんだ。僕はたまたまそれを目にして、追跡し、すがりつき、そして最後にはより深い暗闇の中に放ったのだ。僕がそれを目にすることはもう二度とあるまい。[17]（傍点は原文ママ）

善也の魂は今では、静かに晴れ渡ったひとつの時間とひとつの場所にたたずんでいた。その男が自分の実の父親であろうが、神様であろうが、あるいはたまたまどこかで右の耳たぶをなくしただけの無縁の他人であろうが、[18]それはもうどうでもいいことだった。そこには既にひとつの顕現があり、秘蹟があったのだ。誉むべきかな。

次に取り上げるのは、善也が踊っている場面である。

途中で、どこかから誰かに見られている気配があった。誰かの視野の中にある自分を、善也はありありと実感することができた。

（略）

様々な動物がだまし絵のように森の中にひそんでいた。中には見たこともないような恐ろしげな獣も混じっていた。彼はやがてその森を通り抜けていくことになるだろう。でも恐怖はなかった。だってそれは僕自身の中にある森なのだ。僕自身をかたちづくっている森なのだ。僕自身が抱えている獣なのだ。[19]（傍点は原文マ

マ）

善也は「自身が抱えている暗闇の尻尾のようなもの」を「森の中」に見いだし、その後大地のなかに見いだす。その大地の下に「地震の巣」を認める。それは「不吉な底鳴り」「欲望を運ぶ人知れぬ暗流」「虫たちの蠢き」を含み込むものである。では、その「暗闇の尻尾のようなもの」とはどのようなものなのか。ここで注目したいのは、「地震の巣」が、善也の思考のなかで、母親がいる震災の町につながっていくことである。

善也は遠くの崩壊した街にいる母親のことを思った。もしこのままうまく時間が逆戻りして、今の僕が、その魂がまだ深い闇の中にあった若い時代の母親に巡り会うことができたとしたら、そこで何が起こるだろう？　おそらく二人は混迷の泥を同じくし、隙間もなく合致し、貪りあい、そして激しい報いを受けることだろう。でもかまうものか。そんなことを言い出したら、もっと前に報いを受けてしかるべきだったのだ。僕のまわりでこそ都市は激しく崩されるべきだったのだ。[20]

ここで語られているのは、主人公が「暗闇の尻尾のようなもの」を直視し、そして〈母〉への欲望を認めることではないだろうか。小説の冒頭では、善也が中学生の頃から、「母親と致命的な関係におちいる」ことへの恐怖を抱き続けていたことが言及されている。そして、小説の末尾もまた次のように〈母〉への欲望を認識することで閉じられている。次は、善也が踊りながら三年前に亡くなった〈父の代理〉の田端さんの言葉を回想する場面である。

善也は、足元にかがみこみ、手で砂をすくった。（略）冷たく不均一な土の感触を指に感じながら、田端さんのやせ細った手を最後に握ったときのことを、善也は思い出した。

「善也くん、私はもう長くは生きられない」と田端さんはしゃがれた声で言った。（略）

「（略）しかし死ぬ前に君にひとつ言っておかなくてはならないことがある。口にするのはとても恥ずかしいことだが、やはり言わなくてはならない。それは、私が善也くんのお母さんに対して幾度となく邪念を抱いたということだ。君も知っているように、私には家族がいるし、心から愛している。加うるに、君のお母さんは無垢な心を持った人だ。にもかかわらず、善也くんのお母さんの肉体を、私の心は激しく求めた。その思いを止めることはできなかった。私は君にそのことを謝りたい」

謝ることなんかありません。邪念を抱いていたのはあなただけじゃない。息子である僕だっていまだにろくでもない妄想に追いかけられているんだ。善也はそう打ち明けたかった。（略）僕らの心は石ではないのです。石はいつか崩れ落ちるかもしれない。姿かたちを失うかもしれない。でも心は崩れません。僕らはそのかたちなきものを、善きものであれ、悪しきものであれ、どこまでも伝えあうことができるのです。神の子どもたちはみな踊るのです。[21]（傍点は原文ママ）

田端さんが尊ぶ「厳しい戒律」をもつ信仰では、「邪念」を抱くことも罪である。善也の母親は「無垢な心」、すなわちその信仰、宗教に奉仕する存在として表象されているものの、善也の〈父代わりの人物〉は、その信仰に従うことが不可能だった。善也は子どもの頃、〈父〉について、田端さんから説明される。自分の父親が「お方」＝神だという母親に対し、善也は父親はそれぞれの子どもに個別に存在するのだと思っているのだが、田端さんは「君のお父さんである方は世界そのものなんだ」と言う。しかし田端さんの告白は、〈父〉≒〈おきて〉によっては、自らを統御することが不可能だったということだろう。それは田端さんが「尿道癌」という男性性器の病で死ぬという点にも象徴的に示されている。付言すれば、この小説を時代的・社会的文脈から考えると、「社会通念とは相いれない教壇独自」の戒律をもつという宗教団体の設定は、地下鉄サリン事件を引き起こしたオウム真理教を想起させている。村上が同作を通じて、ある種の新興宗教の危険性を浮き彫りにしていることは、言をまたないし、かつ重要でもある。

善也は自らが踊っている大地に「地震の巣」を認め、〈母〉への欲望だけではなく、〈父〉の田端さんの死についても思い描いていることは重要である。

善也が十二歳で信仰を捨てたとき、その理由の根本にあったものは「父なるものの限りない冷ややかさ」だったと語られている。「父なるもの」を捨てることが、小説の主要なモチーフになっていることは疑いがない。いわばこの小説の主題は、「父なるもの」を捨て〈母〉への欲望を受け入れるということになるだろう。ここでの〈母〉とは、村上が関心を寄せるユング心理学の元型論を参照するまでもなく、太母＝グレートマザーである。〈母なるもの〉は文化表象では、それに飲み込まれるイメージに代表されるように、〈克服しなければならないもの〉として現れる。しかし、主人公は〈母〉から離れることができず、〈母〉を〈克服〉していない自らを受け入れるしかない。この点が、「神の子どもたちはみな踊る」で語り出されているのではないだろうか。同時にこの小説の主題としてみえてきたものは、村上春樹が『海辺のカフカ』で〈父殺し〉をモチーフとして描いてきたことと通底している。

おわりに

映画版『神の子どもたちはみな踊る』では、父代わりの男性が亡くなっていく場面で、主人公ケンゴが母親に、「I saw my father today（今日おとうさんをみたよ）」というセリフが追加されている。映画版の主人公は、「父なるもの」への従属化として描出されており、この点でも、原作の小説と大きな隔たりをみせている。さらに映画版では、「父なるもの」への従属化の理由が、母親への欲望から逃れようとする点に設定されていることも見過ごせない。映画版の冒頭で、主人公ケンゴの性的欲望が、母親とガールフレンド・サンドラのあいだを往還するように描出されているからだ。サンドラのにおいを尋ねるタクシー運転手の質問に、ケンゴが連想するのは母親のお香のにおいである。ケンゴは、母親が下着姿でベッドに入ってきたのちには、サンドラの裸の写真を見て性的な欲望を処理しようとする。以上のように、映画版は、原作とは異なり、一見すると父なるものへの従属化として描かれているようにみえるが、実際のところは、母への欲望が断ち切れていないのである。

日本で同映画が公開されたとき、その広告ちらしは「母、恋人。／やわらかな監獄。」とうたっていた。映画版は「やわらかな監獄」から逃れるために〈父〉探しの要素が強調されているのだが、その一方で、母なるものが「監獄」になりうることを示す原作の小説を召喚してもいるのだ[22]。

注

(1) リンダ・ハッチオン『アダプテーションの理論』片淵悦久／鴨川啓信／武田雅史訳、晃洋書房、二〇一二年、一六六ページ

(2)「主観性」「自己意識（sense of self）」と訳出される。本章では自己の構築が環境と無限に相互作用を通じておこなわれている側面を強調して使用している。

(3) ジュディス・バトラー『権力の心的な生――主体化＝服従化に関する諸理論』佐藤嘉幸／清水知子訳（暴力論叢書）、月曜社、二〇一二年

(4) 地下鉄サリン事件が霞ケ関駅を中心とした路線を狙って実行されたことと、本章で後述する「やみくろ」との接点を考え合わせるとき、同作の霞ケ関駅での千代田線への乗り換えという設定には、地下鉄サリン事件と関連性がうかがえる。

(5) ログバルは、CM（コマーシャル）ディレクターを経て、本作で劇場用長篇映画監督デビューを飾った。

(6)「オリジナル予告篇」、ロバート・ログバル監督、リベロ／日活配給『神の子どもたちはみな踊る』DVD、二〇一一年

(7)『神の子どもたちはみな踊る』ロバート・ログバル監督、スコット・コフィ脚本、二〇〇八年

(8)Kaori Shoji, "'All God's Children Can Dance' Dancing in sync with the original," *The Japan Times*, Oct 29, 2010.

(9)三浦哲哉は、アメリカ映画になった同作の違和感が皆無だったと述べる。三浦哲哉「アメリカ映画になった村上春樹――映画版『神の子どもたちはみな踊る』が示す「僕」の位相」、「総特集 村上春樹――『1Q84』へ至るまで、そしてこれから」「ユリイカ」二〇一一年一月臨時増刊号、青土社、一七七ページ

(10)カリフォルニア州ロサンゼルスの首都圏に位置する地域で、ポルノ産業のスタジオの要地。映画中では、地下鉄路線図や道路標識でその地名が明示される。

(11)映画中では、コリアンタウンの地図を映し出すショットもある。またレンタルビデオ屋を映し出し、韓国のヒット映画『手紙』(一九九七年)、『約束』(一九九八年)のDVDのポスターも映し出されている。

(12)映画パンフレット『神の子どもたちはみな踊る』参照。付言すれば、映画紹介サイトなどではcopy shopや不動産屋などと記載されている。作中でファクスの依頼やアパートの看板が映し出されるため、誤って解釈されたのだろう。

(13)村上春樹「神の子どもたちはみな踊る」『村上春樹全作品――1990―2000 3 短編集2』講談社、二〇〇三年、一七〇―一七一ページ。なお、本文引用の棒線および傍点、太字は断りがないかぎり引用者による。以下、同。

(14)大塚英志『サブカルチャー文学論』朝日新聞社、二〇〇四年

(15)「やみくろ」は、村上春樹が長篇小説『世界の終りとハードボイルドワンダーランド』で登場させたキャラクターの名称である。本章では、同小説におけるキャラクター像ではなく、「目じるしのない悪夢」での言及に着目して考察している。

(16)中村三春『〈原作〉の記号学――日本文芸の映画的次元』七月社、二〇一八年、二〇四ページ

(17)前掲「神の子どもたちはみな踊る」一六八ページ

(18)同作品一六八ページ

(19)同作品一七〇ページ

(20)同作品一七一ページ

(21)同作品一七一―一七二ページ

(22) 二〇一〇年の公開時の広告ちらし(リベロ/日活配給)。劇場はシネマート六本木。「十月三十日(土)よりロードショー」という記載が見える。

第4部　文化コミュニケーションのなかの村上春樹

第19章　村上春樹と「小説家のコミットメント」

アントナン・ベシュレール

はじめに

近年の村上春樹のノーベル文学賞キャンペーンは相次いで敗北に終わり、二〇一七年はイギリスのカズオ・イシグロが、一六年のボブ・ディラン、一五年のスヴェトラーナ・アレクシエーヴィッチ、一四年のパトリック・モディアノに続いて受賞することになった。ディランはともかく、イシグロ、アレクシエーヴィッチ、モディアノにあり、村上にはない「何か」は一体どこにあるのか。例えばモディアノの小説には、テーマというものがほぼ一つしかない。それは第二次世界大戦中のフランスでの、ヴィシー政権下のいわゆる「普通の人」の生活である。一方、アレクシエーヴィッチの文学はヨシフ・スターリン政権下のソ連での一般市民の生活、あるいはチェルノブイリ原発事故の地元の市民への影響を、証言という形で記録したものからなっている。

もちろんテーマの社会性の程度だけで受賞が決まるわけではないはずだ。構成、文体、個性、場合によっては作家の社会的活動も、受賞を決定するにあたって考慮されていると思われる。村上は詩人でもなければ、特に意義がある啓蒙活動をおこなっている文化人でもない。その点は、実は本人も認めてきたことだ。「社会性がない」という批判に対応するためか、一九九〇年代後半あたりからは「デタッチメント」から「コミットメント」へという多少二元論めいた理論を、インタビューで提供してきた。ここでは村上の「コミットメント」の定義と意味を追求したいと思う。そうすることで、ノーベル文学賞の連敗を理解するためのヒントも得られるかもしれない。また極端にいえば、「デタッチメントからコミットメントへ」というスタンスは、一つの宣伝的なスローガンに聞こえなくもない。例えば二〇〇二年出版の小説『海辺のカフカ』についてのインタビューで、村上はこう応じる。

僕のいう「社会とのコミットメント」というのは、具体的な政治参加をするとか、そういうことには限らないんですよね。小説家として、社会の仕組みの中に有機的にはめこまれ、アクチュアルに機能する物語をつくっていくこと、それも社会的コミットメントの一つの大事なかたちなんだ。[1]

このような発言を読むと、いささか違和感を覚えないわけでもない。つまり、「社会の仕組みにはめこまれ、機能する物語をつくる」というのは、読者＝消費者の期待に応じて作品＝商品を出版することだと理解できるのではないかという印象を受けるからだ。一方、村上のそれまでの発言を追っていけば、一九六〇、七〇年代の学生紛争の影響で、政治的コミットメントを自らの行動から完全に排除してしまったことがうかがえる。ただし、村上の「コミットメント」への意志が生み出した最も代表的な作品である、『アンダーグラウンド』と『約束された場所で――underground 2』というノンフィクションを読んでみると、「コミットメント」という言葉は様々な解釈と可能性をはらんでいることがわかる。まずそれらの作品が生み出されるまでの過程を探ってみよう。

一九八〇年代半ばぐらいから、村上はヨーロッパで意図的な亡命生活を送っていた。当時彼がヨーロッパで書いた小説は次々と日本で出版され、好評を博している。八九年にいったん日本に帰ってはいるものの、バブル経済の時代にどうしてもなじめないという理由で、九一年に次はアメリカへと発つ。アメリカではプリンストン大学に滞在し、そこで日本文学の講義を担当しながら自分が日本語で小説を書いている日本人であることを再確認し、そのうえで日本に戻るという、思えば江藤淳などが以前体験したパターンを追体験した。

また、村上がアメリカにやってきた一九九一年は、ちょうど湾岸戦争が勃発した年でもあった。戦争に対するアメリカと日本の市民と政府の態度を相対化し、日本人の「歴史」への関係を問い、当時執筆中の小説の一つのテーマにしようと決めたという。九四年から九五年にかけて出版した『ねじまき鳥クロニクル』では「戦争」が一つのテーマになっていて、三九年のノモンハン事件が重要なモチーフとして取り上げられている。この小説はたしかに村上にとっての転換点をなしていた。これまでになかった膨大な長さのこの三部作で、人間とその歴史における「悪」の問題などの、いままでにあまりふれてこなかった課題を、村上は自分なりに積極的に取り上げようとしたのだ。また、自身もこの作品を書くにあたり姿勢を変えて、「デタッチメント」から「コミットメント」へ移ったと語っている。この小説の執筆時期におこなわれた河合隼雄との対談で、村上は自分のなかの「コミットメント」への転換について以下のように述べていた。

コミットメント（関わり）ということについて最近よく考えるんです。たとえば、小説を書くときでも、コミットメントということが僕にとってものすごく大事になってきた。以前はデタッチメント（関わりのなさ）と言うのが僕にとっては大事なことだったんですが。(2)

そして、自分のこれまでの小説執筆過程を振り返って、次のようにまとめた。

『ねじまき鳥クロニクル』はぼくにとっては第三ステップなのです。まず、アフォリズム、デタッチメントがあって、次に物語を語ると言う段階があって、やがて、それでもなにかが足りないというのが自分でわかったんです。そこの部分で、コミットメントということが関わってくるんでしょうね。[3]

以下、ここで村上が使用している「コミットメント」という言葉は何を意味しているのか、エッセーやノンフィクション、小説作品を通して、一九九五年の帰国の理由から追ってみよう。

1　「日本人」の再発見

阪神・淡路大震災、そしてオウム真理教による地下鉄サリン事件が起こったのは、村上がこのように考えていたさなかのことだった。両事件は彼に帰国という選択を迫り、日本とのつながりを決定的に回復させることになる。その時点で、村上はまず、地下鉄サリン事件の被害者のインタビューをまとめたノンフィクション的な作品の執筆を決心した。その決心に至った理由は複数あったらしい。まずは、オウム真理教とその教祖である麻原彰晃を理解したいという気持ちが挙げられる。それと同時に、長い間日本を離れて生活し続けてきた村上は、以下のように河合隼雄に語っている。

「日本と日本人というものについてもっと知りたかった。そのためには、一人でも多くの人に会って、ひとつのテーマに沿って、彼らの語る話を聞いてみたかった。自分が語る物語というフェイズと、他人が語る物語というフェイズを、クロスさせてみたかった。（略）事実とか現実というものをもう一度見つめなおしたいと言う気持ちが強くありますす[4]」

一年間の取材を経て六十人以上の被害者のインタビューをまとめて執筆した『アンダーグラウンド』は、一九九七年に出版された。読後感としては、やはりオウム真理教に関する調査としての価値よりも、「日本人」についてのドキュメントとしての価値のほうがはるかに確実に感じられ、その理由は、インタビューのパターンと村上が選んだ方法論にあるのではないかと思われる。つまり、村上は事件に対しては個人的な意見、感想を一切述べず、インタビュイー全員に同じ質問を同じ順番でしたのだった。「どこで生まれ、これまで何をして生きてきて、どのような経緯と理由でそこにいたのか」「細かいところまで、それこそ心臓の鼓動から息づかいのリズムまで、具体的に」[5]そこで何を体験したのか、という問いだった。

ただし、インタビュイーにすべてを任せる村上のその方法論は、オウム真理教についての調査としての『アンダーグラウンド』を失敗に終わらせざるをえなかったのだろう。インタビューされる被害者も、質問している作者も、個人的な体験を相対化したり、また事件を総合的・理論的に観察しつかみ取ろうとしたりはしないからだ。結局、そこで読者に提示される地下鉄サリン事件とオウム真理教に関する意見は、一般市民個々人がもつ一般論でしかない。

一人のインタビュイーは、「彼らがやったことがよく理解できない」と正直に認めているが、それが代表的な発言だといえるだろう。オウム真理教という現象の出現の理由について話しているとき、インタビュイーが「モラルの問題」に関する質問を村上に投げかけたときの、「私にはよく分かりません」という村上の答えもまた示唆的に感じられる。インタビュイーの豊田氏はそれに「少し勉強なさった方がいいですね」[6]と答えるしかない。一方、事件の体験そのものでさえ、被害者の証言が重ねて反復され続けているうちに、読者の関心を引かなくなっていく。視線と感覚の違いが多少あるとしても、そこに語られている事件は一つである。『アンダーグラウンド』を読んでいるうちに読者の関心を引くようになるのは、逆にインタビューされている一人ひとりの「人生」、あるいは「個性」そのものだ。読者がそういった関心の転換を体験するならば、それはおそらく作者の村上春樹が、インタビューをしているうちに自身でもそれを体験したからだと思われる。「取材」を試みた村上は、結局は生身の「人間」と生身の「現実」に引っかかってしまう。いままでは自分の小説に出番がなかった、いわゆる

「普通の人」と「現実」を、彼はそこでひしひしと感じさせられたにちがいない。

たしかにそれまでの彼の小説の主人公は、孤独な個人主義者だった。というのは、彼らは社会を否定していたとまでいえないにしても、社会に対して無関係で無関心だったのは間違いないからだ。そこに提示されていたのは、柄谷行人が指摘したように、主人公というカント的な超越論的主観のプリズムを通してしか歪んで現れてこない、「観念的な」、いわば「文学的な」[7]現実だった。しかし、『アンダーグラウンド』を生み出すことで、村上は「普通の人」と「現実」を再発見し、そのことを踏まえ、以降の小説に取りかかろうと試みた。

また、翌年に出版された『約束された場所で――underground 2』で、村上春樹はオウム真理教という現象を生み出した日本社会の欠如と矛盾について考えようとしている。信者や元信者の証言をもとに、村上は二つの理由を提示する。一つは、社会が必然的に生み出す「落ちこぼれる」人のための「受け皿」が日本という「システム」には存在しないということ。村上は、「日本社会というメイン・システムから外れた人々（特に若年層）を受け入れるための有効で正常なサブ・システム＝安全ネットが日本には存在しないという現実は、あの事件のあとも変化していない[8]」ということに、そこであらためて気づかされる。もう一つは、複雑でソフィスティケートされた価値観＝物語しか認めなくなった（村上いわくの）「高度資本主義社会」に、シンプルで内在化しやすい価値観＝物語が欠如しているということだ。

この事件に関して、やはり「稚拙なものの力」というものをひしひしと感じないわけにはいかないのです。それは「青春」とか「純愛」とか「正義」といったものごとがかつて機能したのと同じレベルで、人々に機能したのではあるまいか。ある意味では「物語」というもの（小説的物語にせよ、個人的物語にせよ、社会的物語にせよ）が僕らのまわりで――つまりこの高度資本主義社会の中で――あまりにも専門化し、複雑化しすぎてしまったのかもしれない。ソフィスティケートされすぎてしまっていたのかもしれない。人々は根本ではもっと稚拙な物語を求めていたのかもしれない。僕らはそのような物語のあり方をもう一度考え直して見なくてはならないのではないかと思います。そうしないとまた同じようなことは起こるかもしれない。[9]

こういった社会にどうしてもなじめない人が、麻原が提示した「稚拙な物語」に納得するのはもはや当然のことだと、村上は推測しているようだ。しかし、「純粋なもの」としての単純な物語は、必ずしも価値があるものでないことは、彼もわかっていたはずだ。実際、そのような「純粋性」に関して、オウム真理教を取材した森達也による記録映画『A2』（二〇〇一年）についての二〇〇六年の批評で、村上が危機感をもって指摘している。

多くの人々はオウム真理教に入って自己を追求する若者たちを「純粋」だと感じるかもしれない。しかし純粋であるというのはいったいどういうことだろう？

もしそれがただ単純に外なる混沌や矛盾を排除することであるとすれば、それは同時に自分の体液＝ナラティブを排除してしまうことになるのではあるまいか？[10]

村上春樹は『アンダーグラウンド』以降の小説作品ではたしかに、こういった「あちら側」の「稚拙な物語」に抵抗する手段を探してきたかのように感じられる。『アンダーグラウンド』のあとがき「目じるしのない悪夢」で、以下のように述べている。

実際の話、私たちの多くは麻原の差し出す荒唐無稽なジャンクの物語をあざ笑ったものだ。しかしそれに対して、「こちら側」の私たちはいったいどんな有効な物語を持ち出すことができるだろう。これはかなり大きな命題だ。私は小説家であり、ご存知のように小説家とは「物語」を職業的に語る人種である。[11]

そこで、小説家としての村上の、次のコミットメントの課題がみえてくる。それは、最初に引用した文章に示されているように、「アクチュアルに機能する物語をつくっていく」ということである。ただし、麻原の「ジャンク」的な物語に抵抗できるような物語とは、一体どのような物語だろうか。考えてみれば、大塚英志などに指摘された[12]ように、村上の（特に初期の）小説作品もまた、バラバラの要素をかき集めた、ある意味では「ジャンク」（断片、ポップ・カルチャーの引用、または村上春樹いわくの「アフォリズム」など）から成り立っている物語ではなかったのだろうか。村上がオウム真理教にみたのは、「以上引用した「目じるしのない悪夢」に書いてあるように」「もっとも見たくないもの[13]」、つまり一つの鏡像のような存在ではなかったか。一方、同じ文章のなかで、村上は以下のように考察している。

私たちは今必要としているのは、おそらく新しい方向からやってきた言葉であり、それらの言葉で語られるまったく新しい物語（物語を浄化するための別の物語）なのだ——ということになるかもしれない[14]。

どのような小説がその目的を果たせるかという問いについては、阪神・淡路大震災をテーマにした短篇集『神の子どもたちはみな踊る』に所収されている作品「蜂蜜パイ」の主人公である小説家の淳平の言葉が、その答えを端的に示唆している。

夜があけてあたりが明るくなり、その光の中で愛する人々をしっかりとだきしめることを、誰かが夢見て待ちわびているような、そんな小説[15]。

その後の村上は、二つのノンフィクションの作業で理解した「普通の人」が通過する物語に対して、一つの結論を提示できる「そんな小説」を目指して、小説創作に取り組んでいる。

2 「構造しかない」物語？

たしかに、一九九九年に出版された『スプートニクの恋人』以降は、『アンダーグラウンド』で再発見された、いわゆる「普通の人」にあたるキャラクターが登場してくる（中村主任がその一例）。ただし、その「普通の人」が物語内で主体性を与えられているかといえば、決してそうではない。彼らのほとんどは、主人公が物語内で通過せざるをえない「英雄譚」めいた旅への「助け」「さまたげ」「依頼人」などとして現れ、何よりもまず「機能」として物語に登場させられているように感じられる。例えば、これまでの小説と『ねじまき鳥クロニクル』の物語構造のパターンの相違を、村上は以下のように要約している。

これまでの僕の小説は、何かを求めるけれども、最後に求めるものが消えてしまうという一種の聖杯伝説という形をとることが多かったのです。ところが、『ねじまき鳥クロニクル』では「取り戻す」ということが、すごく大事なことになっていくのですね。[16]

しかし、そこで求められているのは外部と関わることではない。むしろ敵対的な環境としての外部にやむをえずに立ち入って、そこで本来自分のものである「聖杯」を取り戻し、自分の個人環境に戻るという、いかにもパターン化した物語構造への回帰がみられる。それは、おとぎ話（実際、『騎士団長殺し』では、まりえという人物が物語内の展開について、「楽しいおとぎ話の出だしみたいね」[17]と指摘している）、または（『スターウォーズ』などの大衆向けの作品の下敷きになった）ジョーゼフ・キャンベルに論じられたヒーローズ・ジャーニー（英雄の旅）のような、洗練された物語構造に即しているように感じられる。[18]例えば『騎士団長殺し』では、キャンベルがいうところのヒーローズ・ジャーニーの様々な要素と段階にあたる用語が、すべてそのまま適用されている。「開始」「欠如」「失踪」「予言」「運命」「呪い」「別の世界」「召喚」「謎かけ」「イニシエーション」「試練」「犠牲」「死」「再生」「鎮魂」「救済」「環の閉鎖」「帰結」など。[19]

そこで「日常的な現実」がどれほどの価値をもっていられるかということは、「あたりに満ちている〈現実〉に不用意に足取りをつかまれないことだ[20]」という、『ねじまき鳥クロニクル』の主人公岡田亨の断言から推測できる。実際、村上の小説の物語構造のなかで「日常的な現実」はむしろ神話や民話など、あるいはウラジミール・プロップの物語論における「魔界」（または「穢れた下界」）の機能として扱われ、本来の「帰るべき〈現実〉」の役割を果たしているのは非常に限られた個人環境としての「家庭」やそれと同等の領域だった。「コミットメントというのは何かというと、人と人との関わり合いだ[21]」と村上は主張する。そして、『ねじまき鳥クロニクル』の「主人公はいろいろな登場人物にコミットメントを迫られるのです。ただ奥さんのクミコさんだけが逃げていく。去っていく。でも、彼が本当にコミットしたいのは彼女なのです[22]」。むしろ、「彼女だけ」といってもいいのではないだろうか。そのパターンは、以降の小説にも通じるものがある。『スプートニクの恋人』の主人公は、友人のすみれを取り戻そうとする。『アフターダーク』のマリも、姉妹のエリを取り戻すために記号の集積としての大都市へ旅立つ。『海辺のカフカ』の少年は、自分の（本当の）「家族」を取り戻すために家出する。『1Q84』では、天吾と青豆が、二人とも一切縁をもたない日常的な「現実」から「繋がれる二人だけの世界」を築くためにお互いを求めてさまよい、『騎士団長殺し』の主人公もまた、いったん別れた妻との再会と、若い頃亡くした妹の生まれ変わりとでも受け取れる友人の娘まりえの異界からの救出に努めている。その際、小説が織りなす「日常的な現実」は、敵対物、あるいは物語のための背景としてしか描かれていないように感じられてしまう。物理的・文化的、または言語的な記号の集積としての社会、村上春樹いわく「高度資本主義社会」は、『ダンス・ダンス・ダンス』にあふれていた文化作品のタイトル集、『アフターダーク』にあふれているカタカナの外来語の語彙とブランド名として表現されている。

さらにいえば、物語を歴史的コンテクストに位置づけるためにおこなわれている歴史的な事件などへの言及が、ほとんどは必然性や批評性を欠いていることにも驚かされる。例えば、『海辺のカフカ』の少年の主人公が、ナチス官僚アドルフ・アイヒマンの裁判報告書を読んでいるくだりを思い出してもいいだろう。そこには語り手や主人公のそれに対する何の考察もなく、報告書がただ「読まれている」と書いてある。『騎士団長殺し』に、ナチ政権によるオーストリア併合への言及があり、南京大虐殺への言及もなされている。最終的にはそれらはすべてある儀式につながっていて、以下のようなくだりで締められている。

> 雨田具彦はこれまで以上にかっと大きく目を見開いて、そこにある光景を直視していた。騎士団長を刺し殺している光景を。いや、そうじゃない。今ここで私に殺されようとしている相手は、彼にとっては騎士団長ではない。彼が目にしているのはいったい誰なのだろう?
> 彼がウイーンで暗殺しようと計画していたナチの高官なのか。南京城内で弟に日本刀を渡し、三人の中国人捕虜の首を斬らせた若い少佐なのか。それとも彼らすべてを生み出したもっと根源的な、邪悪なる何かなのか。もちろん私にはそれはわからない[23]。

その歴史的な挿話の意味を『騎士団長殺し』という不思議な絵画に求めていた主人公が精霊的な存在である「イデア」にそれを問うと、以下のように答えられる。

> 歴史の中には、そのまま暗闇の中に置いておった方がよろしいこともうんとある。(略)もしもその絵が何かを語りたがっておるのであれば、絵にそのまま語らせておけばよろしい。隠喩は隠喩のままに、暗号は暗号のままに、ザルはザルのままにしておけばよろしい[24]。

つまり『海辺のカフカ』でのアイヒマン裁判への言及同様、解釈の責任は一方的に読者に委ねられている。何しろ、このような小説の登場人物たちがパターン化された物語構造に導かれている以上、彼ら（特に主人公以外）はあくまでもキャラクターにとどまっているようにみえてしまい、物語論的に言い換えれば、ウラジミール・プロップやアルジルダス・ジュリアン・グレマスがいう「機能」にすぎないように感じられてしまいかねない[25]。お約束の悪の象徴もまた、歴史の仮面をかぶろうとも、（物語上の）機能を果たすための純粋な記号として適用されることになる。そこでは「アイヒマン裁判報告書」も「KID A（少年A）」も、「首切りを命じた少佐」もまた、記号として物語に挿入されている。記号に内在する歴史的・社会的な意味が、キャラクターや語り手に問われることがほとんどみられない。それらは一般的な「悪」や「暴力」の象徴として物語に総動員され、読者になんとなく、キャラクターと物語の諸要素を色づけさせる役割を果たしているようにみえてしまう。言い換えれば、歴史的事実は最終的に、物語の様々な機能としてのキャラクターや経緯に、それらを装飾するための小道具として適用（コミット）されているように感じられる。前述を踏まえると、村上の小説における「コミットメント」の一つの定義は、「物語構造への執着」としてまず現れているといえるのではないか。

多少本題から逸れるが、海外での村上春樹の評判も、そのような物語構造の洗練に支えられていることをここで指摘してもいいだろう。例えばフランス人の読者に聞いてみれば、「大人のためのおとぎ話」の作家として受け止められていることが多いそうだ。まして、いわゆる「キャラクター小説」になじんでいる若者に聞いてみると、村上の小説は「まんが・アニメ」と同様に、サブカルチャーの消費物として楽しまれていることがわかる。フランスの若い「村上ファン」には、特にスタジオ・ジブリの作品との親和性がよく挙げられていることも納得できる。

おわりに

村上の小説には洗練された構造内に再構築された現代の諸要素が積み上げられていて、読者は責任を問われない主人公とともに曖昧な教養物語を通過しながら、空白のまま提示された物語論的な様々な機能としてのキャラクターと事件を自由に肉付けし、自分の物語にしていく。記号と機能に導かれ、読者が自分なりに自由にその空白を埋め、楽しみながら自分の苦痛や動機を主人公に与え、それが物語の「お約束」どおり、最終的に解決されたときに「癒し」を受け取れるのだ。そのようなものを読者に与えられる小説を提供することも、一つの「コミットメント」として受け取ることが十分可能なのだろう。

そもそも村上の小説作品における「コミットメント」とは、まず物語的機能としてあるのではないだろうか。フランス人は「コミットメント」という言葉を、まず engagement と翻訳する。そのときには、必ずジャン＝ポール・サルトルなどのような「文化人による社会的活動」のイメージが浮かんでくる。一方、村上の「社会」の定義とは、以下のようなものだ。

社会というのはもともと劣悪なものなのだ。でもどれほど劣悪であれ、我々は――我々の圧倒的多数は――その中でなんとか生きのびていかなくてはならない。重要な真実はむしろそこにある。(26)

もちろん、村上はサルトルでもなければ、『政治少年死す』(「文学界」一九六一年二月号、文藝春秋新社)の大江健三郎でもない。そのような意味での「文学的コミットメント」＝engagement を彼に求めるのに無理があることはよくわかっている。自身もおそらくそれを理解したうえで、自分なりの「コミットメント」の形を探ろうとしてきた。しかしながら、「小説家として最終的に書きたいのは「総合小説」で、「僕の目標は『カラマーゾフの兄弟』」だときっぱりと宣言した村上の現在の作品や姿勢には、いささか困惑させられる。例えば『騎士団長殺し』[27]にナチスの絶滅収容所、南京大虐殺、ベルリンの壁、イスラエルとパレスチナ、広島と長崎原爆投下、そして最後に東日本大震災への言及が繰り返されている。しかし、その歴史をこうして記述したことで語ったことになったのか、それについては、そのいくつかの「現実」を体験してきた人々に判断を委ねたいと思う。

『騎士団長殺し』の最後の場面では、妻のもとに戻れた主人公が、二人のあいだに生まれた子どもと東日本大震災のニュース放送を見てしまい、「津波の押し寄せてくる光景を彼女にできるだけ見せないよう」に、「手を伸ばして娘の両目を塞」ぐ。

「君は見ない方がいい。まだ早すぎる。」
「でもほんとのことだよね。」
「そうだよ。遠くで本当に起こっていることだ。でも本当に起こっていることをみんな、きみが見なくてはならないというわけじゃないんだ[28]。」

村上にこのようなくだりを書かせた状況、あるいは心持ちを十分理解しながらも、同時にそこで彼の「現実」に対するスタンスを読み取れるような気がしてやまない。

注

（1）村上春樹『少年カフカ』新潮社、二〇〇三年、三二ページ
（2）村上春樹／河合隼雄『村上春樹、河合隼雄に会いにいく』（新潮文庫）、新潮社、一九九九年、一八ページ

（3）同書八三ページ
（4）同書九四ページ
（5）村上春樹『村上春樹全作品――１９９０―２０００ ６ アンダーグラウンド』講談社、二〇〇三年、二五ページ
（6）同書七八ページ
（7）柄谷行人「村上春樹の「風景」」、栗坪良樹／柘植光彦編『村上春樹スタディーズ』第一巻所収、若草書房、一九九九年、九九ページ
（8）村上春樹『約束された場所で――underground 2』（文春文庫）、文藝春秋、二〇〇一年、一二ページ
（9）前掲『村上春樹、河合隼雄に会いにいく』八六ページ
（10）村上春樹「共生を求める人々、求めない人々――映画「Ａ２」をめぐって」、「KYODONEWS」（http://web.archive.org/web/20051216151418/http://news.kyodo.co.jp/kyodonews/2002/aum/a2-1.html）［二〇一九年三月二十三日アクセス］
（11）前掲『村上春樹全作品――１９９０―２０００ ６ アンダーグラウンド』六五三ページ
（12）大塚英志『物語論で読む村上春樹と宮崎駿――構造しかない日本』（角川oneテーマ21）、角川書店、二〇〇九年
（13）前掲『村上春樹全作品――１９９０―２０００ ６ アンダーグラウンド』六四四ページ
（14）同書六四二ページ
（15）村上春樹『神の子どもたちはみな踊る』新潮社、二〇〇〇年、二〇一ページ
（16）前掲『村上春樹、河合隼雄に会いにいく』九〇ページ
（17）村上春樹『騎士団長殺し 第1部 顕れるイデア編』新潮社、二〇一七年、一四六ページ
（18）前掲『物語論で読む村上春樹と宮崎駿』
（19）前掲『騎士団長殺し 第1部 顕れるイデア編』二八〇、四〇四、四三二ページ、村上春樹『騎士団長殺し 第2部 遷ろうメタファー編』新潮社、二〇一七年、二一四、二二九、二五八、二七一、三〇七、三一〇、三一七、三一九、三二〇、三二二、四四六、五〇四、五〇九、五三六、五四〇ページ、ほか
（20）村上春樹『村上春樹全作品――１９９０―２０００ ５ ねじまき鳥クロニクル２』講談社、二〇〇三年、八六ペー

ジ
(21) 前掲『村上春樹、河合隼雄に会いにいく』八四ページ
(22) 同書一〇〇ページ
(23) 前掲『騎士団長殺し 第2部 遷ろうメタファー編』三二四ページ。なお、傍線は引用者による。以下、同。
(24) 前掲『騎士団長殺し 第1部 顕れるイデア編』四四九ページ
(25) ウラジミール・プロップ『昔話の形態学』北岡誠司／福田美智代訳（「叢書記号学的実践」第十巻）、風の薔薇、一九八七年、A・J・グレマス『構造意味論——方法の探究』田島宏／鳥居正文訳、紀伊國屋書店、一九八八年
(26) 前掲「共生を求める人々、求めない人々——映画「A2」をめぐって」
(27) 前掲『少年カフカ』三五ページ
(28) 前掲『騎士団長殺し 第2部 遷ろうメタファー編』五三二ページ

第20章　一九七九年の村上春樹

横路明夫

はじめに

まず、台湾の話から始めたい。台湾の日本研究ではいま、文学研究の地盤沈下が起きている。日本でも文学を単独で扱う研究機関は存在しにくくなっているが、台湾もそれと同じかそれ以上に深刻な状況に直面している。原因としては少子化や就職難など日本語学科全体が抱える問題もあるのだが、端的にいって、メディアを通じてリアルタイムで日本の若者文化にふれることができるいまの学生にとって、関心が文学ではなく文化に向かうのは、むしろ当然なのだ。私たち文学の教師はいま、日本研究で果たすべき文学研究固有の役割を再考するとともに、文化を研究したいという学生が多数を占めるという状況に対応する努力を求められているように思う。

そこで、せっかく村上春樹について論じる機会を与えられたので、本章では、文化的コンテクストに拡散させるような形で、この現代作家を論じてみたい。いま「せっかく」と述べたのは、村上ほど若者文化との関わりが指摘され、実際、その材料に事欠かない作家も珍しいという事実を踏まえてのことである。

1　初期の村上春樹のサブカルチャー性について

まず、村上のデビュー当時、そのペンネーム（本名だが）からして文化的想像力を刺激する名前だった。大塚英志が「村上春樹の名前を初めて見たとき、これは何だかずいぶんな筆名だと思った記憶がある。村上春樹が文学雑誌の新人賞を受賞した頃、「村上」といえば村上龍、「春樹」といえば角川春樹のこの二人が良くも悪くもメディアを席巻していた[1]」と述べているとおり、「村上春樹」はいってみれば、当時の文化的カリスマをコケにする、サブカルチャー的なうさんくささを感じさせるペンネームだったのだ。

次に、一九七九年に『風の歌を聴け』でデビューしたことについてである。七九年は日本アニメにとってその後の展開の起点とでもいうべき年だった。映画『ルパン三世　カリオストロの城』（監督：宮崎駿）が公開され、映画『銀河鉄道999』が邦画配給収入でアニメとして史上初めて第一位になり、『機動戦士ガンダム』のテレビアニメ第一作の放映が始まっているのだ。このような年に、パラパラマンガ的に、あるいはセル画の連続のように、作品世界を展開させていく村上の断章形式のデビュー作が発表されたことに時代的な符合を感じることも許されるのではないか。

『風の歌を聴け』という作品名も、二つの視点からサブカルチャー的なにおいを感じることができる。一つ目は、ノーベル賞受賞を期待されて久しい村上に代わって二〇一六年に文学賞を受賞したボブ・ディランの「風に吹かれて」（一九六三年）との関係である（まず、名前自体が似ている）。ディランが『世界の終りとハードボイルド・ワンダーランド』（以下、『世界の終り』と略記）のなかで印象的な使われ方をしていることはよく知られているが、その『世界の終り』に『風の歌を聴け』のテーマを解説するかのような一節がある。

「とてもきれいな音だわ」と彼女は言った。「その音は風のようなものなの？」
「風そのものさ」と僕は言った。[2]

しかし私には何を悔むこともできなかった。たとえ全てが風のように私をあとに残して吹きすぎていってしまったにせよ、それはまた私自身の望んだことでもあるのだ。[3]

そして、三三四ページの引用に続くシーンで、「私」は「太った娘」に対して「私」が「私」であることを示す手がかりとして「ボブ・ディランのテープがかかってる」ことを伝え、この世界に別れを告げる（三四〇ページには「風に吹かれて」の名前も挙がっている）。つまり、後付け的ではあるが、『風の歌を聴け』と「風に吹かれて」の関係が『世界の終り』で明かされているかのように読めるのである。少なくとも『風の歌を聴け』の末尾に「風に吹かれて」の最後のフレーズ、「答えは風に吹かれている」のリフレインを聞き取ることに村上は反対しないだろう。

『風の歌を聴け』という作品名について指摘すべきもう一点は、『風と木の詩』のアナグラムである可能性だ。『風と木の詩』は一九七六年から「週刊少女コミック」（小学館）に連載されたマンガで、その少年同士の同性愛描写の過激さから、当時の読者に衝撃を与えた。寺山修司をして「これからのコミックは、たぶん『風と木の詩』以後という呼び方で、かわってゆくことだろう」[4]といわしめた作品である。作者の竹宮惠子は「二十四年組」[5]の一人なので、四九年生まれの村上とはくしくも同年代ということになる。村上が竹宮の作品を読んだかどうかは確認できなかったが、少なくとも同じく二十四年組の山岸凉子の作品を読んでいることから考えて、デビュー前の村上の頭に、この、当時大きな話題になった『風と木の詩』があった可能性は否定できないように思う。[6]

また、この二作品は内容的にも類似性がないわけではない。例えば、その冒頭が青春へのレクイエムで始まっている点、そして男の子二人のダブル主人公である点だ。もちろん、「僕」と鼠が同性愛関係にあったといいたいわけではない。だが、鼠（女性とちゃんと付き合えない）から「僕」に対してはそういう感情を読み取ることも可能である。これついては『パン屋襲撃』『パン屋再襲撃』での、「僕」の元相棒に対する妻の気持ちが傍証になる。果敢に襲撃を実行する妻には、鼠を思わせる『パン屋襲撃』の元相棒への対抗意識がみられるのだ。元相棒＝鼠という短絡が許されるなら、鼠は妻の嫉妬を買う存在と見なすことができる。であるならば、『風の歌を聴け』という作品名が『風と木の詩』からの連想で（そのもじりとして）生まれてきた可能性を考えることも許されるのではないか。

最後に村上がアニメに影響を与えている例から確実と思われるものを一つ挙げておきたい。それは『ノルウェイの森』と新海誠の『雲のむこう、約束の場所』（二〇〇四年）の全体構造（枠構造）の類似である。つまり、冒頭に現在の主人公が交通機関で移動しながら過去を回想するシーンがあって、そこで主人公の喪失感が描かれ、その後にその喪失の経緯を描いた本編が置かれるという構造が踏襲されているのである。そのため、私たち読者（観客）はいずれの場合も、冒頭の絶望と、結末のその部分だけ切り取れば感じられる温かみのあいだで（懐かしい言い方になるが）宙づりにされることになる。新海が村上を読んでいることは東浩紀と西島大介との鼎談のなかで彼自身が認めているところなので[7]、影響関係がある可能性はかなり高い。

2　AIによるゴースト獲得物語①——『攻殻機動隊』のタチコマについて

ここまで初期村上春樹とサブカルチャーの接点を思い付くままに挙げてみた。このあと、サブカルチャー的な視点から『世界の終り』を読んでみたいのだが、その前に、そのための補助線として『攻殻機動隊』（二〇〇二―〇三年）に登場するタチコマを論じておきたい。

自己犠牲

タチコマは神山健治監督の『攻殻機動隊 STAND ALONE COMPLEX』シリーズ[8]（以下、テレビ第一作を『攻殻S.A.C.』、第二作を『2nd GIG』と略記）に登場するＡＩ搭載ロボットだが、単なる端役ではない。彼らは二つの点で中心的な役割を果たす。一つは「スタンドアローン・コンプレックス」（以下、「S.A.C.」と略記）というタイトルの意味の一つを担うこと、もう一つは自分を犠牲にして主人公たちを救うことである。

まず、自己犠牲について考えてみたい。彼らは二度自分を犠牲にする。それは大切な人々を守る利他的なものだが、テーマ表現に視点を置けば、「ゴースト」（霊魂、心）獲得のための行為でもある。

タチコマのゴースト獲得に関するシーンを追ってみると、ゴーストをもたないため死を理解しえないタチコマが、死への憧れを示す『攻殻S.A.C.』第二話、人間に愛されたアンドロイドがゴーストをもったことがにおわされる第三話、少女との交流を通して情緒面の経験値が上昇する第十二話を経て、自分という存在について考え始めるまでになる。そして第二十五話で公安九課のメンバーを救うため、敵のアームスーツもろとも自爆する。それを見た主人公は「もっと早くその事に気付いてやれたら、この子達が獲得した物がゴーストだったのかどうかを確かめてやれたのにな」と言う。タチコマのゴースト獲得をほとんど認めているのだ。これは『2nd GIG』でも繰り返される。核ミサイルに自分たちのＡＩが保管された人工衛星をぶつけて公安九課や難民たちを守ったタチコマに向けて、「君たちにはきっとゴーストが宿っているんだね」という言葉が与えられるのである。言葉遊びのようだが、自己犠牲はまず「自己」がなければ成立しない。タチコマは自己犠牲によって個としての自己を担保し、ゴーストを獲得したという言い方もできるだろう。小森健太朗がゴーストについて興味深い指摘をおこなっている。

そして「殻（シェル）」と言い表された身体（からだ）という三文字の言葉にこめられた二重の意味が、このテーマに則して味わい深いものとなっている。つまり、〈からだ〉とは「殻」であると同時に「空」である。おそらく〈ゴースト〉は〈シェル〉を離れて存するのではなく、この空＝殻の二重性に寄り添う形で存しているのだろう[9]。

タチコマは自己犠牲によって、結果として空（殻）を充塡するのであり、その純粋な徒労が無垢を保障し、感動を担保する。いってみれば、タチコマは自己を失うことによって、例えば安部公房の『赤い繭』（「人間」一九五〇年十二月号、目黒書店）的にゴースト（個としてのかけがえのない自己[10]）を獲得するという逆説を体験しているわけだ。そしてこのゴースト獲得はもう一つのテーマ、「S.A.C.」の一つの要素でもある。

STAND ALONE COMPLEX

「S.A.C.」は三つの要素に具体化されている。一つ目はタチコマのありよう、次が『攻殻機動隊』のありよう、最後がシリーズ全体の展開を主導する事件である。まず、情報共有を常態とするＡＩ搭載ロボットのタチコマ（九体）にとってコンプレックス（複合体）であることは、むしろ普通だろう。このような個としての区別をもたないロボットがかけがえのない自己（ゴースト）を獲得するのがタチコマの「S.A.C.」である。攻殻機動隊のありようとしての「S.A.C.」は「われわれの間にはチームプレイなどという都合のよい言い訳は存在せん。あるとすれば、スタンドプレーから生じるチームワークだけだ」という登場人物のセリフがわかりやすく説明している。この二つが「S.A.C.」の肯定面を示しているのに対して、そのマイナス面を照らし出しているのが三つ目の事件をめぐる「S.A.C.」である。次の上野俊哉の指摘は、その対照を簡潔に言い表している。

ＳＡＣという奇妙な用語はどのように定義されるか？　その現象は次のようなパラドクスとして生じる。「あるものが個性化、特殊化、独創性を目指せば目指すほど、ますます凡庸なものとなり、容易に他のものと同等なものに並列化してしまうこと」、または「あるものが徹底して個体性を排除し、情報や環境＝手段の共有化、平等化、並列化を実現すればするほど、かけがえのない、他のものとは異なった、唯一特異的な行為主体が生じてしまうこと」と定式化することができる。[11]

後半の「徹底して個体性を排除し、（略）平等化、並列化を実現すればするほど、かけがえのない、他のものとは異なった、唯一特異的な行為主体が生じてしまうこと」がタチコマのゴースト獲得を、前半の「個性化、特殊化、独創性を目指せば目指すほど、ますます凡庸なものとなり、（略）並列化してしまうこと」が『攻殻S.A.C.』における「笑い男」の模倣者や『2nd GIG』の「個別の十一人」の事件を指し示している。

ところで、『2nd GIG』の構想過程を語るなかで、神山健治は「もともと「個別の十一人」のモチーフは三島由紀夫をベースにやろうというのがあって[12]」と述べているが、三島と「S.A.C.」を並べたとき、頭に浮かぶ光景がある。それは一九七〇年のいわゆる三島事件で、集まった自衛官たちがバルコニー上の三島にヤジを飛ばす場面である。「お前なんかに何がわかるんだ」などと口々に叫ぶ彼らは、三島がいう国家の大義への批判意識をもつ個として自身を感じながらも、大衆の一人として均質化している。これをもう少しわかりやすくいうなら、同様に七〇年代を特徴づける竹の子族をみるのがいいかもしれない。彼らは社会からの逸脱を体現する個として自分を強く意識しながらも、その行動は恐ろしく画一的である。このような人間のあり方を、森本隆子は『パン屋再襲撃』を論じるなかで「欲望の自己増殖と大量消費をモットーとする消費社会は、見せかけの差異を仮構することで個性のリアルさを演出しながら、実は均質性と同質性において閉じようとするシステムである[13]」と述べ、高度資本主義社会がもたらす人間疎外のいち形態として捉えている。そして、このことについて神山が意識的だったことは、『2nd GIG』の第十五話「機械たちの午後」のタチコマのセリフが示しているだろう。「僕達とは対極にある」「主体性があるようでない集団。個を求めんとするあまり没個性に陥っている人達」というタチコマの「個別の十一人」（＝「笑い男」の模倣者）評は、そのまま自衛官たちや竹の子族にあてはまる。高度資本主義社会的な人間の画一性へのアンチテーゼとしてタチコマのゴースト獲得のドラマがあることを、私たちは読み取るべきなのだ。

素朴な人間性のリニューアル

そして、タチコマに託された人間に関するもう一つの問題が、素朴な人間性のリニューアルである。先ほど小森の論を引いてタチコマの「空」について述べたが、このあたりの問題については、三浦雅士もアイザック・アシモフの『私はロボット』（一九五〇年）のジレンマについて語るなかで「人は何の疑いもなく人間性を語り、ヒューマニズムを唱える。しかし、ヒューマニズムという言葉をひとたび問題にし始めるやいなや、人は際限もない混乱に陥らざるをえない。いったいなにが人間的なのか。人間的な行為とはどのようなことをさすのか[14]」と述べ、そこに空があることを指摘している。石黒浩が「ゆえに、人は、「人間とは何か、自分とは何者であるか」について、考えることを止められない。そのために、人は多くの心の鏡を求める。／ロボットもその一つである[15]」と述べているように、ロボットは臆見を捨てて人間性を見つめる視点を与えてくれるのだ。そしてロボットがクオリアをもたないことが、そのような視点の条件となる。それを示すシーンは『攻殻S.A.C.』では第十二話や第十五話に挿入されている[16]。第十二話でタチコマは「いらない」という言葉の意味はわかっても、それに付随するクオリアをもたないために「残酷」な行為をし、第十五話では人間同士なら様々なクオリアをもって語られる神を、不在の中心を示すかのような「0（ゼロ）」として捉えてしまうのだ。だが、彼らは自分の欠如を知っているがゆえに、周りの様々なものに関心をもつ「なぜなに坊や」であり、そうした彼らの人間的臆見からの解放が彼らの無垢を担保する。そしてそのために、彼らの「空」に入ることができた感情は、いわばリニューアルされた人間性として私たちに新たなクオリアを与える。自己犠牲という使い古された展開に驚きと感動を覚え、再び物語としての力を感じるのはそのためだ。実際のロボット製作では腕一本の動きがいかに複雑であるかを思い知らされるというが、人間とは何かという問いを呼び寄せるロボットは、人間の素朴な感情を際立たせる現象学的還元の装置としてはたらきうるのだ。そして、そうした問題をいわゆる純文学として追求し、その後のアニメの世界にも影響を与えたとも考えられるのが『世界の終り』である。

3 AIによるゴースト獲得物語②——『世界の終りとハードボイルド・ワンダーランド』

文化・思想の側から『世界の終り』に関して発言している批評家といえば、東浩紀が挙げられるだろう。東は『世界の終り』の重要性を何度となく指摘している。ただ、『世界の終り』自体についての読みはいささか図式的である。舞城王太郎の『九十九十九』(講談社、二〇〇三年)との対比のなかで、東は『世界の終り』を二項対立の物語と捉えているのだ。[17] この単純化は東の指摘を引き継ぐ形で『九十九十九』と『世界の終り』を考察した大澤真幸の論[18]でも同様で、「村上春樹は、虚構の時代を代表する作家である」と断じたうえで、三人目の九十九十九が「現実への回帰とも虚構への滞留ともつかぬあいまいな立場」をとったことが、「この作品を、虚構の時代の精神から分か」っていると大澤は指摘している。おそらく彼らは『世界の終り』と『九十九十九』との対比によって時代精神を捉えることを優先し、あえて戦略的に簡略化を選んでいるのだ。だが、普通に読めば『世界の終り』の結末が単純な二項対立でないことは明らかである。

これに対して、『世界の終り』の第三項を指摘し、なおかつ『世界の終り』を文化的視座から読むことの可能性をほのめかしているのが深海遙の『村上春樹の歌』[19]だ。深海は『世界の終り』を論じた第二章を「「人工知能」の冒険」と題していて、私が知るかぎり、『世界の終り』を論じる際にAIに言及している例は深海のほかにない。残念ながらその考察は「常識的な人工知能批判を延々と繰り広げるドレイファス兄弟」への批判に逸れたまま終わってしまっているが、しかし『攻殻機動隊』の分析を踏まえて『世界の終り』を見直してみると、村上が「世界の終り」(「僕」の世界)を人工知能と見なしていたことを示す痕跡が意外と多いことに気づかされる。

簡単にそれらをたどってみると、まず、「私」が吸収されてしまう三つ目の思考回路、つまり「世界の終り」がどのようなものなのかについては、脳そのものではなく、「意識のシステムを現象レベルで固定した」[20]「ヴィジュアライズして編集しなおしたシステム」[21]だと説明されている。いわば、それはニューラルネットワークなのであり、つまりＡＩということができるだろう。そして村上自身がそれを意識していたことは、「私」が「コンピューターが自我を持ちはじめるまでのつなぎ」と自己規定していることから明らかだ。「私」は「強いＡＩ」実現の道程のなかに自身を位置づけているのだ。

ところで、この「強いＡＩ」というのは、クオリアのところで引いたジョン・サールの用語で、汎用ＡＩを指す。特化型ＡＩとは異なり、人間のような応用力と自意識をもつＡＩを表現する言葉である。だが、サールは「強い」という形容詞に肯定的なニュアンスを込めているわけではない。むしろその不可能性を主張している。そして、その主張の根拠としてサールが持ち出すのが「中国語の部屋」という思考実験である。「中国語の部屋」を簡潔に説明すれば――ある部屋のなかに記号（中国語）が送られてくる。なかにいるイギリス人は全く中国語がわからないが、記号をどう処理するかのマニュアルは与えられている。彼はマニュアルに従ってそれに対応する記号を送り出す。これによって部屋の外部から見れば、中国語の会話が成立しているように見える。だが、イギリス人は全く中国語の意味を理解していない。そしてこれを何回繰り返しても、彼は中国語を理解できるようにはならない。ロボットにできるのは、この記号処理にすぎないのだ。中国語の部屋のなかの人間が中国語の意味を理解できるようにならないのと同様に、ＡＩもまた、いつまでたっても意味を理解する心を獲得できないのである。――これがサールの主張なのだが、この「中国語の部屋」をほうふつとさせる部分がある。「十八世界の終り（夢読み）」の次のセリフである。

君は以前に頭骨から古い夢を読みとるのが僕の仕事だと言ったね。しかしそれはただ僕の体の中を通りすぎていくだけなんだ。僕にはそれを何ひとつとして理解することができない[22]

「僕」は（イギリス人と同様に）夢（中国語）を理解することはできない。ただ「体の中を通りすぎていくだけ」だ。しかし、それが夢読みのなすべきことであり、「中国語の部屋」のなかのイギリス人が中国語の応答を成立させているのと同様に、それで夢読みの仕事は成立しているのだ。夢読みの仕事をこなしているにもかかわらず、夢の意味を何一つ理解できない「僕」のありようは、まさに「中国語の部屋」のなかのイギリス人のようである。だが、村上春樹は人工知能による統語論的世界から意味論的世界への越境をサールのように諦めない。次のシーンである。

> 棚の上に並んだ無数の頭骨の中に眠っていた古い光が今覚醒しているのだ。（略）そして僕はそこに彼女の心を感じとることができた。彼女の心はそこにあった。[23]

ここまで考察を進めてきた私たちにとって、このシーンからAIのゴースト覚醒を読み取ることはそれほど難しいことではないはずだ。サールの「イギリス人」とは違って、「僕」は夢の意味を理解するようになったのである。そして、「僕」はゴースト獲得のために、図書館の女の子とともに森で生きるという第三の道を選ぶ。

> しかしたとえ時間がかかるにせよ。決して完全なかたちではないにせよ、僕には彼女に心を与えることができるのだ。そしておそらく彼女は自分の力でその心をより完全なかたちに作りあげていくことができるに違いないと僕は思った。[24]

すなわち、「僕」は、人間（「世界の終り」を逃れて再び影と一体化する）でも単なるAI（壁に囲まれた街のなかで生きる）でもなく、ゴーストを獲得して自ら成長していける汎用AIであろうとする（少女と森で生きる）ことを選んだということであり、『世界の終り』は「世界の終り」という人工知能がゴースト獲得を目指すに至る物語として読めるのである。

おわりに

三浦雅士は、ＳＦの荒唐無稽な発想といわゆる文学との交錯点について次のように述べている。

サイエンス・フィクションは、科学にかかわることによって、じつは近代そのものの核心にかかわっているのである。際限もなく荒唐無稽に展開する物語の背後には、現代人のアイデンティティの危機を根柢的に捉えようとする視線が、すなわち、自己自身にかかわる存在としての人間への問いかけがひそんでいるのだ。それこそが人造人間を、未知の知性体を、そして時間旅行を登場させた当のものなのである。(25)

本章では、これとは逆に文学のなかに潜むサブカルチャー性を透かし見ようとしたわけだが、どちらの態度を取るにせよ、そういう文学とサブカルチャーを往還するような読みが、文学研究の退潮傾向が顕著な台湾の日本研究では特に必要なのかもしれないと最近は考えている。

注

（1）大塚英志『村上春樹論――サブカルチャーと倫理』（MURAKAMI Haruki Study Books）、若草書房、二〇〇六年、二九四ページ

（2）村上春樹『世界の終りとハードボイルド・ワンダーランド』下（新潮文庫）、新潮社、一九八八年、二八四ページ
（3）同書三三四ページ
（4）寺山修司「万才！ジルベール」、竹宮惠子『風と木の詩』第一巻（白泉社文庫）所収、白泉社、一九九五年、一八五ページ
（5）萩尾望都、竹宮惠子、大島弓子、山岸凉子ら、昭和二十四年（一九四九年）前後に生まれ、一九七〇年代に革新的な少女マンガを発表したマンガ家たちの呼称。
（6）『村上朝日堂はいかにして鍛えられたか』（朝日新聞社、一九九七年）のなかで村上は、『アラベスク』を読んだことを明かしている。『アラベスク』（集英社、一九七一―七五年）の作者は「二十四年組」の山岸凉子である。
（7）東浩紀／伊藤剛／神山健治／桜坂洋／新海誠／新城カズマ／夏目房之介／西島大介『コンテンツの思想――マンガ・アニメ・ライトノベル』青土社、二〇〇七年、七二ページ
（8）テレビシリーズ『攻殻機動隊 STAND ALONE COMPLEX』（二〇〇二―〇三年）、それに続く『攻殻機動隊 S.A.C.2nd GIG』（二〇〇四―〇五年）、長篇アニメ『攻殻機動隊 STAND ALONE COMPLEX Solid State Society』（二〇〇六年）の総称。以下では『攻殻機動隊 STAND ALONE COMPLEX』を『攻殻 S.A.C.』、『攻殻機動隊 S.A.C.2nd GIG』を『2nd GIG』と略記する。
（9）小森健太朗「『攻殻機動隊』とエラリイ・クイーン――あやつりテーマの交錯」、「特集 攻殻機動隊 STAND ALONE COMPLEX」「ユリイカ」二〇〇五年十月号、青土社、一五〇ページ
（10）stand alone には「孤立する」「単独で機能する」のほかに「ほかに類を見ない」という意味があることをここで確認しておきたい。
（11）上野俊哉「諸主体は歩む、それも尾行する警官抜きで「ひとりで歩む」」、前掲「ユリイカ」二〇〇五年十月号、一〇二ページ
（12）前掲『コンテンツの思想』八六ページ
（13）森本隆子「『パン屋再襲撃』――非在の名へ向けて」「国文学――解釈と教材の研究」一九九五年三月号、学燈社、九二ページ

(14)三浦雅士『私という現象』(講談社学術文庫)、講談社、一九九六年、一五三ページ
(15)石黒浩『ロボットとは何か――人の心を映す鏡』(講談社現代新書)、講談社、二〇〇九年、二三七ページ
(16)例えばサールは「ビールを飲むときには質的な感覚があるけれど、それはベートーヴェンの第九交響曲を聴くときの質的感覚とは全く異なるものだ。意識に備わったこの質的な側面を説明する専門用語があれば便利だと考えた哲学者たちがいた。それで質的な状態は「クオリア」[qualia]と名づけられた」(ジョン・R・サール『マインド――心の哲学』山本貴光/吉川浩満訳、朝日出版社、二〇〇六年、一一五ページ)と説明している。
(17)東浩紀『ゲーム的リアリズムの誕生――動物化するポストモダン2』(講談社現代新書)、講談社、二〇〇七年、二八八ページ
(18)大澤真幸『不可能性の時代』(岩波新書)、岩波書店、二〇〇八年、二〇九―二一〇ページ
(19)深海遙『村上春樹の歌』青弓社、一九九〇年、七八ページ
(20)前掲『世界の終りとハードボイルド・ワンダーランド』下、八九ページ
(21)同書一〇一ページ
(22)村上春樹『世界の終りとハードボイルド・ワンダーランド』上(新潮文庫)、新潮社、一九八八年、三一〇ページ
(23)前掲『世界の終りとハードボイルド・ワンダーランド』下、二八八ページ
(24)同書三〇八ページ
(25)前掲『私という現象』一六二ページ

第21章　村上春樹は台湾でどのように受け入れられたのか

横路啓子

はじめに

台湾で最も人気がある日本人作家の一人が村上春樹である。村上作品が台湾に初めてもたらされたのは、一九八五年八月の「新書月刊」（新書月刊社）という雑誌によってだった。頼明珠が、村上の短篇の中国語訳とともに「特稿：村上春樹的世界」という川本三郎の評論の一部を翻訳した原稿を寄せたのだ。頼明珠はその後、村上春樹専門の翻訳者として認知され、いわば台湾での「村上春樹の代理人」の位置づけを確保していく人物だ。

現在、台湾の多くの研究では、村上人気は「村上現象」や「村上効果」などとして表現されているが[1]、一九八五年に評論や短篇が翻訳されてからすぐにブームになったわけではない。それがブームになるのは、九二年に台湾の著作権法が改正される前後以降のことだ。だが、その後その人気は持続していて、台湾の文学だけでなく文化全般にも多大な影響を与えてきた。そもそも台湾は日本文化の受容度の高さという意味では、世界有数の地域だといっていい。町を歩けばひらがなやカタカナの看板があふれ、店先には日本の商品が並び、書店には日本人作家の作品を翻訳した作品がずらっと並ぶ。村上はそのなかでも格段に多くのファンをもつ作家である。とはいっても、村上人気は単に文学にとどまっているわけではないという点でも、異質な作家というべきだろう。本章では村上をめぐる台湾での諸現象を拾い上げ、台湾での村上受容について観察していきたい。

1　文化現象としての村上春樹――建築物から流行語まで

社会文化的な面からみれば、村上春樹やその作品名はおしゃれな都市生活を表現するアイテムとしてよく用いられている。先行研究によると、台湾で人気作家になる以前から、台湾大学周辺の「公館」という学生街には「挪威的森林（ノルウェイの森）」というカフェができ、ほかにもレストラン、民宿、モーテルにまで様々な業種の『ノルウェイの森』が登場した。これと同じ現象は、『海辺のカフカ（中国語タイトル：海邊的卡夫卡、以下、同）』や『国境の南、太陽の西（国境之南・太陽之西）』でもみられる(2)。

また、こうした現象は作品名だけではない。「村上春樹」そのものが一種のシンボルとして用いられているのだ。新築のマンションでは、二〇〇六年に「力麒村上（力麒は建設会社の社名）」、一五年に「寓上春樹（「寓」はマンションの意味、「偶上」（出会う）と「寓上」（マンション）がかけ言葉になっている）」が登場、いずれも村上がもつ都会的な印象をキャッチコピーに取り入れている。そもそも「村上春樹」という言葉自体、漢字に敏感な中国語母語者にとっては、一本の木が丘の上で青々とした葉を広げる情景を表現する四文字熟語のように感じられるだろう。いわば、「村上春樹」という言葉自体が一人の具体的な日本人作家を指すという意味合いを超えて、一つのイメージとして捉えられやすい要素をもっているのだ。

さらに、村上の作品から登場した流行語もある。そもそも海外の文化を取り入れることに積極的な台湾では、多くの文化を吸収して、それをパロディー化することに長けている。そうしたなかで、日本の文学や文化から流行語が生まれるのはそう珍しいことではない。村上関連でみれば、一九九〇年代には「ある晴れた日に一〇〇％の女の子に出会うこと」から生まれた「遇見一〇〇％的××（一〇〇％の××に出会う）」という言葉がはやった。近年はやっている「小確幸」は、台湾ではすでに流行語というよりは、「台湾国語（台湾的な中国語）」のなかの普通名詞になっている感がある。日本語でいえば、芥川龍之介の小説の『藪の中』（「新潮」一九二二年一月号、新潮社）からとられた「藪の中」という名詞が一般的に用いられるようになったようなものだ（なお台湾では、日本語の「藪の中」――つまりどの言説が確かなものかわからない場合を意味する言葉として『羅生門』が用いられている。もちろん、これは『藪の中』を映画化した黒澤明の作品に由来する）。

「小確幸」という言葉は、『村上朝日堂 ジャーナルうずまき猫のみつけかた』で使われた村上の造語である。この言葉が台湾に初めて登場したのは、二〇〇一年十二月十三日、台湾の大手新聞「中国時報」が掲載した頼明珠訳の「村上春樹専欄――大飯団和棒球場（原文：「太巻きと野球場」）」という文章である。村上が台湾社会で認知されていったときと同じく、「小確幸」という言葉も台湾社会で認知されるまでにはいくぶんか時差がある。その流行の発端になったのは、一〇年から開始した「Dr. Milker」というガラス瓶入りの牛乳のテレビＣＭ（コマーシャル）である。おしゃれな都会の生活のなかの「小確幸」として商品をアピールしようという狙いで、この言葉がキャッチコピーとして使われるとともに、インターネットを中心に消費者に自らの「小確幸」を寄せてもらうイベントなどがおこなわれた。「中国時報」や「聯合報」といった新聞を調べると、その後、徐々に「小確幸」の認知度が高まり、一四年にそのピークを迎えていることがわかる。同年の年末（十二月二十八日）には「聯合報」の「夯詞獎（流行語賞）」というコラムで流行語の一つとして「小確幸」が取り上げられている。

それでは、なぜ二〇一四年に「小確幸」が流行語になったのだろうか。ここでは台湾社会、特に経済や国際社会との関係にその理由を求めたい。〇七年から〇八年のアメリカの景気の減退から世界経済は一時持ち直すものの、一二年にはヨーロッパ経済の危機がささやかれるようになる。こうしたなかで、台湾の経済は隣の大国である中国への依存を深めていかざるをえなくなる。社会全体を覆う「大現実」に目を向けるよりは、身近にある

「小確幸」を見いだしていくことに台湾人の意識が向いていったのである。特に将来に不安を抱える若者たちにとっては、世界の動向や中国との関係は切羽詰まったものだった。台湾で「小確幸」が流行語になった一四年、大学生が立法院（国会議事堂に相当）を占拠するひまわり学生運動が起こったのも、決して偶然ではない。また、「大現実」をみずに「小確幸」を探す日常に明け暮れる若者たちを批判する文章は、一三年あたりから数多くみられる。

なお、この言葉も『ノルウェイの森』などと同じように、カフェやレストランなどに用いられているほか、化粧品の宣伝や台中の皮膚科専門クリニック「小確幸診所」も登場するなど、さらに使用範囲が広がっている。二〇一三年には台湾電視台のアイドルドラマ『遇見幸福三〇〇天』の挿入歌に「小確幸」（作詞・作曲：陳思函／陳建寧、歌：陳思函）が登場している。

2　村上春樹の台湾への移動

このように、台湾ではいち文学者としての位置づけを超えた感がある村上だが、なぜそういった位置づけを得たのかについて考察するため、その翻訳をめぐる事情をみておきたい。

前述したように、村上作品が台湾へともたらされたのは、「新書月刊」一九八五年八月号に、頼明珠訳による三つの短篇と作家紹介の評論が掲載されたことによる。[3] しかし、実際に台湾で村上の人気が高まるのは九〇年代中頃であり、いくぶん時差がある。

この時期について注目すべきは、台湾社会の変化、特に出版物や放送作品の著作権に関する法律の変化である。一九九二年六月十日に台湾で著作権法改正案が公布されるのだが、それ以前まで、台湾では海賊版が氾濫していた。台湾では海外の小説やマンガは著作権の許諾を得ずに翻訳・出版されることが当たり前だったのである。当時台湾は、国際的な立場――主に中国との関係といった政治的理由――によって知的財産権に関する国際条約に加盟できずにいて、著作権法の改正といった国際社会への仲間入りを目指す政策は、台湾の念願だったＷＴＯ（世界貿易機関）加盟の機会をうかがう試金石のようなものでもあった。

著作権法改正で、正式な著作権契約がない場合は刊行ができなくなり、またすでに印刷が完了しているものに関しては、二年後の一九九四年六月十二日までしか発売できないとされたのである。

村上の諸作品もこの影響を受けていて、異なる翻訳者による中国語訳本が出されていた。『ノルウェイの森』を例に挙げると、一九八九年に故郷出版社から五人の翻訳者の共訳によって出版され、九二年には林少華訳（可筑書房）、九七年には頼明珠訳（時報出版）が出版されるという具合である。この状況は、海外のほかの作家についても同様であった。

この時期、台湾で村上の作品を主に出版していたのは、故郷出版社と時報出版である。故郷出版社は著作権法改正前に、西村京太郎、夏樹静子、吉本ばなな、平岩弓枝、宮本輝など日本人作家の作品や日本で出版された翻訳本を出版していた。いずれも著作権の許諾を得ていないものであり、著作権法改正の影響か、一九九六年前後に会社をたたんでいる。もう一方の時報出版は、台湾の大手新聞である「中国時報」の関係企業であり、著作権法改正前の九二年二月には、村上の書籍の台湾での著作権の許諾を得ている。このため、特に九四年以降は村上の書籍は時報出版が独占状態となり、同時にその翻訳はすべて頼明珠が手がけることになった。

頼明珠は一九四七年、台湾苗栗の生まれで、大学卒業後、日本の千葉大学園芸学部で修士号を取得して台湾に帰国し、広告代理店で企画・制作などの仕事をしていた。その翻訳については、頼明珠自身が「村上作品の翻訳で一番大事なのは、彼の文章にお化粧せず、本来の姿を残すこと」[4]と述べているように、その特徴はきわめて原文を重んじる点にある。

こうした頼明珠の訳文に対しては、台湾では賛否両論がある。日本語そのままの語順や、中国語にそぐわない長ったらしい修飾節は、きわめて翻訳調だ。さらに、日本語と中国語のあいだには同形異義語も多いので、日本語の漢字をそのまま使用すれば、誤訳と見なされても仕方がないようなものも多い。例えば、『約束された場所で――underground 2』は、台湾では二〇〇二年一月、頼明珠訳で『約束的場所――地下鉄事件Ⅱ』（時報出版）として出版されている。ここからわかるように、翻訳者はタイトルで使用された漢字をそのまま用いている。しかし、中国語の「約束（yue1 shu4）」はもともと「拘束する」といった意味に近く、日本語の意味とは異なる。中国語読者にとってはきわめて理解しにくい訳語であり、いわば「超直訳」というべき翻訳方針だ。

ここで注意すべきなのは、こうした翻訳が台湾では決して批判ばかりでなく、賛否両論だという点だ。「否」については前述したが、「賛」の考え方はというと、頼明珠のこの「超直訳」が「哲学的」で「村上らしい」文体だというものだ[5]。

問題は、台湾にこうした「超直訳」が受け入れられる土壌があったという点にある。台湾の中国語は、台湾内部でも多少の自嘲と愛着を込めて「台湾国語」と呼ばれている。「台湾国語」は、中国大陸のそれとは違い、福建一帯の方言から派生した閩南語（いわゆる台湾語）や日本語などが入り交じっている。一八九五年以降、日本の植民地であるなかで独自の近代化を遂げてきた台湾は、言語的にも複雑さを抱えているのだ。そもそも北京語をベースとした「国語」が台湾で普及したのは、戦後に台湾を接収した国民党政府が台湾に遷移してからのことであり、日本語と台湾語の両方を共通言語としていた戦後間もない時代では、中国の標準語である「普通話」は外国語に近いものだった。

また、村上の受容が多少の時差をもちながらダイナミックに進んだ一九八〇年代から九〇年代にかけては、村上以外にも様々な日本文化が台湾になだれ込んできた時期でもあった。台湾の民主化は、八七年の戒厳令解除から九〇年の李登輝の台湾総統就任で大きな盛り上がりをみせるが、この時期にはメディアの環境も大いに変わっていった。八八年十一月には衛星テレビの受信が法的に認可され、九二年十一月には日本のテレビ番組視聴の規制が解除、さらに翌年七月には有線電視法（ケーブルテレビ法）が立法院で可決され、一気にメディアの民主化が進んだ。この動きは、すでにケーブルテレビが普及した現状を法律が追認したことを意味する。つまり、すでに市民生活のなかではかなり自由に海外の番組を視聴していたということになる。ケーブルテレビが普及する前は、地上波のテレビ局が三局しかなく（当時、地上波は「三台」、ケーブルは「第四台」というように、四つ目のテレビ局と称された）、いずれも国民党や軍隊などに統制されていた。このため、ケーブルテレビ普及によるチャンネル数の急増は、台湾に突然、膨大な量のコンテンツのニーズをもたらしたのだ。そこで放送された番組には、アメリカ、日本、その他各国のニュース、ドラマ、トークショーなどがあったが、日本の番組のなかで特に人気だったのは、プロレス（特に女子）、時代劇（『水戸黄門』〔一九六九年―〕など）、志村けんやドリフスターズなどのお笑い番組、アニメ、トレンディードラマである。『東京愛情故事（東京ラブストーリー）』（一九九一年）、『一〇一次求婚（一〇一回目のプロポーズ）』（一九九一年）、アニメ『灌籃高手（スラムダンク）』（一九九三―九六年）などは台湾で大人気となった。このほか、この時期にはレンタルビデオ店が活況を呈していて、日本のドラマや映画はほぼタイムラグなしで台湾へと持ち込まれていた。九六年には、日本文化が大好きな人を表す「哈日族」という言葉がはやるなど、台湾社会の親日度に拍車がかかっていたのだ。

この時期、つまり一九八〇年代から九〇年代にかけて、台湾には日本統治時代に日本語教育を受けた世代が六十代から七十代であり、日本語から中国語へと翻訳できる人材は決して少なくなかった。戒厳令下でも日本からの文化は脈々と台湾へ流れ続けていたが、それまでは地下経済的な扱いを受けていた日本文化が、民主化によって日の目を見たのだ。村上作品が台湾にもたらされたのは、このように台湾全体が正々堂々と日本文化を謳歌できる時期だったといっていい。

しかし、それらのコンテンツの翻訳の質は決して高いものではなかった。文学作品の翻訳はさておき、テレビ番組、特にケーブルテレビの日本番組の多くは、日本語の音声に中国語の字幕をつけるパターンが一般的だったのだが、脚本などが手に入らない状況で翻訳しているものが多かったのだろう。誤訳も多いし、中国語らしくない中国語がまかり通っていた。こういった事情が、頼明珠の「超直訳」の訳文が「哲学的」なものとして受け入れられやすい土壌を作っていったのである。

3　村上に影響を受けた文化人や作家

一九九〇年代、高度に民主化した台湾社会のなかで日本文化が大々的に流入し、「哈日」と称されるまでになるなかで、村上の影響を強く受けた作家が登場するのは、自然な流れだというべきだろう。台湾では六〇年代から七〇年代生まれのほとんどが「村上世代」と定義できるという指摘もある。[6]「哈日」ブームのなか、ほぼ同時代的に日本文化を大量に浴びながら、急速に都市化していく台湾のなかで、この世代の台湾人に村上は熱狂的に受容されていったのだ。

この世代の作家や文化人、芸能人は、自称か他称かを問わず村上の影響を受けているとされている。自らその影響を告白している歌手であれば、例えばロック歌手の五佰はその楽曲「ノルウェイの森」が村上の『ノルウェイの森』に触発されたものだとしているし、[7]ロックバンド五月天のボーカルで作詞・作曲を担当している阿信も村上から受けたインスピレーションについて語っている。[8]また、一九九〇年代、日本語からの翻訳調的な文章を書く作家は、「村上的」だと称される傾向があった。そういった作家たちは枚挙にいとまがないし、例えば聯合出版の編集長であり作家でもある王聡威のように自らを「村上ファン」だと称している者もいる。九〇年代は、文体が似ている（翻訳調の読みにくい文体である）とか、雰囲気が似ている、村上らしい要素がちりばめられているなどの理由で、村上っぽいと指摘されている作家はさらに多かったのである。

このように、村上は台湾の文化や文学に多大な影響を及ぼした。なかでも、明らかに村上の影響を受けている作家を二人挙げておきたい。この二人はただ単に要素や文体といったスタイルだけの問題ではなく、より深い意味で村上を内面化し、昇華した作家だと思われるためである。

一人目は、邱妙津である。彼女は、台湾の輝かしい女性文学のなかでも同性愛を描いた作家として高く評価され、なおかつ留学先のパリで自害し、その短い人生を終えたことでもよく知られている。

邱妙津は村上から特に影響を受けているというよりも、芥川龍之介や太宰治、三島由紀夫といった日本文学の「自殺の系譜」ともいうべき流れのなかに置くべきかもしれない。彼女の日本文学受容において、その流れの最も現代に近いところにあるのが村上だ。それは、邱妙津が村上のなかに、日本文学に脈々と流れる日常のなかの「死」を読み取っているためである。彼女の没後に刊行された『邱妙津日記』(INK印刻出版、二〇〇七年)には、様々な作家への称賛と並んで、村上作品を称賛する言葉が散見される。邱妙津の作品数は多くはないが、なかでも彼女の出世作である『鱷魚手記』(時報出版社、一九九四年、邦題『あるワニの手記』)は、自らのセクシュアリティーに悩む主人公の日常と、ワニとの対話からなる別の世界というパラレルワールドの物語だ。繊細でセンチメンタルで、ときには皮肉やユーモアを交えながら、自らのアイデンティティーと恋愛という重苦しいテーマを軽く描き出すという方法は、まさに村上が描き出す空気感を受け継いだものだといっていいだろう。

もう一人、特に取り上げたいのは駱以軍である。外省の第二世代であり、その作家活動は大学在学中から始まった。一九八九年に「全国大専青年文学賞」を受賞して文壇にデビューして、台湾国内の大きな文学賞を数々受賞するなど、彼の登場は驚きをもって迎えられ、現在も中堅の作家として活躍している。

すでに様々な作品のなかに村上の影響が指摘されているが、村上の影響が特に強く、さらに『ノルウェイの森』のパロディー(あるいは二次創作)ともいえる作品として、初期の短篇小説『降生十二星座』(INK印刻出版、二〇〇五年)を挙げたい。これは、一九九三年に発表した短篇『我們自夜闇的酒館離開(闇夜のバーを出てから)』を改題した作品で、特に駱以軍を特徴づけるマジック・リアリズム的な手法が生かされている。

『降生十二星座』は、彼のほかの作品と同じくその時代の社会問題を扱うのではなく、個人の内面をえぐり出すものになっている。生きることの悲哀を描きながら、人は他者の内面にどのように到達できるかを、高度に資本主義化した台北に生きる若者たちの世界、そしてテレビゲームの世界をコラージュのように組み合わせて表現している。夜のバーの場面、主人公の男性(作者駱以軍をほうふつとさせる男性)の幼なじみの女の子の死など、要素そのものも村上を連想させるものだが、この作品が『ノルウェイの森』のパロディーだと考えるのはそれが本歌取り的な表現を含んでいるためである。それは、作中のテレビゲームの世界のエピソードでみられる。ゲームのゴールは「直子の心」となっていて、ゲームには「キズキ―直子―ワタナベ」（キズキは作品のなかでは「木漉」と表記）の複雑な恋愛模様がモチーフとして織り込まれているのである。駱以軍自身は、この作品で他者の心にたどり着けるのかという問題を提起し、その見通しには悲観的であると同時に、それでもたどり着きたいという思いをみせるのだ。

おわりに

特にこの二人の作品から受け取れるのは、日常世界に対する距離感と、日常ではない世界との親密感である。一九九〇年代、台湾は台湾島内の民主化や高度経済成長の一方で、中国との直視したくない面倒な関係性が現実にあり、まさに国全体が現実から精神的に距離を取ることでなんとかバランスを取っている状況だった。右で取り上げた作品のなかで主人公が関心を寄せるのは、自らに関わりがある箱庭的な空間であり、社会に対する関心はきわめて希薄である。語りの手法は現代的でありながら、その文学の立ち位置としては日本の「私小説」に近い。文学のあり方として、社会と無関係なテーマを描くのは、日本人には当然のように感じられるかもしれないが、台湾文学史でこうした作品の台頭は、決して従来的なものではない。以前から私小説的なものは数々あったが、そういった「個人的」な作品が台湾文学の主流として評価されるようになったということだ。そして、その象徴的な存在として村上を挙げることは決して奇異なことではない。

しかし村上のブームは、台湾社会が政治的な枠組みの内外で、人々が資本主義的で民主的な社会を享受し、個人が個々の抱える問題に関心を寄せることを許したことを象徴的に示している。戒厳令の解除、内政的な圧迫感の消失、経済的な繁栄、学生運動が可能な環境が、まさに一九九〇年代の村上ブームを呼んだのだろう。そして台湾の村上世代と称される六〇年代から七〇年代生まれは、いままさに壮年を迎え、社会のかじ取りの中心にある。台湾での村上文学の受容はまだまだ続いていくにちがいない。

注

(1) 淡江大学では二〇一一年に村上春樹研究室が発足し、一四年に村上春樹研究中心へと発展するなど、毎年村上関係のシンポジウムを実施している。
(2) 蕭明莉「村上春樹在台湾――文学移植与文化産生的考察」国立中興大学修士論文、二〇一七年、一〇七ページ
(3) 張明敏『村上春樹文学在台湾的翻訳与文化』聯合文学出版社、二〇〇九年、一一二ページ
(4) 藤井省三『村上春樹のなかの中国』(朝日選書)、朝日新聞社、二〇〇七年、一九六ページ
(5) 前掲『村上春樹文学在台湾的翻訳与文化』二四九ページ
(6) 袁世忠「瘋村上 新書黒夜首売」「聯合晩報」二〇〇五年一月二十二日付
(7) Evany「伍佰 VS. 村上春樹」、「村上春樹の網路森林 Murakami Haruki Official Chinese Site」(http://www.readingtimes.com.tw/timeshtml/authors/murakami_haruki/music/02.html)[二〇一八年十二月一日アクセス]
(8) 劉以安「阿信新作歌詞向刺蝟《武裝》霊感来自村上春樹」「蘋果日報」二〇〇三年七月三日付

第22章

情報・宗教・歴史のif

──村上春樹『1Q84 BOOK3』論

木村政樹

はじめに

二〇〇九年のことである。村上春樹の『1Q84』BOOK1・2が刊行され、飛ぶように売れていた。BOOK3はまだ出ていなかったが、その時点ですでに、この小説についての言説はあふれ返っていた。それらを読みながら、筆者は『1Q84』論を書いていた。そのとき考えていたのは、この小説を「メディア小説」として読み解くことはできないかということだった。天吾や青豆といった登場人物たちがおこなっている情報収集を、一連のメディア実践として捉えられるのではないかというのが基本的なアイデアだった。

これは「メディアをめぐる物語──切り替えのシステム1984／1Q84」(『1Q84スタディーズBOOK2』所収、若草書房、二〇一〇年)として活字になったが、その後すぐにBOOK3が発売された。一読して思ったのは、BOOK3もやはり「メディア小説」だったのだ。自分の着眼点はそう間違っていなかったということだった。

ＢＯＯＫ１・２は、天吾の章と青豆の章の二つが交互に展開していく構成だったが、ＢＯＯＫ３ではそれに加えて、牛河の章が設けられている。牛河は天吾や青豆と違って、主役級の人物だとは到底いえない。ただし、「さきがけ」という宗教団体のために、天吾と青豆についての情報を収集することを任務とするというきわめて特殊な役割が与えられている。牛河が天吾や青豆に匹敵する位置にせり上がってきたという小説の構成の変化そのものが、『１Ｑ８４』が「情報」をめぐる小説だということを証し立てているように思えた。だが、残念ながらそのときは、ＢＯＯＫ３について発表する機会が特になかった。

あれから十年近くが経過してしまった。遅きに失する、という言葉が頭をよぎらないわけではないが、発売当初にすぐに反応してみたところで、何かあったわけでもないかもしれない。ともあれ、いまここでＢＯＯＫ３についで論じてみたい。

１　牛河の情報戦

『１Ｑ８４』のあらすじをごく簡単に確認してみると、以下のようになる。天吾と青豆は、一九六四年、お互い十歳のときに小学校で手を握り合ったことがある。しかし、それから離れ離れになってしまった。二十年の歳月を経て、二人は再会することになる。

一九八四年ではなく「１Ｑ８４年」の世界に入り込んでしまったのではないかという話は、この二人が出会うまでの過程で出てくるものだ。既述したような情報収集やメディア実践に関する逸話もそうである。

ただ、この小説を、単に情報が多く含まれている小説であると形容すると、何か違う気がしてしまう。重要なのは、この小説では「情報」という概念、「調査」という概念が用いられることで、情報収集行為が意味づけられているということである。『１Ｑ８４』は情報量がある小説というよりも、「情報」という言葉の使用回数が多い小説なのだ。

その用例をBOOK3からいくつか挙げてみたい（BOOK1・2については、前掲「メディアをめぐる物語」を参照）。例えば、牛河は次のように言う。「秘密を守ることは私の仕事の基本中の基本です。心配することはないです。話が私の口から外に漏れるようなことは絶対ありません」「もしその秘密が漏れて、情報の出所があなたであることがわかったら、何かと不幸なことになります」（村上春樹『1Q84 BOOK3――〈10月―12月〉』新潮社、二〇一〇年、二三―二四ページ）。あるいは次のような文章もある。「青豆が個人インストラクターをしていた人々の名前を牛河は手に入れていた。手間さえ惜しまなければ、そして多少のノウハウを心得ていれば、たいていの情報は入手できる」（同書三二ページ）、「牛河は電話を切ると、椅子の上で背中を反らせ、しばらく考え込んだ。コウモリがどのようにして情報を「裏口」から収集するのか、牛河にはわからない。尋ねたところで答えが返ってこないことはわかっている。いずれにせよ、不正な手段が用いられることだけは確かだ」（同書一三二ページ）

情報収集者・牛河の特徴が明確に描き出された文章である。さて、この小説では、読者が得られる情報と、登場人物の一人ひとりが得ている情報に差がある。より踏み込んでいうならば、結局のところ読者のほうが牛河よりも情報の面で優位であるということを抜きにしては、この小説は成立しえない。作中設定そのものを牛河は解読しようとしているに等しいのだが、読者の側はその設定を把握せずに小説を理解することはできないからだ。

牛河は、ひとまず次のように考えてみる。

天吾は深田絵里子を助けて『空気さなぎ』を文芸作品のかたちにし、それをベストセラーにした。青豆は深田絵里子の父親である深田保を、ホテル・オークラの一室で人知れず殺害した。二人はそれぞれ教団「さきがけ」を攻撃するという共通の目的をもって行動しているようだ。そこには連携があったと考えるのが普通だろう。そこには連携があったかもしれない。

しかしあの「さきがけ」の二人組にはまだそのことを教えない方がいい。牛河は情報を小出しに渡すのが好きではない。貪欲に情報を収集し、綿密に事実の周辺を固め、ソリッドな証拠を揃えたところで、「実はですね」と切り出すのが好きだ。（同書一九七ページ）

天吾と青豆の二人が「連携」しているかどうかというのは、小説全体の設定に関わる問題である。もちろん読者にとって、この二人がチームを組んで打ち合わせをしているということは自明である。だがそれは、牛河にとっては不確定な謎としてある。そして牛河は、次のような認識に到達する。

牛河は基本的に論理を組み立てて生きる男だ。実証なしには前に進まない。しかしそれと同時に、自分の天性の勘を信じてもいる。そしてその勘は、天吾と青豆が共謀して動いているというシナリオに対して首を振っていた。小さく、しかし執拗に。ひょっとして二人の目にはまだお互いの存在が映っていないのではないだろうか。二人が同時に「さきがけ」に関与したのは、たまたまの成り行きだったのではあるまいか。

考えがたいほどの偶然であるにしても、その仮説の方が共謀説よりは牛河の勘に馴染んだ。二人はそれぞれ異なった動機と異なった目的のために、それぞれ異なった側面からたまたま同時に「さきがけ」の存在を揺さぶることになったのだ。そこには成り立ちの違う二つのストーリーラインが並行してある。（同書二〇一ページ。傍点は原文。以下、同）

「そこには成り立ちの違う二つのストーリーラインが並行してある」という一文は、そのままこの小説の天吾の章と青豆の章に対応している。もちろん、ＢＯＯＫ３の読者には、この二つの章と並んで牛河の章が存在することもみえているのだが。

さて、このように推理する牛河だが、最終的には青豆に見つかって「柳屋敷」のタマルに殺されるという悲惨な末路をたどる。タマルは牛河の敗因について、こう語る。

男は言った。「それが俺たちの強みであり、また時には弱点でもある。たとえば今回について言えば、あんたはいささか功を焦りすぎた。途中経過を教団に報告することなく、自分一人でかたをつけようとした。できるだけきれいなかたちで、個人的に手柄をあげたかった。そのぶんガードが甘くなった。違うか？」（同書四九八ページ）

牛河は情報を超えた何かに負けたわけではなく、情報戦という枠組みのなかで敗れた。それは、牛河が情報の運用において最適解をとることを忘れて、「個人的に手柄をあげたかった」という私的な感情に引きずられてしまったからである。あえて「情報」という観点から整理してみるならば、タマルによる意味づけはこのようなものになるといってもいいだろう。

2　「決定的な二十五分間」と歴史の「もし」

だが、『1Q84』という小説が情報戦によって進んでいくというのはことの半面であって、他方では情報に媒介されないつながりこそが強調されている（この点も、BOOK1・2に関しては前掲の拙稿を参照されたい）。BOOK3ではそれは、青豆が天吾の子どもを妊娠したのではないかという話として展開される。

こう考えてみたらどうだろう。何もかもが立て続けに起こったあの混乱の夜、この世界に何らかの作用が働き、天吾は私の子宮の中に彼の精液を送り込むことができた。雷や大雨や、暗闇や殺人の隙間を縫うよう

にして、理屈はわからないが、特別な通路がそこに生じた。（略）

おそろしく突飛な考えだ。まったく理屈が通っていない。どれだけ言葉を尽くして説明しても、たぶん世界中の誰ひとり納得させられないだろう。しかし私が妊娠すること自体、理屈の通らない話なのだ。そしてなんといってもここは1Q84年だ。何が起こってもおかしくない世界だ。（同書二一九ページ）

こうした青豆の直観は、物語の進行に関わっているだけでなく、情報戦という物語によって相対化されない力学として全体に通底している。このことは「1Q84年」、および宗教というテーマとも結び付いているため、無視しがたい。世界自体が情報の論理では説明できないのだという認識、「理屈はわからない」もののそうなっているのだ、といったタイプの話は、繰り返し展開されている。

青豆は、「この1Q84年という、既成の論理や知識がほとんど通用しない世界にあって、これから自分の身に何が起ころうとしているのか予測がつかない」が、「それでも自分は少なくともあと何ヵ月かは生き延びて、子供を出産することになるだろう」と思う。「なぜなら彼女が子供を出産するという前提のもとに、すべてのものごとが進行しているように思えるからだ」（同書二六八ページ）。つまり青豆は、すでに決定されたストーリーを自分は生きているのだと考えている。

自分の子宮の中で育っているのが天吾の子供かもしれないという思いは、日を追ってますます強いものになり、やがてはひとつの事実として機能するようになる。第三者を説得できるだけの論理性はそこにはまだない。でも自分自身に向かってなら明瞭に説明できる。それはわかりきった話なのだ。（同書二六九ページ）

神とリトル・ピープルは対立する存在なのか。それともひとつのものごとの違った側面なのか？

青豆にはわからない。彼女にわかるのは、自分のなかにいる小さなものがなんとしても護られなくてはな

らないということであり、そのためにはどこかで神を信じる必要があるということだ。（同書二七二ページ）

この青豆の神についての考えと『1Q84』の物語は、齟齬をきたすことなく併走しているようにみえる。言い換えるなら、この小説はほとんど「神を信じる」者の物語になっていて、しかもそれは最終的に相対化されることがない。では、情報収集のいかんにかかわらず、天吾と青豆は強い絆で結び付くことが当初から決まっていたのだろうか。そう考えたとき、BOOK3で興味を引くのは、青豆が牛河を見つけた逸話に関わる次のくだりである。

ここでいくつかの「もし」が我々の頭に浮かぶ。もしタマルが話をもう少し短く切り上げていたなら、もし青豆がそのあと考え事をしながらココアをつくっていなかったら、彼女は滑り台の上から空を見上げる天吾の姿を目にしたはずだ。そしてすぐさま部屋を走り出て、二十年ぶりの再会を果たしていたはずだ。

しかし同時に、もしそうなっていたら、天吾を監視している牛河には、それが青豆であることがすぐにわかっただろうし、彼は青豆がどこに住んでいるかをつきとめ、「さきがけ」の二人組に即刻通報したことだろう。

だからそこで青豆が天吾の姿を目にしなかったことが、不運な成り行きであったのか、あるいは幸運な成り行きであったのか、それは誰にも判断できない。いずれにせよ天吾は前と同じように滑り台の上にのぼり、空に浮かんでいる大小ふたつの月と、その前を横切っていく雲をひとしきり眺めた。牛河は離れた物陰からそんな天吾を監視していた。そのあいだ青豆はベランダを離れ、電話でタマルと会話をし、そのあとココアをつくって飲んだ。そのようにして二十五分ばかりの時間が流れた。ある意味では決定的な二十五分間だ。青豆がダウン・ジャケットを着て、ココアのカップを手にベランダに戻った時、天吾は既に公園をあとにしていた。牛河はすぐには天吾のあとを追わなかった。一人で公園に残って確かめなくてはならないことがあったからだ。それを済ませると牛河は足早に公園を立ち去った。その最後の数秒間を青豆はベランダから目撃したのだ。（同書三三九―三四〇ページ）

ここで「決定的な二十五分間」と呼ばれているものは、この箇所でストーリーが分岐する可能性があることを語り手が意図的に示唆したものになっている。「いくつかのもし」は、あのときAではなくBを選んでいたならば、といった意志決定に関わる事象ではなく、「もし青豆がそのあと考え事をしながらココアをつくっていなかったら」といった、意識的ではない連続的な複数の事象に対して差し挟まれている。この「もし」という仮説に基づく想像を推し進めるならば、天吾と青豆の二人は、牛河より情報探索能力が優っていたとか、運命的な必然性によって結ばれていたというより、たまたま生き延びたにすぎないということになるだろう。

そもそも物理的な条件にさえ制約されない設定の小説なのだから、どのようにでも書くことができるはずだといえばそのとおりである。その意味で、結局のところ天吾と青豆が結ばれる物語だったのだろうと推測してみることも可能だ。しかし、そうした端的な事実と、あえて歴史のｉｆとして「決定的な二十五分間」が描き出される、ということとは、分けて考えることができるのではないか。それは、先に述べた作中の情報が「情報」という語彙を用いて強調されながら、情報戦とでもいうべき物語が展開されていることとも関連するように思われる。「決定的な二十五分間」というのは、それぞれの情報収集者が集めた――あるいは、もしかすると集めることができた――情報がすれ違い、あるいは交錯する時間である。そもそも、情報戦というのはいくら論理的にみえたとしても、手に入った情報によってとりあえず戦略を立てているにすぎない。したがって、情報を収集して戦う物語は、「決定的な二十五分間」を呼び込んでしまう。それは、現実を勝敗がつく知的なゲームのように理解しようとしたとしても、そのゲームでの勝利はたまたま得られたものにすぎないと暴露されるということである。

個々人の計算を超えて生じた「決定的な二十五分間」がその後の展開を左右する。このような分岐点が描き込まれることによって暗示されているのは、例えば、天吾と青豆が「さきがけ」に敗北していくもう一つの世界の存在である。すると、天吾と青豆の物語は、物語の力学そのものとして結論が定まっていたわけではなかったと考えることができる。少なくとも、別の物語の導線がここで引かれていることは確かだ。

おわりに

「1984年」から「1Q84年」に変化したのではないかというテーマと、「決定的な二十五分間」によって物語が分岐するというテーマは、どちらとも歴史のｉｆに関わる問題だ。ただ、この類似したテーマは異なる問題をはらんでいる。その差異は、端的にいえば数字によって示されている。「9」が「Q」になる、すなわち、数字がアルファベットに変貌してしまうｉｆと、「二十五分間」という数字によって表現されるｉｆである。

前者では世界がいまと変わってしまう（ように認識される）のに対し、後者ではある意味で世界は変わっていない。より正確にいえば、後者でも世界は変わり続けているのだが、その変わり続ける法則そのものは変わっていない（ようにみえる）。後者を抜きにして天吾と青豆が再会することはなかったとすれば、世界のあり方、あるいは世界を認識する仕方で、異なる二つの観点が共存していることになる。

この点が、ＢＯＯＫ１・２とＢＯＯＫ３が異なる点である。ＢＯＯＫ１・２では、情報戦の論理が宗教的な論理によって無化されていくという物語がみられたが、これは裏返せば、情報戦の論理を根本的なところで認めたものだといえる。ここにみられるメディアを消去したいという願望は、世界を非歴史化したいというメディア社会に内在する欲望の発露である。そもそも「1Q84年」への変化自体が、ひとまずは情報の論理によって感知されるものであり、そのうえで、情報に基づいた理屈が通用しない世界が示唆されていた（または、そうした世界が小説のなかで存在させられていた）。

この限界をＢＯＯＫ３が超えたと判断することもできないし、いわんやこの小説が、神話による世界創造を捉えた人類学的な試みだというつもりもない。確認したいのは次のことである。「１９８４年」から「１Ｑ８４年」へ、という移行があったとしても、「決定的な二十五分間」なくして天吾と青豆の物語は成立しなかった。また、最後に天吾と青豆は「１９８４年」に戻ったようにみえて、異なる世界に移行したのではないかということがほのめかされてもいる。ここに立ち現れているのは、「Ｑ」の論理と「９」の論理が異種混交的に連接され続けるような認識である。それがもし全面展開されたとき、情報戦のなかで情報を消去する宗教的物語という表層のメッセージは、自壊していくのかもしれない。

横路啓子（よこじ・けいこ）
輔仁大学外国語学部日本語文学科教授
専攻は台湾文学（日本統治時代）、比較文化
著書に『日台間における翻訳の諸相――文学／文化／社会から』（致良出版）、『抵抗のメタファー――植民地台湾戦争期の文学』（東洋思想研究所）、共編著に『〈異郷〉としての日本――東アジアの留学生がみた近代』（勉誠出版）など

木村政樹（きむら・まさき）
青山学院大学ほか非常勤講師
専攻は日本近代文学
共著に『1Q84スタディーズBOOK2』（若草書房）、論文に「有島武郎の後期評論に関する一考察――アナ・ボル提携という状況」（「有島武郎研究」第22号）など

助川幸逸郎（すけがわ・こういちろう）
岐阜女子大学文化創造学部教授
専攻は中古中世物語文学、近現代文学、現代ポップカルチャー
著書に『光源氏になってはいけない』『謎の村上春樹――読まなくても気になる国民的作家のつくられ方』（ともにプレジデント社）、共著に『平成の文学とはなんだったのか――激流と無情を越えて』（はるかぜ書房）など

中村三春（なかむら・みはる）
北海道大学大学院文学研究院教授
専攻は日本近代文学、比較文学、表象文化論
著書に『フィクションの機構』全2巻（ひつじ書房）、『花のフラクタル――20世紀日本前衛小説研究』（翰林書房）、『〈原作〉の記号学――日本文芸の映画的次元』（七月社）など

アーロン・ジェロー（Aaron Gerow）
イェール大学東アジア言語・文学学科と映画・メディア学プログラム教授
専攻は東アジア映像メディア史
著書に『「日本映画」の誕生――大正期における映像の近代』（カリフォルニア大学出版会）、『狂った一頁』（ミシガン大学出版会）、『北野武』（イギリス映画協会）、監修に『日本戦前映画論集――映画理論の再発見』、共著に『日本映画研究へのガイドブック』（ともにゆまに書房）など

ジョルジョ・アミトラーノ（Giorgio Amitrano）
ナポリ東洋大学教授
専攻は日本近現代文学
著書に『Iroiro: Il Giappone tra pop e sublime』（De Agostini）、『『山の音』――こわれゆく家族』（みすず書房）など、翻訳に村上春樹、吉本ばなな、川端康成、中島敦、宮沢賢治、井上靖など多数

米村みゆき（よねむら・みゆき）
専修大学文学部日本文学文化学科教授
専攻は日本近現代文学、アニメーション文化論
共編著に『村上春樹 表象の圏域――『1Q84』とその周辺』（森話社）、『村上春樹スタディーズ01』（若草書房）、論文に“Why a "portrait painter"? : Haruki Murakami's Killing Commendatore analyzed in terms of its connections to the animated movie The King and the Mockingbird”（「専修大学人文科学研究所月報」第293号）など

横路明夫（よこじ・あきお）
輔仁大学外国語学部日本語文学科准教授
専攻は日本近現代文学
共著に『日本近現代文学に内在する他者としての「中国」』（国立台湾大学出版中心）、論文に「最初期江戸川乱歩と夢野久作――後期クイーン的問題を手がかりに」（「日本語日本文学」第40輯）、「梨木香歩『家守綺譚』論――異郷としての夏目漱石」（「日本語日本文学」第42輯）など

范淑文（はん・しゅくぶん）
台湾大学文学院日本語文学系・所教授
専攻は日本近現代文学
共編著に『漱石と〈時代〉——没後百年に読み拓く』（国立台湾大学出版中心）、論文に「夏目漱石・『一夜』論——小説と南画のクロス」（「国文」第114号）、「植民地の記憶——夏目漱石『満韓ところどころ』を起点に」（「跨境——日本語文学研究」第5巻）など

杉淵洋一（すぎぶち・よういち）
愛知淑徳大学初年次教育部門講師
専攻は日本近現代文学、比較文学
論文に「有島家とフランスとのかかわりをめぐって」（「有島武郎研究」第22号）、「有島武郎の『草の葉』会とその弟子たち」（「ホイットマン研究論叢」第31号）、「井上靖におけるフランス——そのテクストから見えてくるもの」（「井上靖研究」第14号）など

ブリジット・ルフェーブル（Brigitte Lefèvre）
リール大学日本学科准教授
専攻は日本近現代文学、野上弥生子論
共編著に『日本文学と日本社会におけるフェミニズム、1910—1930年代』（L'Harmattan）、共著に『両大戦間の日仏文化交流』（ゆまに書房）、『集と断片——類聚と編纂の日本文化』（勉誠出版）など

杉江扶美子（すぎえ・ふみこ）
パリ（前パリ・ディドロ）大学東アジア言語文化学部日本学科後期博士課程
専攻は日本現代文学、日本の震災後文学をめぐる研究
論文に「向こうからの声たちと小説をこえて——いとうせいこう『想像ラジオ』と木村友祐『イサの氾濫』において」（「比較日本学教育研究部門研究年報」第14号）など

石川隆男（いしかわ・たかお）
台湾大学文学院日本語文学系非常勤講師
専攻は比較文学、日本近現代文学
共編著に『〈異郷〉としての大連・上海・台北』（勉誠出版）、論文に「『風の歌を聴け』——デタッチメント＆コミットメント」（「台大日本語文学研究集」第30期）など

野中 潤（のなか・じゅん）
都留文科大学文学部教授
専攻は国語教育学、日本近代文学
著書に『横光利一と敗戦後文学』（笠間書院）、編著書に『学びの質を高める！ＩＣＴで変える国語授業——基礎スキル＆活用ガイドブック』（明治図書出版）、共著に『村上春樹と二十一世紀』『村上春樹と一九九〇年代』（ともにおうふう）など

[著者略歴]
※以下、執筆順。

スティーブン・ドッド（Stephen Dodd）
ロンドン大学東洋アフリカ研究学院（SOAS）名誉教授
専攻は日本近代文学
著書に『ふるさとを書く――日本近代文学における「故郷」に関する表象』（ハーバード大学出版局）、『若さゆえ／若さとは――梶井基次郎の時代の生と死をめぐって』（ハワイ大学出版会）、共著に『世界文学と日本近代文学』（東京大学出版会）など

大村 梓（おおむら・あずさ）
山梨県立大学国際政策学部准教授
専攻は日本近現代文学、比較文学、翻訳研究
共著に『村上春樹における秩序』（淡江大学出版中心）、論文に「詞華集としての西欧詩の訳詩集――堀口大学編訳『月下の一群』を中心に」（「山梨国際研究」第14巻）など

朝比奈美知子（あさひな・みちこ）
東洋大学文学部国際文化コミュニケーション学科教授
専攻はフランス文学、比較文学文化
編著書に『森三千代――フランスへの視線、アジアへの視線』（柏書房）、共編著に『はじめて学ぶフランス文学史』（ミネルヴァ書房）、翻訳書にジュール・ヴェルヌ『海底二万里』上・下（岩波書店）、編訳書に『フランスから見た幕末維新――「イリュストラシオン日本関係記事集」から』（東信堂）など

アンヌ・バヤール＝坂井（あんぬ・ばやーる＝さかい）
フランス国立東洋言語文化大学（INALCO）日本研究学部教授
専攻は日本近現代文学
編著に『谷崎潤一郎集』（ガリマール社）、共著に『世界のなかのポスト〈3・11〉――ヨーロッパと日本の対話』（新曜社）、『翻訳家たちの挑戦――日仏交流から世界文学へ』（水声社）など

ジェラルド・プルー（Gérald Peloux）
セルジーポントワーズ大学言語・国際学部准教授
専攻は日本近代文学
共編著に『Edogawa Ranpo: Les Méandres du roman policier au Japon』（Lézard Noir 出版）、翻訳著に谷譲次『Chroniques d'un trimardeur japonais en Amérique』（Les Belles Lettres 出版）、論文に「江戸川乱歩『孤島の鬼』論――同性愛に関する言説の揺れ」（「立命館文学」第652号）など

早川香世（はやかわ・かよ）
東京都立深川高等学校主任教諭
専攻は国語教育、近代文学
共著に『新学習指導要領対応 高校の国語授業はこう変わる』（三省堂）、『村上春樹と二十一世紀』（おうふう）など

［編著者略歴］
石田仁志（いしだ・ひとし）
東洋大学文学部教授
専攻は日本近現代文学
共編著に『戦間期東アジアの日本語文学』（勉誠出版）、論文に「村上春樹『1Q84』における〈家族〉表象」（「文学論藻」第91号）、「ノスタルジーの表象――横光利一『旅愁』」（「国際文化コミュニケーション研究」第1号）など

アントナン・ベシュレール（Antonin Bechler）
ストラスブール大学日本学科准教授
専攻は日本現代文学、日本現代サブカルチャー
著書に『大江健三郎あるいは暴力の経済』（ストラスブール大学出版会）、編著書に『大江健三郎選集』（ガリマール社）、論文に「大江健三郎 アルカイック・ノスタルジーと暴力の系譜」（『大江健三郎全小説』第6巻、講談社）など

文化表象としての村上春樹（ぶんかひょうしょうとしてのむらかみはるき）　世界のハルキの読み方

発行――2020年1月22日　第1刷
定価――3000円＋税
編著者――石田仁志／アントナン・ベシュレール
発行者――矢野恵二
発行所――株式会社青弓社
〒162-0801 東京都新宿区山吹町337
電話 03-3268-0381（代）
http://www.seikyusha.co.jp
印刷所――三松堂
製本所――三松堂

ISBN978-4-7872-9251-3　C0095